AF555301

NOUVELLE INSTRUCTION POUR LA CULTURE DES FLEURS,

CONTENANT

LA MANIERE DE LES CULTIVER, & les Ouvrages qu'il faut faire chaque mois de l'année selon leurs differentes Especes ;

AVEC

UN CATALOGUE DES FLEURS LES PLUS BELLES & les plus rares.

BF

A PARIS,
PAR LA COMPAGNIE DES LIBRAIRES.

M. DCC.

4 Z le Senne 2055 (2-2)

TABLE DES CHAPITRES, & des Fleurs contenuës dans cet Ouvrage.

PREMIERE PARTIE.

SECONDE PARTIE.

O.

DES OEILLETS.

P.

R.

S.

T.

DES TULIPES.

FIN.

NOUVELLE

NOUVELLE INSTRUCTION POUR LA CULTURE DES FLEURS.

PREMIERE PARTIE.

CHAPITRE PREMIER.

De la Culture des Fleurs en general.

Du Jardinier, & des qualités qu'il doit avoir.

UN Jardinier doit être jeune, soigneux, diligent, & assidu; il faut qu'il sache la région & les effets, au moins des quatre vents principaux, pour faire le discernement d'une bonne situation. Quelque intelligence des ordres de l'Architecture lui est necessaire pour former la figure d'un Plan, & compasser régulierement les figures d'un parterre. Les qualités du Jardinier.

Il doit aussi connoître parfaitement toutes sortes de Fleurs, pour les savoir placer dans les endroits qui leur sont propres.

Pour la pratique de sa profession, il doit outre ces connoissances avoir fait provision de tous les outils & de tous les instrumens qui sont à l'usage du Jardin, sçavoir, une Bêche, une Pelle, une Pioche, une Serpe, un Râteau, une Regle, des Cordeaux, & une Equierre, deux Cribles, un gros pour les oignons, & un fin pour les graines, un Marteau, un Arrosoir, & quelques cloches de verre ou de terre cuite, sans ouverture par le haut, avec lesquelles dans les grandes chaleurs de l'été, on couvre quelques plantes délicates, qui craignent la trop grande ardeur du Soleil; le Couteau & la Scie pour enter, & generalement toutes les commodités requises pour la culture & la propreté du Jardin. Toutes ces choses doivent être serrées dans quelque endroit proche, afin de s'en servir au besoin.

CHAPITRE II.

De la Situation du Iardin.

Situatiō du Jardin.

L'Assiette d'un Jardin doit avoir un peu de penchant, afin que dans les temps de pluye, l'eau se puisse écouler sans croupir.

Son aspect veut être tourné vers l'Orient & à l'abry du vent de Bise; Il faut qu'il soit fermé de muraille, ou du moins entouré d'une forte haye vive.

Faute de puits, il faut y faire une citerne, ou du moins une fosse pour garder l'eau de la pluye, afin d'en arroser les plantes dans les temps qu'elles en auront besoin. Il est bon d'y laisser deux places vuides, l'une à l'ombre, pour y retirer en été les pots de fleurs, & les guarantir par là des excessives chaleurs. Et l'autre doit être à l'abry du froid, pour les défendre de la rigueur de l'hyver.

CHAPITRE III.

De la Figure & du compartiment du Jardin.

Figure du Jardin.

UN Jardin doit être quarré, parce qu'outre que cette figure paroît plus spacieuse & qu'elle tient plus de fleurs, elle est encore bien plus facile à faire que les autres.

Le compartiment des planches doit être compassé en sorte que dans chacune, on puisse mettre de plusieurs sortes de fleurs: & il est bon d'en laisser quelques unes de vuides pour mettre dedans des pots *de Giroflées*, de *Hyacinthes* des Poëtes, des *Tubereuses* ou autres fleurs qui ne sont point communes dans la saison.

Dans les petits Jardins, au lieu de bordures de *Buis*, de *Mirthe* & semblables, on conduit des traits de briques blanches bien cuites, & bien ajustées, entre lesquelles on peut planter des fleurs communes, qui étant proche de l'entrée & exposées à la premiere curiosité d'un chacun, sont comme les gardes & le lustre de plus précieuses qui sont au milieu du parterre.

Les bordures ne doivent point être faites d'*Auronne*, de *Thym*, d'*Hysope*, de *Lavande*, ni d'autres semblables plantes, parce qu'elles dessechent la terre, & qu'elles tirent l'humeur des oignons & des racines qui en sont proches, mais elles

elles doivent être faites de la maniere cy-dessus, avec du marbre, ou au moins avec des briques blanches bien cuites & bien unies, afin qu'elles joignent mieux. Il faut les mettre sur le côté & non pas de plat, parce qu'elles font ainsi un trait bien plus délié, & qu'elles tiennent plus ferme étant enfoncées dans la terre, par dessus laquelle elles ne doivent déborder, que de trois ou quatre travers de doigts tout au plus.

CHAPITRE IV.

De la Qualité du Terroir.

Qualité du Terroir.

COmme il y a deux choses qui produisent les fleurs, sçavoir les racines & les oignons, aussi y a-t'il deux sortes de terroir propres à les faire venir; l'un composé d'une terre grasse & liante, & l'autre d'une terre maigre & legere. C'est une regle generale, que toutes les racines demandent une terre grasse & bien détrempée, qui ait été au moins l'espace de trois ans à s'apprêter & assaisonner, & qui n'ait point de méchante odeur.

Les oignons au contraire se plaisent dans une terre maigre & legere; & celle des Jardins, pourveu qu'elle soit un peu amandée, leur est meilleure que pas une autre.

Il la faut changer tous les trois ans, & pour cet effet on en ôte de chaque planche la hauteur d'un demi pied ou environ, pour y en remettre de la nouvelle.

CHAPITRE V.

Des Fleurs en general, & pour les connoître.

Des Fleurs en general.

IL faut toûjours choisir entre les Fleurs, celles qui sont les plus belles & les plus estimées. Il en faut mettre chaque espece à part, & particulierement celles qui ont la fleur plus grosse que l'oignon; par exemple, la *Jonquille d'Espagne double*, le *Narcisse Royal*, & entre les racines, les *Ranuncules*; parce que ces sortes de fleurs ne veulent point souffrir la compagnie des autres.

Les *Tulipes* & les *Anemônes* peuvent être placées autour des planches proche des bordures, & les autres fleurs au milieu, mêlées avec d'autres especes; & ainsi dans chaque planche la diversité des fleurs sera tres-gaye & tres-agreable à la veuë.

La connoissance de ces especes de fleurs est necessaire, pour sçavoir dans quelle situation elles doivent être mises, c'est à dire, s'il faut les planter à l'ombre ou au Soleil; dans une terre ou grasse ou legere; dans des pots plûtôt qu'en pleine terre: Et c'est en cela principalement qu'il se faut exercer pour cultiver chaque espece selon ses qualités & sa nature.

CHAPITRE VI.

Generalités concernant la culture des Fleurs.

Generalités de la culture des Fleurs.

UN bon Jardinier ne doit pas ignorer la maniere de cultiver les Fleurs, quoi qu'elles ne se cultivent pas toutes de la même façon ; car comme elles sont differentes entr'elles, aussi leur faut-il donner à chacune une recherche particuliere. C'est pourquoi il faut connoître le temps de travailler au Jardin, la regle qu'il faut suivre pour planter, l'ordre qui se doit observer à recüeillir les graines, la façon de les semer, la Saison de transplanter, la maniere d'arroser les plantes, le temps d'arracher les plantes inutiles, & les heures d'ôter les animaux malfaisans, & enfin quand & comment il faut tirer & conserver les oignons & les racines des fleurs, afin que toutes choses se fassent regulierement.

CHAPITRE VII.

Quand il faut travailler au Iardin.

Temps pour travailler au Jardin.

LE temps le plus propre pour travailler au Jardin, c'est à dire semer & de planter les oignons & les racines des fleurs, est depuis l'Equinoxe de Septembre jusques à la fin d'Octobre, parce que les pluyes qui sont alors frequentes, rafraichissent & détrempent la terre, dont la grande secheresse fait mourir les plantes.

CHAPITRE VIII.

De la Regle qu'il faut tenir pour planter.

La Regle pour planter.

SI le Jardinier veut planter regulierement ses fleurs, il doit auparavant tirer sur une carte le dessein & le plan de son Jardin ; & à proportion qu'il plantera les oignons & les racines dans les planches de son parterre, il les marquera de la même maniere dans celles qui sont figurées sur sa carte, afin de mieux connoître la qualité de fleurs qu'il a mises en chaque planche.

Voici ce qu'il faut observer dans chaque planche pour bien planter. On creuse la terre à la profondeur d'un pied ou environ, & on la jette dans le sentier, ou dans l'endroit le plus commode. Il faut délicatement remuer avec une petite Bêche ce qui demeure au fond, de peur d'ébranler les bordures de briques qui sont autour.

Cela fait, on crible de la terre au dessus de la planche, jusques à ce qu'elle soit revenuë à la hauteur, & l'ayant bien unie avec un roüable, ou le dos du râteau, on y place les oignons dans une distance proportionnée.

Pour les bien arranger, il faut auparavant marquer la terre avec la regle ; & tirer des rigoles avec un piquet en long & en travers, en forme de grilles;

&

& dans les croisées on met les oignons, quatre doigts sous terre, & on les éloigne les uns des autres plus ou moins, selon la grosseur ou la petitesse qu'ils ont: Aprés on les recouvre de la même terre, qui s'éleve deux doigts au dessus de l'extremité des bordures, puis on l'égale avec un rouleau. Et si les pluyes & la pesanteur même de la terre la faisoit affaisser, on remplit la profondeur qui s'est faite, avec de la terre criblée, mais qui soit maigre & legere.

Autour des bordures, comme on a déja dit, on pourra mettre des *Anemônes* ou des *Tulipes*: Mais il faut bien se donner de garde d'y mettre des Ranoncules, parce que cette sorte de fleur, aussi bien en pleine terre que dans des pots, veut être seule.

Ayant achevé de planter le Jardin dans cette regularité, il faut bien nettoyer & épousseter autour des bordures, & balayer les sentiers & les chemins avec un balay de jonc, qui y est plus propre que les autres, dont la rudesse fait des marques sur la terre, ce qui cause au Jardin la même difformité que la verole aux petits enfans.

CHAPITRE IX.

La Maniere de planter dans des Pots.

La Maniere de planter dans des Pots.

LEs pots vernis sont les meilleurs, mais generalement tous doivent avoir autant de hauteur, que d'ouverture; néanmoins le fond doit être plus étroit de deux ou trois doigts que l'entrée, afin d'en pouvoir facilement & sans danger tirer les plantes avec leur terre.

Si on veut mettre des oignons dans des pots, il faut prendre de la terre maigre & legere passée par un crible, & la faire entrer dans les pots jusques à la hauteur du lict sur lequel il faut planter l'oignon, qui doit être de quatre doigts au dessous de l'entrée du pot, ou plus ou moins, selon que le requiert la qualité de la plante qu'on y met.

Il ne faut planter qu'un oignon ou une racine dans chaque pot, & s'il est assez grand pour en tenir davantage, il faut, pour éviter la confusion, n'y en mettre que de la même espece, & les éloigner à quatre doigts du cordon du pot, pour leur faire recevoir plus de nourriture de toutes parts.

Le lict étant rangé & applani de la maniere qu'on vient de dire, il faut y placer proprement les oignons ou les racines, puis les couvrir de la même terre, tant qu'elle s'éleve un peu au dessus du pot, sa pesanteur fait qu'elle s'affaisse toûjours assez.

Aprés qu'on les a plantés de cette sorte, il ne faut pas d'abord les exposer aux rayons du Soleil, & principalement si la chaleur prédomine en Automne.

Si ce sont des oignons, il faudra les tenir en un endroit à l'ombre, mais pourtant aëré: Et si ce sont des racines, on attendra qu'elles commencent à germer, & alors on les arrangera au Soleil & à l'air, dans l'ordre que l'on jugera à propos pour l'embellissement du Jardin. Voyez le traité des Tulipes & des Oeillets.

CHAPITRE X.

La Maniere de recüeillir les graines.

Maniere de recüeillir les graines.

LEs grains de quelque sorte de plante que ce soit se recüeillent ainsi.

On laisse à la plante une fleur ou deux tout au plus, c'est à dire de celles qui sont plus vigoureuses, & qui ont été des premieres à fleurir, à la reserve desquelles on coupe toutes les autres.

La graine de ces fleurs reservées étant meure on la recüeille soigneusement, & on la garde pour la semer en Automne.

Il faut pourtant excepter de cette regle, les graines de *Giroflées*, & d'*Anemônes*, qu'il faut semer aussi-tôt qu'on les a cüeillies, un jour avant la pleine Lune, dans lequel le vent vienne du côté du Midy, parce que ces deux choses-là, plutôt que toute autre, ouvrent les pores de la terre, & donnent de la force aux semences; c'est pourquoi si dans ce temps-là le vent n'étoit pas du Midy, ou si par le souffle d'un autre vent l'air se refroidissoit, il faudroit attendre jusques à la pleine Lune suivante.

CHAPITRE XI.

Quand & comment il faut semer.

Quand & comment il faut semer.

LA meilleure saison de planter c'est le mois de Mars, & le mois de Septembre à la pleine Lune, c'est à dire depuis le seize jusqu'au vingt, conformément au proverbe qui dit,

Dans la nouvelle Lune, il faut planter des Fleurs:
Les semer en decours, & par cette observance,
On leur procure l'excellence
Et la vivacité des brillantes couleurs.

Pour semer voici la regle qu'il faut suivre; les graines qui ont l'écorce dure, & qui ont de la peine à lever, doivent être un peu fenduës, parce que recevant ainsi plus de force en dedans, & ayant le passage plus libre par dehors, elles germeront aisément.

Pour bien connoître les graines, il faut les mettre dans l'eau, celles qui vont au fond sont les meilleures.

Pour les empêcher d'être mangées par les animaux, qui vivent en terre, il faut les mettre tremper dans une infusion de jus, ce qui non seulement sert à les conserver, mais sert encore à les faire venir plus belles & plus variables.

Aprés cette infusion, on les seme dans de bonne terre, mais legere & passée par un crible fin, preparée pour cet effet dans des Pots, ou dans des cuviers.

Ces graines ainsi semées, doivent êter recouvertes de terre, de la hauteur d'un d'un doigt, si elles sont grandes; ou d'un demi doigt au moins, si elles sont petites.

On les met au Soleil deux à trois heures, & tous les jours, quand le Soleil se couche, on les arrose à petites goutes doucement au travers d'un balay.

Quand elles sont levées, on les laisse tout le jour au Soleil, & on les moüille de la maniere qui vient d'être dite, sans manquer, tous les soirs, & à proportion qu'elles s'éleveront au dessus de terre, elles s'enfonceront aussi en dedans.

Il faut remarquer que les graines des oignons doivent être plus mediocrement arrosées, & il suffit de les entretenir humides, de peur que la quantité d'eau ne les fasse pourrir, attendu qu'elles sont tendres & plus petites que les autres.

CHAPITRE XII.

Dans quelle Saison il faut transplanter.

Saison pour transplanter.

ON transplante les fleurs au Printemps & en l'Automne, au mois de Mars & au mois de Septembre.

Cela se fait dans la nouvelle Lune, depuis le dix jusques au quatorze, mais particulierement le douziéme de la même Lune, & alors on transplante en bonne terre toutes sortes de fleurs, soit dans des pots, ou en pleine terre également.

Il faut en hyver les garantir du froid, en les mettant à couvert en quelque endroit qui soit pourtant aëré: Et dans l'Eté, il faut les défendre de la chaleur, en les retirant dans un endroit où le Soleil ne soit pas trop ardent.

Les oignons qui viennent de graine, ne se transplantent qu'aprés deux années, au bout desquelles on les met en bonne terre & legere, pour leur faire avoir des fleurs à la troisiéme ou à la quatriéme année.

Il faut mettre dans les planches les petits oignons, peu avant en terre, & proche les uns des autres, au lieu que les gros doivent être plus enfoncez & plus éloignez.

CHAPITRE XIII.

L'heure & la Maniere d'arroser les Plantes.

Maniere d'arroser les Plantes.

PEndant l'hyver les Plantes ne demandent pas d'être humectées d'une grande quantité d'eau, mais pour lors, il les faut seulement arroser mediocrement, deux ou trois heures aprés Soleil levé, & jamais le soir, parce que le froid de la nuit pourroit geler la terre, ce qui feroit infailliblement mourir les plantes.

Quand on les arrose en hyver, il faut prendre garde à ne les point moüiller, mais mettre seulement de l'eau tout à l'entour.

Et tout au contraire en Eté, il les faut arroser le soir aprés le Soleil couché & jamais le matin, parce que la chaleur du jour réchauferoit l'eau, & cette eau échauffée

échauffée brûleroit tellement la terre, que les Plantes tomberoient dans une langueur, qui les feroit flétrir & sécher.

Un bon Jardinier doit savoir, que quand les Plantes sont encore naissantes & petites, elles demandent moins d'eau, que quand elles deviennent grandes: C'est pourquoi quand elles sont venuës à une certaine grandeur il faut plus les arroser qu'auparavant, ce qui veut bien de la conduite & du soin.

CHAPITRE XIV.

Le Temps & la Maniere d'ôter les herbes inutiles.

Le temps d'ôter les herbes inutiles.

LA politesse & la propreté d'un Jardin, ne sert pas seulement à contenter la veuë, elle sert encore à donner la vie & la nourriture aux fleurs; C'est pourquoi on doit non seulement arracher des sentiers & des chemins les herbes infructueuses, & en ôter toutes les immondices, mais il faut aussi avoir soin de bien nettoyer les planches de toutes les plantes inutiles.

Cela ne se doit pas faire quand la terre est trop séche, parce qu'alors on ne feroit que couper ces herbes, & on laisseroit aux racines, qui resteroient sous terre, plus de force & de facilité pour en pousser de nouvelles.

Il ne faut pas aussi le faire quand la terre est trop moüillée, parce qu'en arrachant les racines, la terre qui y est attachée viendroit aussi, ce qui causeroit un grand dommage aux plantes voisines.

Le temps le plus propre pour cela est, quand la terre n'est ni trop seche ni trop humide, mais quand par la mediocrité de l'humidité & de la chaleur, elle est plus relâchée & plus facile à manier, & que les herbes sont assez grandes: il faut avoir soin au même temps de reparer proprement la terre avec les mains, afin de rétablir les planches dans l'égalité qu'elles avoient auparavant.

CHAPITRE XV.

Le Temps & la Maniere de purger un Iardin des Animaux malfaisans.

Le temps d'ôter les animaux malfaisans.

LEs animaux qui font le plus de mal dans un Jardin, sont les *Chenilles*, les *Limas*, les *Vers*, les *Pucerons*, les *Punaises vertes*, les *Ascarides*, les *Fourmis*, les *Souris* & les *Taupes*.

Pour ôter les *Chenilles*, il faut tous les matins secoüer chaque planche avec la main. Alors ces Insectes demi-mortes & roides du froid & de la gelée de la nuit tombent facilement par terre, sur laquelle on les écrase, en mettant le pied dessus.

Quant aux *Limas*, le Jardinier doit avoir grand soin de les chercher soir & matin, & particulierement en temps de pluye; alors ils sortent de terre pour aller à la pâture, ainsi on les trouve & on les tuë aisément,

Pour les *Vers*, il faut suivre la même méthode, parce que c'est aussi dans le temps pluvieux qu'ils ont coutume de sortir de leurs troux, & si on les veut faire sortir en d'autre temps, il ne faut que répandre sur les chemins une décoction de graines ou feüilles de chanvre, & aussi-tôt on les verra paroître.

Pour

Pour les *Pucerons*, on fiche en terre une baguette de la hauteur d'un demi pied, au haut de laquelle on met un gaudet le goulet en bas, dans lequel ces petits animaux, qui aiment à être cachés, ne manqueront pas de se venir mettre, & ainsi on les tuë sans peine; ou bien il ne faut que mettre sur le pot un morceau de linge humide, les Pucerons s'y amassent tous, & il est facile de les tuer.

Pour faire mourir les *Punaises vertes*, qui mangent les boutons de roses, & gâtent les autres fleurs, on prend du vinaigre que l'on jette sur les plantes, cela les fait toutes mourir.

Contre les *Ascarides*, & autres semblables vermines, qui s'attachent plûtôt aux plantes qui sont dans des pots, qu'aux autres, on prend ce pot que l'on met dans un sceau où il y a de l'eau, en sorte que le pot puisse tremper à la hauteur de cinq ou six doigts, il faut le laisser là pendant l'espace d'un quart d'heure, & ces petites bêtes inondées de cette humidité, sortiront aussi-tôt.

Pour les *Fourmis*, il faut prendre un ou plusieurs os, à demi décharnés, & les jetter à terre dans les endroits où ces petits animaux font leur demeure, attirés par cet appas, ils accourent à grandes bandes, & quand ces os en sont tous couverts, on les retire, & on les jette dans le feu ou dans l'eau, & réïterant cela plusieurs fois, on les exterminera aisément. Ou si on les voit sur terre marcher en rang, on les consumera avec du feu de paille, ou de la cendre chaude.

Pour les *Souris*, il faut prendre des chats, plus il y en a, & mieux c'est. On les écorche & on en remplit de paille les peaux, & les ayant bien récousuës & mises comme s'ils se tenoient sur leurs pieds, on les frotte par dehors de leur propre graisse, & on les met dans les endroits où les souris ont accoutumé d'aller, l'odeur de cette graisse, & la veuë de leurs ennemis les épouvante & leur fait prendre la fuite. On peut encore mettre des *trappes* & des *souricieres* & semer par ci par-là une composition de vers broyé mêlé avec du plâtre & du fromage, & il ne faut point se servir de poison, ni d'arsenic, crainte des grands accidens qui en peuvent arriver.

Pour les *Taupes*, lors que l'on voit la terre se soulever, & quelque chose qui y remuë, il faut s'en approcher sans bruit; de peur que la Taupe ne s'enfuye, parce qu'encore qu'elle n'ait pas l'usage de la veuë, elle a neanmoins l'oreille tres-subtile: s'étant ainsi approché, il faut prestement renverser une bêchée de terre; parce que tres-souvent avec cette terre, on tire aussi l'animal: Que si la terre étoit trop ferme pour être renversée, il faudroit en ce cas ficher plusieurs fois la bêche dans cet endroit, afin d'étourdir au moins la Taupe à force de coups.

CHAPITRE XVI.

Le Temps & la Maniere de tirer & de conserver les oignons & les racines.

IL faut tirer les oignons & les racines tous les trois ans, pour le plus tard.

Le veritable temps de les tirer, c'est depuis le commencement de Juin jusques à la fin d'Aoust.

Alors ils s'arrachent plus facilement, parce que la terre se trouve sechée par la chaleur du Soleil. Il faut tirer avant les autres ceux qui fleurissent les premiers, comme les *Narcisses* & les *Bassins*.

En creusant pour les tirer il faut observer cette regle-ci.

Il faut ôter adroitement la terre avec la pioche, par l'entrée de la planche, & prendre garde que le fer ne touche ni ne perce quelque oignon, & si par hazard cela arrivoit, il faudroit prendre aussi tôt de la terre bien séche & bien aduste, & la répandre sur la blessure. Cela y est excellent.

Quand on a retiré les oignons, il ne faut pas laisser de repasser une seconde fois dans le même endroit, afin qu'il ne demeure rien qui empêche l'ordre & l'arrangement des autres oignons que l'on y pourra mettre aprés.

Cette regle est pour toutes les planches.

Les cayeux ne doivent point être détachés des gros oignons qui les ont produits, mais il faut les y laisser unis avec leurs tuniques & pellicules, & les garder dans une loge ou une serre chaude & seche, où on les laisse étendus à terre ou sur une table l'espace de huit jours, aprés quoi il faut les serrer dans des paniers, chaque espece à part, & les pendre aux soliveaux de quelque autre loge tournée au vent de Bise, qui est un air tres-salutaire aux oignons, parce qu'il les conserve en les maintenant toûjours frais.

Il faut sçavoir que les petits oignons, comme ceux des *Jonquilles* & semblables, pour être mieux conservés, doivent être envelopés dans du papier & enfermés dans des boëtes.

Il y a des gens qui les tirent tous les deux ans, foüillant chaque année une partie de leur jardin, ce qu'ils font aprés l'Equinoxe de Septembre, en observant ce qui suit.

Ayant creusé soigneusement une planche, & levé tous les oignons, ils en ôtent subtilement ce qui s'étoit multiplié; & aprés avoir accommodé leurs planches de la maniere qu'il a été dit ailleurs, ils la replantent en même temps de la même maniere qu'elle étoit, & mettent à part ce qui s'y étoit multiplié, pour le placer dans un endroit separé.

Les racines se doivent tirer de la même maniere que les *Anemônes* & les *Argemones*, qu'il faut lever tous les ans, soit qu'elles soient dans les pots, ou en pleine terre, parce qu'elles sont fort sujettes à pourrir.

Quand elles seront séches, avant que de les remettre dans les paniers, il en faut arracher toutes les languettes superfluës: on les garde, comme les oignons.

Pour les *Renoncules*, il faut les ôter de terre dés que les feüilles en sont séchées, & aprés que les racines en auront été essorées, on les mettra dans des boëtes avec du sable.

Les autres plantes qui ont une racine perpetuelle, se tireront au mois d'Octobre ou de Novembre, & il faut les replanter aussi-tôt.

CHAPITRE XVII.

Calendrier pour des ouvrages qu'il faut faire au Iardin des Fleurs, selon chaque mois de l'année.

EN IANVIER.

Janvier. IL faut ouvrir les plantes qui craignent le froid, à la veille du mauvais temps, & n'attendre pas que la terre soit durcie par la gelée.

Sur

Sur les canaux couverts, il faut tenir des souricieres tenduës pour prendre les Rats de Jardin & les mulots qui vont là chercher de quoi paître. L'amorce sera des pois, des amandes, ou des avellaines. On doit preserver des grandes pluyes & des gelées les Anemones qu'on auroit plantées dans des pots, comme aussi plusieurs jeunes plantes qu'on auroit semées dans des pots ou dans des caisses.

EN FEVRIER.

Il faut observer les trois Articles du mois précedent. Au commencement de ce mois on doit semer sur couche les plantes jardines à porter leurs fleurs ou leurs fruits en ce pays, comme *Balsamine*, *Melanzene*, *ou Pommes d'amour*, *Datura*, *Canne d'Inde*, *Pomme d'Ethyopie*, *Pomme dorée*, *Amaranthe ou Passevelours*, ayant grand soin de les préserver des gelées, les couvrant lors qu'elles sont levées, de cloches de verre, & jettant de la paille par dessus, s'il est besoin; comme on a coûtume de faire pour conserver les Melons. Fevrier.

EN MARS.

Aprés le dix ou douze du mois, & même plus tard on ôte les couvertures des Plantes, crainte qu'elles ne soient surprises des gelées par la queuë. Mars.

Il vient quelquefois de grands vents ou de grands hâles qui dessêchent la terre, pendant lesquels on ne doit ni semer ni transplanter.

A la mi-Mars on peut replanter les plantes fibreuses, comme les *Violettes de Mars*, *Hépatiques*, *Plaquettes* ou *Marguerites*, *Primeveres*, *Ellebores*, *Camomilles*, & *semblables*, & *les Jacinthes tubereuses*.

En ce même temps on semera sur couche divers sortes de graines, comme *Oeillets*, *Giroflées*, *Basilic*, *Oeillets d'Inde*, *Marjolaine*, *Phaseol incarnat d'Inde*, *Merveille du Perou*, ou *Herbe à Suisse*, *Cresson d'Inde*, *Souci double*, *Volubilis* des trois especes, *Poivre d'Inde*, *Myrthe*, *Carouge* ou *Carobe*, & d'autres que la fraîcheur de la terre ne permet pas d'y semer.

Pour ce qui est des *Oeillets*, *des Giroflées*, *Myrthe* & telles autres plantes qu'on tire de la terre, il faut les mettre à l'ombre pendant huit ou dix jours, pour les preparer à ne pas craindre les chaleurs de cette Saison.

L'on transplante les Arbrisseaux qui craignent le froid, comme les *Jasmins d'Espagne*, *Orangers*, *Myrthe*, *Laurier Rose* & *les Ciclamens Autonneaux*.

Il vient quelquefois des gelées de nuit qui se fondent le lendemain au Soleil, & qui durent quelquefois quatre ou cinq nuits; pendant ce temps-là, il faut soigneusement couvrir les belles Tulipes pour les preserver, d'autant que ces sortes de gelées causent des taches blanches dans leurs Feüilles, ce qui les fait mourir le plus souvent.

On doit observer la même chose aux Anemones, aux Oreilles d'Ours, aux Jacinthes brumales & aux Cyclamens printaniers, afin de preserver leurs fleurs de ces gelées.

EN AVRIL.

Le commencement de ce mois est la meilleure saison pour transplanter toutes sortes de plantes fibreuses specifiées au second Article du mois precedent. Avril.

L'on tire de la terre toutes les plantes qui craignent le froid, si on avoit oublié de les tirer en Mars.

Il faut arroser soigneusement les *Renoncules* & les *Anemones*, lors que la terre est dessechée, & aussi toutes les plantes qu'on tiendra dans des pots ou dans des caisses.

Il faut preserver des vents, des pluyes, de la grêle & du Soleil ardent, les belles *Tulipes panachées*, *les Oreilles d'Ours*, *les Anemones*, *les Renoncules*, & autres belles fleurs, & pour cet effet tenir des couvertures toutes prêtes dés le commencement de ce mois.

EN MAY.

May. ON transplante les Cyclamens Autonnaux, si on les veut changer de place, car autrement cela n'est pas necessaire.

En ce mois-ci la graine d'*Anemone* se trouve meure, il la faut recüeillir & tenir en lieu sec, jusqu'au temps de la semer.

L'on départ les *Giroflées musquées doubles*, dites *Julianes*, pour les multiplier.

L'on seme diverses sortes de graines, de plantes annuelles, pour en avoir des fleurs tout le long de l'été, comme *Souci double*, *Thlaspi de Candie*, *Muscipula*, *Scabieuse veloutée*, *Cyanus* de toutes sortes, & *Pensées* de Jardins.

Les Iris bulbeux fleurissent vers la fin de ce mois : lors qu'ils sont fleuris l'on coupe leur tige, que l'on fiche en des pots pleins de terre, & on les tient ainsi en une sale fraîche, pour les faire durer plus long-temps. On les peut aussi transplanter en même temps, les arrosant aussi-tôt qu'ils seront replantés.

A la fin de ce mois l'on commence à déplanter les *Tulipes* plus hâtives qui sont dessechées.

L'on couvre les autres comme au mois precedent, pour les preserver principalement des pluyes trop frequentes.

EN JUIN.

Juin. L'On peut encore semer diverses sortes de graines de plantes annuelles pour en avoir des fleurs tout le reste de l'été vers l'Autonne, ainsi qu'au mois de May.

Il faut recüeillir les graines meures comme de *Iacinthes Orientales*, *Narcisses*, *Oreilles d'Ours*, *Renoncules*, & autres semblables, & les garder en lieu sec, pour les semer chacune en sa saison.

L'on déplante les *Tulipes* & on les replante incontinent qu'elles se trouveront dépoüillées, ou qu'elles sembleront se dessecher, on les met fort avant en terre, ou en un lieu frais moins avant, les arrosant par le dessus pour tenir seulement la terre fraîche.

Il faut déplanter les *Anemones* & les *Renoncules*, aprés les pluyes qui viennent vers la fin de ce mois, non pas devant.

L'on peut à la fin de ce mois lever les plantes qui ne veulent pas demeurer long-temps hors de terre & les replanter incontinent, comme *Cyclamens printanniers*, *Iacinthes Orientales & autres Iacinthes bulbeuses*, *Iris*, *Fritillaires*, *Hemerocales*, *Martagons* & plusieurs autres semblables.

EN

EN JUILLET.

L'On peut encore lever les *Cyclamens printanniers* & les plantes bulbeuses specifiées au dernier Article du mois precedent, pour les transplanter aussi-tôt. Juillet.

La graine de *Cyclamen printannier* se trouve meure en ce mois : il la faut reçüeillir & semer en même temps dans des pots.

L'on ente en approche les *Myrthes*, *Jasmins*, *Orangers*, *Rosiers* & autres pareils arbrisseaux.

Depuis le commencement de ce mois jusqu'en Septembre, l'on fait des marcotes d'Oeillets.

EN AOUST.

AU commencement de ce mois on seme la graine d'*Anemones*, la couvrant legerement de terre, & on la tiendra à l'ombre, & on l'arrosera souvent, pour empêcher que la terre ne se desseche. Aoust.

L'on plante aussi les Anemones simples pour en avoir des fleurs en Automne & tout le long de l'hyver.

C'est la Saison pour semer les graines de *Narcisses*, & de *Jacinthes Orientales*.

EN SEPTEMBRE.

L'On transplante *les Myrthes*, *Lauriers-Rose*, *Jasmins*, & toutes autres especes d'Arbrisseaux qui sont sujets à la gelée, ou toûjours verts, & aussi toutes sortes de plantes fibreuses, comme *Hepatique*, *Oreilles d'Ours*, *Eliborre*, *&c.* Septem.

Il faut semer les graines *d'Oreilles d'Ours*, *Renoncules*, *Alaternes*, *Iris*, *Couronne Imperiale*, *Martagons*, *Hemerocale*, *Tulipe*, *Pied d'alouette*, *Thlaspi de Candie*, *Pavots*, & generalement les plantes annuelles qui ne sont pas sujettes à la gelée.

L'on plante toute sorte d'*Anemones*, aprés les premieres pluyes qui viennent dans ce mois, & aussi les *Renoncules de Tripoli*.

EN OCTOBRE.

L'On peut encore planter & semer toutes les plantes & les graines specifiées au mois precedent. Octobre.

Il faut mettre dans la terre par un beau temps, sur la fin de ce mois, les arbrisseaux qui craignent la gelée, comme *Orangers*, *Myrthes*, *Jasmins*, *Lauriers-Rose* & autres semblables, en laissant toutes les portes & les fenêtres ouvertes, jusques à ce que la gelée y puisse entrer, car alors il faut avoir soin de les fermer.

EN NOVEMBRE.

IL faut preparer les couvertures pour les plantes qui sont sujettes au froid, afin de les couvrir lors qu'on jugera le temps être disposé à la gelée. Novemb.

L'on peut planter & semer encore les plantes fibreuses & les graines marquées au mois de Semptembre.

Voyez & observez les trois Articles du mois de Janvier. Ce mois est la meilleure saison pour planter les belles *Tulipes panachées*, principalement dans les

les petits Jardins renfermez de hautes murailles, & qui n'ont gueres de Soleil.

EN DECEMBRE.

Decemb. IL faut observer encore les trois Articles contenus au mois de Janvier, où l'on renvoye le Lecteur pour éviter les redites.

CHAPITRE XVIII.

Memoire de Plantes qui sont sujettes à perir par la gelée, & premierement des Plantes les plus délicates qui craignent le froid au premier dégré.

Plantes qui craignent le froid. D'Autant qu'il y a des Gelées plus âpres les unes que les autres, & qu'ainsi les plantes y resistent plus ou moins, selon qu'elles sont délicates ou robustes, il est à propos d'en faire la distinction, & de les diviser en trois Classes. *Dans la premiere*, seront les plus tendres au froid & qui ont peine à resister même aux premieres gelées. *Dans la seconde*, celles qui ne meurent que par de plus fortes gelées. *Dans la troisiéme*, celles qui y resistent encore davantage & ne perissent que par de grands hyvers. Ce sont là comme trois dégrez de gelées qu'il faudra observer, afin d'en garantir lesdites plantes par des couvertures convenables.

Voici la Liste de celles qui craignent le froid au premier dégré.

Aloë d'Afrique.
Amaranthe ou Passevelours.
Amaranthus tricolor.
Balsamine mâle.
Basilic.
Canne d'Inde.
Elycrison ou fleur immortelle.
Figuier d'Inde d'Amerique, tres-épineux.
Figuier d'Inde de la grande espece.
Gladiole d'Ethiopie.
Rubarbe arborée.
Melanzene ou Pomme d'amour.
Nasturtium Indicum.
Narcisse du Japon & autres Narcisses des Indes.
Oeillets d'Inde.
Ornithogalon d'Arabie.
Phaseol incarnat des Indes.
Poivrier d'Inde.
Pomme d'Ethiopie.
Pomme dorée.
Pomme épineuse, dite Datura.
Sariette d'été.

II. Plantes qui craignent le froid au second degré.

Aloë d'Amerique.
Anemones.
Aton des Indes.
Cyclamen Printanier.
Cyclamen de Verone.
Digitale ferruginée d'Espagne.
Fleurs du Soleil.
Girofliers.
Jacinthe du Perou.
Jasmin d'Espagne.
Jasmin jaune des Indes.
Iris de Suze.
Laurier Rose.
Myrthe.
Narcisse à bouquet du Levant.

Oeillets

Oëillets.
Orangers.
Phalangium de Crete.
Renoncules de Tripoli doubles & simples.
Renoncules de Portugal.
Soucis doubles.
Violiers doubles de quelque couleur qu'ils soyent.

III. Plantes plus robustes qui craignent le froid au troisiéme degré.

Bellis d'Espagne.
Fritillaires de Montagnes.
Genest d'Espagne à fleurs blanches.
Grenadier à fleur double & autres.
Jacinthe à fleur double & autres.
Jacinthe Orientale Zunbuline.
Iris Bulbeux.
Lychnis ou Jacée blanche double
Marjolaine.
Matricaire à fleur double.
Pavot épineux.
Plante de la Passion.
Veronique à fleur double.
Violiers simples, car les doubles resistent moins au froid.

CHAPITRE XIX.

En quel Solage ou Aspect on doit planter les Fleurs.

En ceci il faut considerer quel est le naturel de la Plante qu'on veut mettre en terre, ce qui consiste en deux choses. I. Si elle est sujette à la gelée ou non, ce qu'on pourra apprendre par la Table precedente. II. Si elle aime la terre grasse & humide, où maigre & seche, ce qu'on apprendra par les deux tables suivantes : Et ayant par là reconnu sa nature, il sera aisé de la placer au lieu qui luy sera le plus propre ; par exemple, si vous reconnoissez qu'elle craigne la gelée, ou qu'elle aime une terre séche, il faudra la planter au lieu le plus chaud du Jardin. Au contraire si elle ne craint pas l'hyver & qu'elle aime une terre grasse & humide, vous la mettrez au lieu le plus froid & à l'ombre, comme celui qui conserve le plus d'humidité pendant les chaleurs de l'été. Toutes les autres plantes se pourront placer par tous les autres endroits du Parterre. Ainsi vous leur donnerez le lieu où elles se plairont le mieux & où par consequent elles profiteront davantage. Aspect pour placer les Fleurs.

Plantes qui aiment la terre grasse & humide.

Anemone de Bois.
Anemone 3. de Mathiole.
Bassinet double.
Calceolus Mariæ.
Cyclamens Autonnaux.
Ellebores.
Fritillaires communs.
Fumeterre Bulbeuse.
Laureole.
Laurier-thym.
Limonium vulgaire.
Marguerites.
Martagons.
Muguet des Bois.
Nasturtium Indicum.
Narcisse blanc double.
Narcisse jaune double à molette d'éperon.
Oreilles d'Ours.
Orobus Panonique.
Pensées jaunes & les communes aussi.
Pervanche.

Phalan-

Phalangium de Virginie.
Primevere de toutes sortes.
Pulsatille.
Renoncule bouton d'or.
Renoncule blanche double d'Angleterre.
Satyrions.
Sedum serratum.
Serpentaire à trois feüilles d'Amerique.
Soucy double.
Veronique grande & petite.
Veronique droite.
Violettes.

Plantes qui aiment la terre maigre & séche.

Abrotane mâle & femelle.
Genest d'Espagne.
Marjolaine.
Rosmarin.

CHAPITRE XX.

Quelles Saisons sont les plus propres pour semer les graines.

Saisons propres pour semer les graines.

LEs graines se peuvent semer en diverses saisons, mais il y en a quelques-unes qu'il faut necessairement semer au Printems, d'autres en Automne seulement, & d'autres en diverses saisons, comme l'on verra cy-aprés. Cela s'entend pour les graines qu'on connoît, car pour les autres qu'on ne connoît pas encore, comme si l'on en recevoit venant de pays étrangers, sans noms, ou qu'elles fussent des plantes à nous inconnuës, il faudroit en ce cas les partager en trois portions égales, pour en semer l'une en Automne en pleine terre, ou dans des pots, & les deux autres au Printems, une en pleine terre ou dans des pots, & l'autre enfin sur couche, comme les semences des plantes qui sont sujettes à la gelée. C'est là l'unique moyen de les élever surement, car si on les semoit toutes en méme temps, & que ce ne fût pas la saison propre, il ne faut pas douter qu'elles ne viendroient pas en perfection. Il y a encore d'autres regles generales pour semer des graines qu'on connoît, soit qu'on les ait recüeillies soi-méme, ou recuës d'ailleurs.

I. Si ce sont des plantes annuelles craignant la gelée, il les faut necessairement semer au printems.

II. Si ce sont des plantes annuelles & qui ne craignent pas le froid, la saison la plus propre c'est l'Automne.

III. Si elles sont produites de plantes vivaces & perennelles, il les faut semer devant que leurs meres plantes, poussent leurs germes, soit qu'elles craignent la gelée ou non.

Quelle graine il faut semer au Printemps en pleine terre ou dans des pots.

Alaternes, en Autonne aussi.
Ambrette, pour en avoir des fleurs en été.
Anagallis Lusitanica.
Beleveder.
Chondrille aux fleurs carnées.
Coquelicot double.
Cyanus de toute couleur.
Laurier-rose.
Laurier-thym.
Lolac.
Marjolaine.
Muscipula.
Nastuttium Indicum, & sur couche aussi.
Oeillets, & sur couche aussi, on les peut semer encore en Eté & en Automne.
Scabieuse.
Soucy double.
Thlaspi de Candie.
Violiers ou Girofliers si on veut.

Quelle

Quelles graines il faut semer au Printems sur couche, pour delà être transplantées en pleine terre, quand elles sont levées.

Graines qu'il faut semer au Printems.

Amaranthe ou Passevelours
Balsamine mâle.
Basilic.
Canne d'Inde.
Fleur du Soleil.
Geranium triste.
Girofliers, si on veut.
Hedisarum clypeatum.
Melanzene.
Nasturtium Indicum.
Oeillets, & en pleine terre aussi.
Oeillets d'Inde.
Phazeole incarnate des Indes.
Pomme d'Ethiopie.
Pomme dorée.
Pomme épineuse.
Violier ou Giroflier, si on veut.

Quelles graines il faut semer en Autonne.

Graines qu'il faut semer en Autonne.

Alaternes.
Ambrettes.
Ancolies.
Antirrhinon.
Argemone.
Chamæ-Iris.
Coquelicot.
Couronne Imperiale.
Cyanus de toutes sortes.
Cyclamen.
Digitale.
Eryngium planum.
Fraxinelle.
Hepatique, si on veut.
Muscipula.
Nigelle de Damas & autres.
Oreilles d Ours.
Pavot.
Pavot épineux.
Pied d'aloüette de toute sorte.
Scabieuse de montagne.
Thlaspi de Candie.
Tulipes.

CHAPITRE XXI.

Memoire des Saisons ausquelles chaque belle plante se trouve en fleur, selon les douze mois de l'Année.

EN JANVIER.

Janvier.

Aconit d'hyver.
Anemones simples de toutes couleurs.
Anemone violette à peluche rouge, & les Regates *plantées au commencement de Septembre.*
Cyclamens hyvernaux.
Jacinthes brumales.
Narcisse du Levant à bouquets *de diverses especes.*
Primeveres simples de diverses couleurs.

EN FE'VRIER.

Février.

Aconit d'hyver.
Anemones simples.
Anemones à peluches hâtives.
Crocus printanier.

 Hepa-

Hepatiques simples.
Iris de Perse.
Leucoïon à trois feüilles, ou perce neige.
Leucoïon hexaphyllon.
Violiers jaunes à grandes fleurs, *sont quelquefois en fleur en ce mois.*

EN MARS.

Mars. Aconit d'hyver.
Anemones de toutes especes.
Chamæ-Iris de toute couleur.
Chalcedoine petite à fleur double.
Cyclamens printaniers.
Crocus printaniers.
Fritillaires.
Hepatiques double & simple.
Iris tubereux.
Jacinthe Zumbuline.
Jacinthes brumeles.
Jacinthes étoilées d'Allemagne.
Jacinthes Orientales.
Jonquille simple à grand calice.
Iris de Perse.
Leucoïon hexaphyllon.
Leucoïon triphyllon.
Narcisses à bouquets de toutes sortes.
Narcisse jaune double commun.
Narcisse jaune double d'Angleterre.
Narcisse jaune simple.
Narcisse jaune doré, dit de Tradesque.
Oreille d'Ours hâtif.
Primevere simple de diverses couleurs.
Tulipes precoces.
Trombons d'Espagne, qui est une espece de Jonquille.
Violiers jaunes d'Allemagne.

EN AVRIL.

Avril. Anemones de toutes sortes.
Chamæ-Iris de toutes couleurs.
Couronne Imperiale.
Chevre-feüille.
Cyclamens printaniers.
Fritillaires de toutes especes.
Giroflée simple & double de toutes les especes.
Hepatique double.
Jacinthe strilée d'Allemagne.
Jacinthes grapuës, dites Grapettes.
Jacinthes Orientales tardives.
Jacinthes d'Angleterre.
Jonquille double.
Jonquille reflexe ou renversée.
Iris de Florence.
Marguerites.
Muscari.
Narcisse à bouquet de toutes sortes.
Narcisse jaune doré vulgaire.
Narcisse d'Angleterre, dit Tombron double.
Narcisse blanc à calice Orangé.
Narcisse blanc double.
Oreilles d'Ours.
Pensées.
Primeveres.
Pulsatille.
Renoncules de Tripoli.
Tulipes.
Violettes de Mars.

EN MAY.

May. Anemone 3. de Matthiole.
Ancholies.
Chamæ-Iris à feüilles étroites.
Cyanus de toutes couleurs.
Fraxinelles.
Gladioles.
Giroflées de toutes sortes.
Geranions de toutes sortes.
Horminum de Crete.
Hemerocalle jaune.
Jacinthe à panache.
Iris bulbeux hâtifs.

Lys Asphodele jaune.
Lys orangé hâtif.
Lychnis dit Jacée double, blanche & rouge.
Marguerites.
Muguet des bois.
Oeillets de montagne.
Oeillets des Poëtes.
Pensées.
Pivoines de toutes sortes.
Phalangium des Alpes.
Renoncules de toutes les especes.
Roses.
Syringa.
Sedum serratum.
Tulipes tardives.
Veronique grande & petite.
Violiers musqués doubles & simples.

EN JUIN.

Juin.

Antirhinon de toute couleur.
Argemone.
Clematis Panonnica.
Cyanus de toutes les couleurs.
Digitale de toutes especes.
Filipendule.
Giroflée de toutes especes.
Geranion de toutes especes.
Horminum de Crete.
Jacinthe tubereuse des Indes.
Iris bulbeux.
Iris maritime.
Iris jaune varié d'Angleterre.
Lychnis double blanche & rouge.
Lychnis alcine-foliis.
Martagons.
Nasturtium d'Inde ou capucine.
Oeillets de toutes sortes.
Orangers.
Ornithogalon à Alpi.
Pensées.
Phalangion de Virginie.
Pied d'Aloüette hâtif.
Sauge à fleur blanche.
Thlaspi de Candie.
Veronique grande & petite espece.
Viola Pentagonia.

EN JUILLET.

Juillet.

Ambrette ou fleur du grand Seigneur.
Basilic.
Campanelle.
Cyclamen de Veronne.
Cyclamen pourpré odoriferant.
Digitale ferruginée d'Espagne.
Eryngium planum.
Faseol d'Inde nacarat.
Geranium triste & celui de Crete.
Giroflée.
Grenadier à fleur double & simple.
Jacinthe tubereuse des Indes.
Laurier-Rose.
Limonium.
Lunaire de Crete.
Lychnis dit Jacée blanche.
Marguerites.
Nasturtium d'Inde.
Oeillets.
Pensées.
Pied d'Aloüette double de toutes couleurs.
Rose Muscade.
Rose d'outremer.
Soucy double.
Thlaspi de Candie.
Veronique grande & petite.
Volubilis à feüilles de mauves.

EN AOUST.

Aoust.

Ambrette.
Asteraticus ou Oculus Christi.
Belevedet.
Campanelle bleuë & blanche.
Canne d'Inde.
Clematis de toute espece.

Cyclamen de Verone.
Cyclamen pourpré odoriferant.
Cyclamen autonnal Byzantin.
Elycrison ou fleur immortelle.
Geranium triste.
Giroflier jaune.
Jasmin d'Espagne
Jasmin jaune odoriferant des Indes.
Jacinthe tubereuse des Indes.
Laurier-Rose.
Limonium de toutes sortes.
Lychnis blanche double.
Merveille du Perou.
Myrthe de toute sorte.
Nasturtium d'Inde.
Oeillets d'Inde de toute sorte.
Orangers.
Passevelours.
Pensée jaune de montagne.
Pied d'Aloüette de toutes couleurs.
Plante de la Passion.
Phaseole incarnate d'Inde.
Rose Muscade.
Rose d'outremer.
Souci double.
Thlaspi de Candie semé en Mars ou Avril.
Veronique.
Volubilis de toutes especes.

EN SEPTEMBRE.

Septembre.

Amaranthus tricolor.
Ambrette semée au printems.
Anagallis de Portugal.
Antirrhinon de toutes couleurs.
Aster Atticus, ou Oculus Christi.
Basilic.
Belevedér.
Bellis grande d'Espagne.
Canne d'Inde.
Campanelle à fleur blanche.
Colchiques Autonnaux.
Cyclamens d'Autonne.
Eupatorium de Canada.
Fleur du Soleil.
Girofliers.
Gantelée bleüe & blanche.
Geranium de Crete.
Geranium triste.
Jasmin d'Espagne.
Jacinthe tubereuse des Indes.
Laurier Rose.
Lychnis blanche double.
Limonium de toutes sortes.
Lys-Narcisse des Indes.
Melanzene ou Pomme d'amour.
Merveille du Perou.
Myrthe de toute sorte.
Nasturtium d'Inde.
Narcisse de Portugal autonnal.
Oeillets d'Inde de toute sorte.
Orangers.
Passevelours.
Pensée.
Pomme dorée.
Plante de la Passion.
Pomme épineuse.
Phalangion de Virginie.
Phaseole incarnate des Indes.
Renoncule de Portugal double & simple.
Rose Muscade.
Rose de tous les mois.
Souci double.
Thlaspi de Candie semé au Printems.
Veronique se trouve encore en fleur.
Volubilis pourpré.

EN OCTOBRE.

Octobre.

Amaranthe tricolor.
Aster Atticus.
Antirrhinon.
Belevedér.
Canne d'Inde.
Cyclamen d'Autonne.
Nasturtium d'Inde.
Oeillets d Inde.

Orangers.

Orangers.
Oeillets.
Passevelours.
Pensées semées en Aoust.
Pomme dorée.
Pomme d'Ethiopie.
Pomme épineuse.
Pomme d'Inde.
Phalangium de Virginie.
Plante de la Passion.
Renoncule de Portugal double & simple.
Rose Muscade.
Rose d'outremer semée au Printems.
Souci double.
Veronique se trouve encore en fleur.
Violettes se trouvent encore en fleur.

EN NOVEMBRE.

Novembre.

Antirrhinon.
Giroffiers.
Gantelée.
Marguerites.
Oeillets.
Pensée.
Veronique.
Violette double.
Jasmin d'Espagne.
Rose Muscade.
Cyclamen de Perse hyvernal.
Ellebore noir hâtif.
Anemones simples de toute couleur.

EN DECEMBRE.

Decembre.

Anemones simple de toute couleur, & les peluchées hâtives.
Cyclamen de Perse hyvernal.
Cyclamen d'hyver commun.
Primevere simple.
Souci double
Oeillets.
Antirrhinon.
Giroffiers.

CHAPITRE XXII.

Catalogue des fleurs odoriferantes.

Catalogue des Fleurs odoriferantes.

Boüillon blanc. Chevre feüille. Cyclamen Bisantin. Cyclamen de Perse, de Verone printanier. Datura. Fleurs de la Passion. Geranion triste. Giroflée double & simple. Giroflée jaune. Jacinthe Orientale. Jacinthe tubereuse des Indes. Jasmin d'Espagne. Jasmin jaune d'Inde. Iris pour la plus grande partie. Jonquilles pour la plûpart. Leucoïon bulbosum hexaphyllon. Lys blanc. Lys Asphodele. Muguet des bois. Narcisses pour la plus grande partie. Nasturtium Indicum. Nard de montagne. Oeillets. Orangers. Pensées cultivées. Pommes de Paradis. Renoncules jaunes de Portugal & autonnaux. Satyrium odorant. Syringa. Tillot vulgaire. Tymelée. Violettes de Mars. Violier musqué double.

Explication de quelques termes concernant la Culture des Fleurs.

A

Explication des termes de la culture des Fleurs.

A*juster, peigner & refendre l'Oeillet.* Quand l'Oeillet est entierement épanoüi si on voit qu'il ne tourne pas bien les feüilles, ou qu'elles ne soyent pas dans un bel ordre, ni bien arrangées, il faut disposer tellement ses feüilles avec les doigts de la main bien nets, bien lavés & sans sueur, qu'elles trouvent chacune leur place & leur rang

rang & pour donner même plus de largeur à la fleur, on pourra plier les extremités de la cosse, ainsi pliée par ses bouts, on appelle cette façon de traiter l'Oeillet, *l'ajuster*, *le peigner*, *le refendre*.

Amander. Voyés la Quintinie, Explication des termes du Jardinage.

B.

Bequiller. V. le même, lettre B.

Blanc. C'est une roüille qui est jaune & quelquefois blanche qui se met sur le pied & sur les feüilles des plantes & les fait mourir.

Bouton, *Maître bouton*. C'est celuy qui fleurit le premier & qui est au plus haut du dard.

Bouture. V. la Quintinie. C'est de menus jets des herbes, des joncs, & de tout ce que des racines poussent. V. Furetiere.

Brin. V. la Quintinie.

Broulle. V. le même.

C

Cayeu. V. le même.

Chancre. V. Galle.

Chaton. C'est ce qui enferme la graine de la Tulipe, &c.

Châtrer. C'est couper des rejettons qui croissent vers le pied.

Châtrer un Oeillet. C'est couper les marcotes, lors qu'elles montent à dard, dans le second nœud le plus voisin du pied de l'Oeillet.

Claye. V. la Quintinie.

Cloche. C'est le haut de la fleur, lequel forme comme une espece de calice. On l'appelle vase en calice : mais on dit du Jacinthe & de l'oreille d'Ours, la cloche de ce Jacinthe est belle. Voyés aussi la Quintinie pour les autres significations de ce mot.

Se cosiner. Il se dit des Oeillets & veut dire que les feüilles se frisent, & qu'au lieu de demeurer étenduës, elles se recoquillent & se plissent. Les feüilles de mes Oeillets se recosinent. Voyés *la Quintinie*.

Collet, c'est le haut de la plante; endommager le Collet d'une plante.

Cosse. C'est un petit tuyau dans lequel la graine se forme. Voyés la Quintinie, Furetiere & Richelet.

Couche. V. la Quintinie.

Couleur de soupe de laict. Est un blanc impur.

D

Dard ou montant. Il se dit en parlant de certaines fleurs, & signifie ce petit brin droit & rond en forme de Dard qui est au milieu du calice de certaines fleurs, le Dard commence à monter : Les arrosemens frais & gras font du bien à l'Oeillet, quand il commence de pousser son Dard. Voyés *Richelet & Furetiere*.

Dardille. C'est la queuë d'un Oeillet.

Dardiller. Se dit de certaines fleurs, & veut dire, pousser son Dard. L'Oeillet dardille. V. *Richelet*.

Dentelé. V. la Quintinie.

Déplanter. V. le même.

Déplantoir. V. le même.

E

Ecusson jaune. Les Iris bulbeux à feüilles étroites portent une marque jaune assez large, & au milieu de chaque menton ce qu'on nomme *écusson jaune*. Morin traitté des Iris.

Etamine. Se dit parmi les fleuristes, de ces petites parties qui sont dans les Tulipes, dans les Lys, & d'autres fleurs, autour de la graine, suspenduës sur de petits filets. *Les Tulipes* les plus estimées, sont celles qui ont le fond bleu & *& les étamines* noires: ce mot vient de *estamina*, c'est à dire petits filets. V. *Furetiere*.

Etendarts. Se dit des Iris bulbeux & signifie les trois feüilles superieures qui s'élevent au dessus des autres pour former les fleurs. On les appelle aussi, *les Voiles* : V. Morin.

F

Fane. Voy. la Quintinie.

Faner, *se faner*. V. le même.

Fia-

Fiamette. Couleur de fiamette. C'est ce qui est d'une couleur qui tire sur le rouge. V. *Richelet.*

G

Gagner un Oeillet. C'est un terme parmi les curieux d'œillets, pour dire que de la semence qu'on en a faite, il en est venu quelque bel Oeillet nouveau. Voyez *Richelet & la Quintinie.*

Gale ou Chancre. C'est une tache qui vient ordinairement sur les fanes de l'œillet &c. & gagne peu à peu jusqu'au cœur, si on n'a pas soin de couper celles qui en sont attaquées. V. *la Quintinie.*

Glaise, terre glaise. Voy. la Quintinie.

Godet. Ce mot se dit de certaines fleurs, & veut dire ce qui contient la fleur. Le grand Narcisse a le *Godet* jaune, le Jacinthe a le *Godet* incarnat.

H

Hâtif. V. la Quintinie.

Hazard. Par ce mot, on entend une Tulipe &c. qui se trouve panachée, qui ne l'étoit point l'année précedente.

L

Langues. Ce mot se dit des Iris bulbeux, qui portent ordinairement neuf feüilles en chaque fleur, les extremités des trois feüilles qui s'enclinent vers la terre, se nomment *Mentons.* Les trois qui sont jointes à celles-ci & dont les extremités se relevent en haut, se nomment *Langues.*

M

Marcote. V. la Quintinie, Voyés aussi *Furetiere.*

Marne. Voy. la Quintinie.

Mentons. Voyés cy-dessus, *Langues.*

Montant. Voyés Dard.

N

Navet est la racine d'une plante (C'est le navet d'un Oeilleton)

O

Oeil. Il se dit *de l'Oreille d'Ours.* C'est le petit rond du milieu, presque toûjours jaune ou de couleur de Citron. *L'Oreille d'Ours* est agreable quand elle a l'œil grand & bien arrêté.

P

Paillasson. Voy. la Quintinie. Voyés aussi *Furetiere & Richelet.*

Paillettes ou étamines. Voyés étamines. Paillettes noires ou brunes.

Panache V. Quintinie. C'est un agreable mélange de couleur dans une fleur. Anemone, Tulipe, Oeillet, qui a un beau panache.

Se parangonner. Se dit des Tulipes, &c. & veut dire que la Tulipe reviendra tous les ans nettement panachée. V. *le Traité des Anemones.*

Patte. V. la Quintinie.

Planches. Voy. le même.

Plantoir. V. le même.

Plate bande. C'est un morceau de terre assez étroit qui regne le long du parterre, où l'on met d'ordinaire des fleurs (une belle platte bande.)

Puceron. Voy. la Quintinie.

Pur. Voy le même.

Sable noir, c'est le sable noir gras qui se trouve dans les marais, dans les prairies, dans les lieux voisins des rivieres & ruisseaux.

T

Terre & ses differences. V. la Quintinie.

Terre legere. C'est le terrau de Cheval, la terre de Jardin usée & commune, la terre de saule, la terre jaune, &c.

Terrot ou terrau. V. la Quintinie, c'est un vieux fumier & bien pourri mêlé avec de la terre.

Tulipe parangonnée, c'est à dire qui revient tous les ans nettement panachée.

V

Voiles. Voyés Etendars.

SECONDE PARTIE
DE LA CULTURE DES FLEURS en particulier.

De l'Ache Royale.

L'Ache Royale.

L'Ache qu'on appelle Royale, parce qu'on dit qu'on la servoit anciennement sur la table des Princes, est de deux façons, l'une *jaune*, & l'autre *blanche* : Toutes les deux dans l'extremité de leur tige, forment un grand panache rempli de fleurs semblables à celles du Lylas. Elles fleurissent dans le Printemps & sentent fort bon.

L'Ache demande mediocrement de Soleil avec une terre grasse & humide ; Les racines sont, quant à la premiere espece rougeâtres, & en forme de glans, & quant à la seconde, toutes blanches : elles se plantent de la profondeur de trois doigts à un demi pied de distance : on la leve tous les trois ans pour en ôter le peuple.

De l'Amaranthe.

L'Amaranthe.

L'Amaranthe fait une fleur semblable à un panache teint d'une couleur de pourpre si vive, qu'elle se maintient long-temps sans rien perdre de sa couleur, même en la mettant sécher au four elle se garde pour l'hyver, auquel temps la mettant tremper dans l'eau, elle reprend l'éclat & la couleur qu'elle avoit dans l'été. Elle fleurit depuis le mois d'Aoust, jusques à la fin de l'Autonne.

Les *Amaranthes*, particulierement les rares, veulent être semées & élevées sur couche en bonne chaleur avec des cloches de verre, ou de terre, au commencement du mois d'Avril, le cinq ou sixiéme jour de la nouvelle Lune s'il se peut : mais aprés qu'elles auront deux pouces de haut, & quatre ou cinq feüilles, il faut les faire au grand air, en élevant lesdites cloches sur des fourchettes, & lors que les nuits seront chaudes, vous ôterés entierement les cloches de dessus les *Amaranthes*, & les remettrez sur les fourchettes au matin, & tout cela durant l'espace d'un mois ou six semaines & plus, si vous voulés ; & quand les *Amaranthes* seront bien fortes, & que le doux temps sera venu, c'est à dire environ la fin de May, ou le commencement de Juin, vous les planterés où vous voudrez avec leur motte & par un temps de pluye, s'il se peut, c'est une fleur extremement délicate à élever dans les pays froids.

Voila la maniere de gouverner les belles Amaranthes quand on veut les avoir en fleur de bonne heure, c'est à dire dés le mois de Juillet.

Mais pour en avoir plus tard, on les seme en pleine terre bien amandée & composée d'un tiers de sable, mise dans des pots au commencement de May, & en ce cas, elles ne portent qu'au mois d'Aoust.

Au lieu de pure terre on peut mettre des crottins de Cheval tous chauds dans de grands pots, les bien presser, & mettre par dessus deux pouces de haut de bon

bon terrain mêlé de sable, & semer les *Amaranthes* dedans, & y mettre quelques verres dessus pour les faire avancer.

Elles viennent mieux dans des pots qu'en pleine terre.

Il faut bien arroser les *Amaranthes*.

Il est bon de les avoir tôt, afin que leur graine ait tout le temps de bien meurir, & de même il faut la laisser dans la serre durant l'hyver sur sa fleur & dans sa paille, quelque séche qu'elle paroisse, jusques à ce que les gelées fortes soient passées, alors vous l'égrainerez si bon vous semble.

Les plus belles *Amaranthes* sont bordées de jaune, & il en vient qui donnent autant de differentes figures à leurs petits bouquets, qu'il y en a sur leur pied, qui est tout de fleur & en tres-grande quantité, jusques à la grosseur d'un pied ou environ de large, & d'un pied & demi & plus de haut.

Cette fleur dure deux à trois mois, & est une espece d'immortelle; il y en a de plusieurs couleurs, sçavoir de violettes, de pourprées, de cramoisi, d'orangées, de rouges, de jaunes, &c.

C'est une fleur merveilleuse & des plus belles qu'on puisse voir, & qui est maintenant fort estimée parmi ceux qui la connoissent bien.

Elle se plaît où il n'y ait pas trop de Soleil, dans une tres-bonne terre, tres-souvent arrosée.

DES ANEMONES.

CHAPITRE I.

De la beauté des Anemones.

LEs *Anemones* nous sont venuës des Indes. Monsieur Bachelier grand Fleuriste & des plus curieux les en apporta, il y a environ quarante-six ans. Beauté des Anemones.

La fanne de l'*Anemone* est si agreable qu'elle en releve la beauté.

Plus elle est frisée plus elle est jolie.

Sa touffe basse & bien garnie fait seule plaisir à voir.

Il y a bien de la délicatesse sur la tige de l'*Anemone*; pour être belle, elle doit être grande à proportion de la grosseur de sa fleur, & la porter sans baisser; trop haute ou trop basse elle est defectueuse, trop grasse ou trop menue de même.

Le brillant du coloris est toûjours une qualité admirable dans les fleurs; ainsi dans les *Anemones*, comme dans toutes les autres, les ternes sont à mépriser, ce n'est pas à dire qu'il n'y ait à choisir que des *incarnats*, *des couleurs de feu*, *des blanches* ou d'autres couleurs éclatantes, car il y en a de *bizarres* & des *brunes* qui sont merveilleuses, mais il faut qu'elles soient lustrées.

Les *Nuancées* sont rares & précieuses.

Les *Velouteés* sont aussi les belles.

Les *Panachées* sont preferables aux pures, pourveu qu'elles ayent les autres qualités de la beauté.

Une *Anemone* pour être belle doit être grosse, & pommée; & il faut que la peluche fasse le dome comme le pavot.

La peluche doit être fort garnie de bequillons.

Les grandes feüilles doivent exceder la grosseur de la peluche, mais pas de beaucoup.

Quand ces grandes feüilles sont pointuës ou étroites, c'est un grand défaut.

Les bequillons doivent aussi être arrondis par le bout; les pointus sont desagreables.

Plus les bequillons sont larges, plus la fleur est considerable, si elle n'a point d'autre défaut.

Quelque grosseur & quelque coloris qu'ait une *Anemone*, dont les bequillons sont fort étroits, elle est detestable, c'est ce qu'on appelle un *Chardon*.

Le cordon doit un peu se faire voir, & ne point exceder les premiers bequillons, ni faire le bourlet par son épaisseur.

Quand le cordon est de plusieurs couleurs differentes de sa peluche, ou des grandes feüilles, l'*Anemone* en est plus belle.

Le cordon ne doit point du tout avoir de grain, c'est une illusion que de dire qu'il y a du grain qui s'allonge en fleurissant, & de pretendre que ce grain muable n'est point la marque fatale à la plante.

Tout grain est une marque infaillible, que quand l'*Anemone* a quelques années, elle se vuide du milieu de sa peluche, & ne conserve plus que peu de bequillons.

Ceux qui prisent leurs *Anemones* quand elles ont du grain, n'en connoissent pas la consequence: Il y a tant de difference entre une *Anemone* à grain qui n'a que trois ou quatre ans, & une qui en a dix ou douze, que si elle vaut un Loüis dans son commencement, elle ne vaut pas cinq sols sur la fin.

Les *Anemones* dont le cordon est fin & sans grain ne se vuident point.

Il ne faut pas juger entierement de la beauté d'une *Anemone*, la premiere ou la seconde année de sa naissance; la vigueur d'une *Anemone* si nouvelle resserre souvent ses nuances & ses panaches, & elle embellit par la suite.

La culotte aide à connoître quand une *Anemone* doit augmenter en coloris. Ce qu'on appelle culotte est la moitié du dessous des grandes feüilles la plus proche de la queuë, qui est ordinairement de differente couleur, que le bout des grandes feüilles.

Quand la peluche est d'une seule couleur d'abord, & les grandes feüilles de deux, il y a lieu d'esperer que le même coloris de la culotte pourra monter dans les bequillons de la peluche.

Il y a des *Anemones* qui varient, qui sont panachées une année par grandes pieces emportées sur les grandes feüilles, les bequillons bordés, une autre année tout sera larmoyé, & une autre année les grandes feüilles seront tiquetées & les bequillons purs. Ces *Anemones* sont preferables à d'autres, car par leurs mêmes oignons, vous aurez des differences comme si c'étoit d'autres plantes.

CHAPITRE II.

De la terre propre aux Anemones.

Terre propre aux Anemones.

NOus n'avons point eu de curieux jusques à present qui ait pû donner aucune regle sur la terre des *Anemones*, ils se sont presque tous contentez de la terre naturelle de leurs Jardins avec les amandemens qu'ils ont jugé necessaires, où ceux qui ont creu rafiner, en faisant rapporter de nouvelles terres, se-

se sont trouvez si peu satisfaits de leurs experiences, qu'ils ne s'en sont pas vantez.

Il y a des terres plus heureuses les unes que les autres pour cette plante ; mais il faut toûjours les aider un peu.

On sçait generalement que *l'Anemone* veut une terre legere, mais on sçait generalement que *l'Anemone* est gourmande, il lui faut de la nourriture, le sable neanmoins lui plaît fort, il faut donc le fortifier par des terres & terrots convenables & avec des quantités experimentées.

Tous les terrots chauds & gras sont tres-nuisibles à *l'Anemone*. On pousse la pluspart des plantes par ces sortes de terrots, on a voulu essayer à pousser celle-cy de même, & on a tout gâté. La poudrette aussi bien que le fumier de pigeon y sont tres-funestes.

Il ne faut que de tres-legers engraissemens avec du terrot de fumier de cheval pourri de deux ou trois années, ou avec du terrot des herbes qu'on arrache dans les Jardins, des feüilles d'arbres, des gousses vertes, de féves & de pois : Tout cela reduit en terrot fait merveille. Les râclures d'allées bien consumées s'y peuvent mêler & fort à propos.

La meilleure terre se compose avec cinq hotées de sable, trois hotées de terre franche, & quatre à cinq hotées de terrot.

On mêle toute cette terre composée au commencement d'une Autonne, pour ne s'en servir que l'année ensuite au même temps.

Le long de cette année, il la faut faire passer quinze ou vingt fois par la claye, & quand on la doit mettre dans la planche, il la faut passer au crible de fil d'archal.

Ne vous contentez pas seulement de mettre cette terre composée dans vos planches, si le fond de la terre de vôtre Jardin n'est pas sabloneux & leger ; car s'il étoit de terre forte ou glaise, outre qu'il retiendroit trop les pluyes d'Autonne, qui gâtent fort les *Anemones*, les chaleurs du Printems attireroient une vapeur trop grossiere qui nuiroit à la racine de vos *Anemones* : par consequent si vôtre fond est de terre forte, , faites creuser vos planches d'un pied & demi, & remplissez-en la moitié de terre sabloneuse, & l'autre moitié de vôtre terre composée pour les *Anemones*.

Si vous faisiez jetter au fond du creux de vos planches de tres gros platras recouverts de tripes de fagot, vous feriez beaucoup mieux, & enfin l'égout est tres-necessaire aux terres où l'on plante des *Anemones*.

Il faut tous les ans de nouvelle terre à ces plantes, elles s'y plaisent mieux que dans celles qui y ont déja servi.

CHAPITRE III.

Du Temps & de la Maniere de planter les Anemones.

IL y en a qui plantent dés environ la saint Jean Baptiste les *Anemones*, qu'ils auront gardées de l'année precedente, & par ce moyen ils ont des fleurs en Autonne, pourveu qu'ils les mettent en bonne terre neuve, & un peu amandée, & qu'ils les arrosent souvent durant les secheresses. Temps & Maniere de planter les Anemones.

D'autres les plantent plus tard ; vers la Saint Remy d'Octobre, pour les avancer

avancer de pousser, & les conservent dans la terre durant l'hyver, mais il faut qu'il ne gele point du tout.

Mais le temps de planter les *Anemones* est de prévoyance. Il faut juger à peu prés, si l'Autonne sera pluvieuse ou séche.

Heureux celuy qui tire juste. Si l'Autonne est pluvieuse, plantez à la mi-Octobre; si elle est séche, plantez à la mi-Septembre, à moins que vos terres de fond du Jardin ou chaudes comme les sables, ou froides comme les terres fortes, ne vous fassent avancer ou reculer : il faut toûjours planter quinze jours plus tard qu'ailleurs, dans les terres sablonneuses, *l'Anemone* y avance trop.

Lisez ci-aprés le commencement du Chapitre de la maniere de planter les Tulipes, vous trouverez les mêmes façons qu'il faut faire aux *Anemones*, tant pour dresser les planches pour leurs mesures, que pour l'arrangement des oignons sur terre.

Les *Anemones* ne doivent point être mises en terre plus avant de trois bons doigts; il faut faire leurs places avec la main dans la terre en forme de deplantoir, crainte de rompre leurs pattes, & prendre toûjours garde qu'elles ne se trouvent à l'endroit des traits croisés.

Pour regarnir vos planches aux places des oignons qui pourrissent, plantez plusieurs oignons dans plusieurs pots, un oignon seulement dans chaque pot.

L'*Anemone* sort de terre trois semaines aprés y avoir été mise, vous voyez bien alors où il en manquera; ne vous impatientez point de gratter jusques à l'oignon, ni de voir s'il est pourri ou paresseux, attendez plûtôt un grand mois, car en grattant quand l'oignon se trouve bon, on casse des poussans qui souvent le font perir. Mais enfin quand il n'y a plus d'esperance, ôtez vos oignons pourris de leur place, & regarnissez vos planches de ceux de vos oignons qui sont dans vos pots qui auront poussé, car s'ils n'avoient pas poussé, ils pourroient bien être pourris, comme ceux des planches.

Il ne faut pas manquer de décrire les *Anemones*, comme il sera parlé des Tulipes cy-aprés.

Les bulbes d'*Anemones* se gardent deux ou trois ans sans les replanter, les tenant en lieu sec.

Si vous plantez des *Anemones* dans des pots en Mars, vous en aurez des fleurs vers la saint Jean Baptiste d'aprés, pourveu qu'ils soient bien gouvernez.

Par ce même moyen, vous en pouvez avoir encore des fleurs en tous les mois du Printemps, de l'Eté & d'une partie de l'Autonne; il n'y a qu'à en planter en tous les mois du Printemps.

CHAPITRE IV.

Du gouvernement des Anemones depuis qu'elles sont en terre, jusqu'à la fleur.

Gouvernement des Anemones.

IL semble en cette plante encore plus qu'en toute autre que la délicatesse soit annexée à la beauté. Plus vos *Anemones* sont belles, plus elles ont besoin de soin; elles veulent être arrosées en Autonne, lors qu'il y a de la sécheresse, & on leur fait grand plaisir de les couvrir de toiles cirées quand il pleut trop.

Il ne faut pas se presser de les couvrir de paillassons aux premieres gelées, elles en valent mieux pour être un peu endurcies au froid; mais dans les fortes gelées, couvrez fortement par dessus vos paillassons avec du fumier éteint, & selon que la rigueur de l'hyver redouble, redoublez vôtre couverture: vous pouvez manquer en couvrant peu, & vous ne sçauriez trop couvrir.

Qu'on ne neglige pas de découvrir & de donner de l'air aux *Anemones*, quand le temps est adouci & que la gelée est passée, mais de crainte d'être surpris, recouvrez les tous les soirs.

Si le froid recommence, recommencez vos couvertures, & toûjours couvrant & découvrant, attrapez la fin des gelées. Ne laissez pas dans le milieu de la Lune, lors que le temps clair vous promet encore quelques gelées blanches, de les couvrir la nuit avec des paillassons seulement.

Pour la propreté de vos planches, & même pour conserver les fannes de vos *Anemones*, nettoyez les feüilles pourries, & si elles tiennent au pied, coupez-les avec l'ongle, ne souffrez que des feüilles vertes.

Si-tôt que les boutons commencent au Printems à venir à vos *Anemones*, car les boutons prematurez avortent ordinairement, arrosez au milieu ou à la fin du mois de Fevrier & couvrez les soirs, & recommencez vos arrosemens au bout de trois ou quatre jours selon la secheresse ou l'humidité: voyez-en les raisons generales ci-aprés au Chapitre des Tulipes; mais outre cela les *Anemones* demandent beaucoup plus d'eau, & souvent même dans le temps de leur production.

On leur donne l'eau telle qu'elle vient du puits, c'est à dire sans être reposée ni échauffée au Soleil.

En Mars, il faut les arroser, selon quelques-uns, quelquefois; en Avril souvent; ce que vous continuerez tant qu'elles soyent en pleine fleur, & quand les fleurs seront bien épanoüies, vous les mettrez à l'ombre & les garderez de la pluye, afin qu'elles durent plus long-temps, parce que c'est la pluye qui les gâta & les referme.

Lorsque vos planches sont en pleine fleur, si l'ardeur du Soleil est extrême, abriez-les, ôtez-les par jour trois ou quatre heures du grand chaud, elles en dureront bien plus long-temps.

Vous trouverez dans le Chapitre des Tulipes, ce qui est recommandé pour les remarques au temps de la fleur, imitez-les, & si l'on vous a donné des *Anemones* sans vous faire leurs portraits, ne manquez pas de les décrire, afin de pouvoir l'année d'aprés arranger vos couleurs, ou plûtôt les disperser pour rendre vôtre planche plus agreable par la varieté. La claire donne du lustre à la brune, & la brune augmente le brillant de la claire. De plus il seroit malplaisant si vous plantiez au hazard, qu'il se trouvât sept ou huit *Anemones* blanches prés les unes des autres, & de même sept ou huit violettes & sept ou huit rouges. Décrivez donc vos fleurs pour les placer avec jugement.

CHAPITRE V.

Du temps auquel se déplantent les Anemones, leur ordre & leur conservation.

C'Est le Soleil qui regle le temps auquel on doit déplanter les *Anemones*, il y a eu des années où elles ont été déplantées un grand mois plûtôt qu'à d'autres, Temps auquel se déplantent les Anemones.

tres, mais la marque sure est, quand la fanne jaunit pour sécher. Il ne faut pas la laisser sécher entierement, quand la plante n'a plus de seve, elle s'échauffe dans la terre & est sujette à pourrir par la moindre humidité.

Il faut suivre toûjours, en déplantant, l'ordre de vos memoires, & bien reconnoître vos plantes.

Laissez les sécher dans une chambre à l'air avant que de les serrer dans leurs boëtes : ne les mettez pas pour cela en lieu trop chaud, elles en seront mieux de sécher lentement.

Epluchez-les ensuite en ôtant tout le pourri & ce qui n'est pas de l'oignon vif, car il y a souvent au bout de l'Anemone ou vers le cœur, une certaine quantité de l'oignon qui est spongieuse, qui se retressit en sechant & qui aide beaucoup à la pourriture l'année d'aprés quand elle n'est pas bien ôtée, c'est pourquoi ne craignez point, en nettoyant, de couper jusques au vif.

L'Oignon d'Anemone se garde bien une année ou deux sans être planté, il en fait même plus grosse fleur : & comme il y a des années pourrissantes, & que malgré tous les soins, les grandes gelées en font beaucoup perir, reservez toûjours au cabinet de quoi vous remonter, la précaution est de consequence en cette rencontre, & il y a eu des Curieux desolez faute d'en avoir.

CHAPITRE VI.

Des Graines, du temps de les semer, & de leur Culture.

Tems de semer les Graines, & de leur Culture.

LEs Anemones doubles ne portant jamais de graines, nous n'avons que celles des simples à cultiver. Une certaine vertu particuliere dans une graine, plûtôt que dans un million d'autres, jointe à une disposition de la terre, necessaire pour la duplicité, reüssit heureusement ; ou pour remonter plus haut que les causes secondes, cette bonté infinie du souverain Estre qui songe à tout, jusqu'à nos plaisirs innocens, fait produire quelques *Anemones* doubles, parmi un tres-grand nombre de simples.

Il n'est pas inutile à la fleurison des *Anemones* simples, de marquer les fleurs qui ont un tres-grand vase, une bonne forme dans les feüilles, des couleurs éclatantes ou bizarres, & un coloris lustré, satiné, ou velouté. C'est de celles-là qu'il faut prendre la graine pour en faire vos semences, & qu'il y a plus de sujet d'esperer d'heureuses productions, que des blanches, des pointuës, & des couleurs ternes.

On ne doit cüeillir cette graine que quand elle quitte la tête de la tige & qu'elle est prêt à s'envoler ou à tomber, car alors elle est mûre : On la met dans une boëte, & on la conserve séchement jusqu'au mois d'Aoust pour la semer.

La façon de cette semence est à remarquer, & faute de la bien pratiquer, les graines pourront être perduës.

On ne doit semer cette graine que sur une terre bien preparée ; si vôtre terre est forte, répandez dessus beaucoup de terrot de fumier de cheval tres-pourri ; si vôtre terre est legere & sabloneuse, mêlez avec vôtre terrot autant de terre franche bien déliée & mûre. Couvrez de quatre bons doigts de haut de vôtre amandement la terre que vous voulez semer, donnez aprés un petit labour de côté pour mêler vôtre amandement avec la terre du jardin, puis avec la fourche

che à fumier remêlés ensemble, & vôtre terre & vôtre amandement, de sorte que cela s'enfonce environ parmi quatre bons doigts de vôtre terre; unissez bien le tout au râteau & ne vous contentez pas de cela; car la dent du râteau qui fait son creux nuiroit à la semence, mais prenez une baguette bien unie & la passez legerement sur la terre; abbatez toutes les hauteurs & remplissez les creux.

La graine d'*Anemones*, autrement la bourre d'*Anemones*, se tient tellement ensemble, qu'il faut la separer: mettez dans un seau ce que vous avez envie d'en semer, & jettez dessus du sable fort sec ou de la terre fort déliée, maniez & remaniez vos graines jusques à ce qu'elles soient entierement déjointes, autrement elles s'étoufferoient en grossissant, si elles se tenoient ensemble.

Semés-les fort claires, & quand vous en aurez couvert vôtre terre environ une toise de long, crainte que le vent ne la boulverse, surpoudrez-la de terre & terrot mêlés ensemble, & ne la couvrez d'abord qu'à demi pour l'arrêter seulement, & recommencez à la semer comme vous avez fait d'abord.

Quand vos semences sont toutes répanduës & à demi couvertes, recommencez à les surpoudrer encore avec la même terre & terrot jusques à ce qu'elles soient couvertes entierement, & que toute cette premiere & seconde couverture n'aillent qu'à l'épaisseur d'environ un petit doigt.

Unissez après cela vôtre terre avec vôtre baguette, couvrez-la de grande paille de la simple épaisseur d'une paille ou deux seulement; car le Soleil tuë cette graine, tant elle est délicate; jettez quelques petites baguettes sur vôtre paille, pour empêcher que le vent ne l'enleve, & arrosez legerement par dessus vôtre paille, jettant ailleurs le fond de l'arrosoir, si-tôt qu'il ne verse plus tres-délié, de peur qu'il ne fasse des creux qui enterreroient trop la graine. Ce premier arrosement doit être grand de cinq à six arrosoirs, pour une toise de plate bande de trois pieds de large. Continuez à arroser bien moins pourtant de cinq ou six jours en cinq ou six jours, quand il ne pleut point: laissez vôtre paille quelque quinze ou dix-huit jours, afin que vôtre graine germe dessous.

Quand vous ne verriez pas vôtre graine germer, car quelquefois elle ne germe qu'au bout de cinq ou six semaines, ne laissez pas d'ôter vôtre paille au bout de quinze ou dix-huit jours, & prenez garde que vôtre terre ne seche point, mais aussi reglez-vous, car si vous l'arrosiez trop, la graine pourroit pourrir.

Vous devez faire cette semence au mois d'Aoust, & si toutes vos mesures sont bien prises & que vous vous gouverniez à propos, plusieurs de vos graines fleuriront au mois de Mars ou d'Avril ensuite.

Nettoyez soigneusement vos planches de toutes les méchantes herbes, elles étouffent les graines dans leur naissance & les déracinent, quand on les enleve trop fortes.

Couvrez bien vos planches de graines pendant les gelées, & les découvrez au temps doux.

Continuez vos nettoyemens & arrosemens le Printemps en suite, & lors que vos graines, qui sont devenuës des pois ou de petits oignons, veulent secher leurs fannes, déplantez-les avec grande patience, ou jettez la terre de leurs planches jusques au dessous des pois dans un crible tres-fin de fil d'archal, toute la terre passe & les pois demeurent, mettez les secher tout d'un coup en lieu tres-sec avec leurs fannes & leurs racines, en les frottant entre les mains quand elles sont seches. Ces fannes & ces racines s'en vont en poussiere, les pois demeu-

rent

rent nets vous les replantez par planches l'Automne suivante, & lors qu'ils fleurissent vous parcourez vos planches ce qui peut y avoir de doubles, que vous décrivez quand elles en valent la peine, & que vous devez conserver avec grand soin; parce que ce sont des especes uniques, que personne ne sauroit avoir sans vôtre consentement, les belles fleurs uniques sont bien d'un plus grand prix que celles qui sont d'une même beauté & qui sont communiquées.

CHAPITRE VII.

Liste des Anemones à peluche.

Liste des Anemones à peluche.

L'*Albanoise*, est toute blanche, sinon un peu d'incarnat au fond des grandes feüilles & de la peluche.

Albertine, est de couleur de chair nuë d'incarnat, aucuns la nomment *Parangon* ou *Passe scalla*.

Abicante, ses grandes feüilles sont d'un blanc sale, sa peluche est blanche à l'extremité, couleur de rose; en Bretagne on la nomme *carnée*.

Amarantine, ses grandes feüilles sont d'un rouge blafard, sa peluche d'un Amarante brun, sur laquelle vient par fois une houppe ou floquet incarnadin.

Angelique, est blanche, à peluche gris de lin.

Asiatique, ses grandes feüilles sont blanches mêlées d'incarnadin, sa peluche est de couleur de grenade mêlée de blanc.

Asterie, ou *Astrée*, est blanche mêlée d'incarnat, elle fait grosses fleurs.

Augustine, ses grandes feüilles sont blanches mêlées d'incarnat, sa peluche couleur de feu.

Blanche vulgaire, celle-ci est toute blanche, les fleurs en sont petites.

Bleue ou *quasi bleue*, sa fleur en son entrée approche du bleu, par aprés elle s'éclaircit, & finalement devient gris de lin.

Boulonnoise, ses grandes feüilles sont blanches à fond incarnat, sa peluche entremêlée de blanc, d'incarnat & citron: elle demeure long-temps en fleur, sa peluche est fort bien rangée.

Briotte, a les grandes feüilles blanches mêlées d'incarnadin; sa peluche toute incarnadine.

La Bury, est d'un blanc sale mêlé d'incarnat, sa peluche est fort étroite.

Candiotte, a les grandes feüilles d'un gris blanchâtre, sur le fond incarnat, sa peluche incarnate bordée de feüille morte verdâtre.

Cassandre, est toute de couleur de fleur de pêcher, plus haute en couleur que la Persiquine vulgaire.

Carnea grossa, est toute de couleur de chair en incarnat, sa peluche assez large: elle a été élevée en Italie.

Cazette ou *Cassettane*, a les grandes feüilles rouges bordées de couleur de soufre, sa peluche d'un haut rouge de feu.

Celestine, a les grandes feüilles blanches, sa peluche blanche, mêlée de citron, qui blanchit sur la fin.

Calidée, porte les grandes feüilles blanches mêlées d'incarnat, sa peluche celadon mêlé de couleur de rose.

Clitie, est d'une couleur de chair entre-mêlée d'incarnadin, sa peluche fort bien rangée

rangée à la maniere des soucis doubles ; & c'est une des plus belles *Anemones* à peluche qu'on puisse voir.

Colombine, est toute d'une couleur, qui retire plus à la fleur de pécher qu'au Colombin, ainsi elle a été mal nommée, elle est fort vulgaire.

Cord ou *Violet* ou *Cinq Couleurs*, a les grandes feüilles & la peluche rouge, sa fraise ou cordon (qui croît plus qu'aux autres *Anemones*) devient de couleur violette tirant sur l'Amaranthe, peu de jours avant qu'elle défleurisse, sa tige ne se soutient pas bien droite, ce qui fait qu'on ne l'estime guere.

Cramoisie, est d'un rouge brun velouté, sa peluche fort bien rangée.

Damasine, est incarnate & blanche panachée distinctement ; c'est une des plus belles Anemones qu'on puisse voir.

Dorismene, a ses grandes feüilles incarnates mêlées de blanc, sa peluche rougeâtre.

Exislée, Persiquine nouvelle & tres-belle.

Extravagante, est ainsi nommée à cause que sa peluche est d'une figure toute extraordinaire, sa couleur étant blanche, rouge & verte.

Gabrielle, ses grandes feüilles sont blanches, sa peluche verte, blanche & incarnate.

Galipoli de Toulouze, est de couleur de feu mêlé de blanc.

Gayetane, ses premieres fleurs sont blanches à peluche pourpre, mais les dernieres deviennent colombines mêlées de fleur de pécher.

Herissée, ses grandes feüilles sont rouges & quelquefois mêlées de blanc, sa peluche est de couleur de feu.

Incarnadine d'Espagne, celle-cy porte le nom de sa couleur qui est-tres-vive.

Jolivette, est de couleur de chair mêlée de rouge, sa peluche couleur de brique.

Indique, ses grandes feüilles sont couleur de chair mêlées d'incarnat, sa peluche celadon blanchissant mêlée de rouge.

Juliane, a les grandes feüilles blanches mêlées d'incarnat ; sa peluche est incarnate.

Limosine, est de même couleur que l'extravagante, verd, rouge & blanc, & lui ressemble assez du reste.

Lionnoise, a les grandes feüilles & la fraise ou cordon verte blanchâtre à fond colombin, sa peluche colombine, à l'extremité gris.

Mantuane, est de couleur de citron à fond incarnat.

Marguerite de Marselleti, est de couleur siamese ; sa peluche qui ressemble assez bien à une fleur de Marguerite, est souvent entre-mêlée d'une autre peluche, qui vient plus large que la premiere.

Melidore, est de toute couleur de feu, brune à fond blanc.

Merveille de Bretagne, est moitié blanche & moitié cramoisie.

Meteline, est d'un gris sale mêlé de vert & d'incarnat.

Milanoise, est une Persiquine, qui fait de grosses fleurs.

Moresque, est d'un mêlé d'incarnat, sa peluche est étroite.

Morette, est de couleur de chair, la peluche est blanche aux pointes rouges.

Morine est d'un haut violet approchant du pourpre, tant en ses grandes feüilles, qu'en sa peluche.

Nantoise, est toute incarnate : elle vient de belle hauteur.

Natolie, est blanche mêlée d'incarnadin, tant en ses grandes feüilles qu'en sa peluche.

Noiron, a les grandes feüilles rouges, sa peluche rouge, mêlée d'une couleur noirâtre.

Olinde, a les grandes feüilles violettes, quelquefois bordées de blanc, sa peluche est toute violette.

Orientale, est d'un gris lavandé, tirant sur la couleur d'ardoise, tant en sa peluche qu'en ses grandes feüilles : elle fait de grosses fleurs.

Panne Isabelle, on la nomme ainsi à cause que sa peluche est de couleur Isabelle ; ses grandes feüilles sont colombines, ou plûtôt couleur de pêcher : Il faut noter que celle-cy est sujette à dégenerer en sa peluche, laquelle change par fois sa couleur, & devient comme les grandes feüilles.

Parisienne, a ses grandes feüilles blanches, sa peluche au commencement est couleur de citron pâle, qui blanchit aprés.

Parmesane, porte les grandes feüilles blanches à fond rouge, sa peluche couleur de rose incarnat & feüille-morte jaunâtre.

Perciquine, est toute de couleur de fleur de pêcher, sa peluche bien rangée est fort commune à Paris.

Picarde, nommée par quelques-uns *Juron*, est blanche mêlée de couleur de fleur de pêcher, tant en sa peluche qu'en ses grandes feüilles ; elle produit de grosses fleurs.

Piedmontoise, ses grandes feüilles & sa peluche sont d'une Isabelle tirant sur l'incarnat.

Provençale, est verte & fleur de pêcher assez belle.

Quadricolor, dite à Paris *Amaranthe régale*, Monsieur Morin en avoit de quatre especes.

La premiere porte ses grandes feüilles rouges mêlées de blanc, sa peluche d'un amaranthe brune, & une houpe ou floquette rouge au milieu.

La seconde, porte ses grandes feüilles toutes rouges, sa peluche amaranthe brune ; sa houpe d'incarnat bordé de blanc.

La troisiéme dite *Belle Françoise*, a les grandes feüilles blanches mêlées d'un peu de rouge ; sa peluche est d'amaranthe brune comme les autres precedentes, sa houpe incarnadine.

La quatriéme, a les grandes feüilles rouges mêlées de blanc, sa peluche amarante brune, excepté le milieu qui est incarnat, celle-ci est la plus rare des quatre.

Renonculée, la couleur de celle-cy est toute de peluches larges ne portant de grandes feüilles comme les autres Anemones ; elle est de couleur rose séche, tirant au violet.

Régale, est rouge mêlée de blanc, principalement en ses grandes feüilles.

Rouge vulgaire, celle-ci est toute rouge, & fort commune.

La saint Carle, est d'un blanc sale & rouge vers le fond : sa peluche est fort déliée.

Sanguine de Martelletti, est toute rouge, sa fleur n'est pas si grande que la rouge vulgaire.

Scalla, a les grandes feüilles d'un blanc sale : sa peluche couleur de feu.

Sermonette, a les grandes feüilles & la peluche couleur de feu entremêlée de chamois.

Synople, est toute carnée differente toutes-fois de la *Carnea grossa*, cy-devant décrite.

Syrienne, ses grandes feüilles sont Isabelle pâle nué de carné, sa peluche vert-clair, nué aussi de couleur de chair.

Toscane,

Toscane, est d'un rouge blafard mêlé quelquefois de feüille morte : elle dure beaucoup plus long-temps en sa fleur que beaucoup d'autres.

Tripolitaine, est de couleur de citron blanchissant, s'éleve haut de terre & fait de grosses fleurs.

Turquoise, est blanche à fond incarnat, tant en sa peluche qu'en ses grandes feüilles, elle est tres-tardive à fleurir, & fait ses tiges hautes.

Victorieuse, a ses grandes feüilles couleur de chair, mêlée d'incarnat, sa peluche feüille morte & incarnate.

Violette vulgaire, celle-cy en fleurissant est toute violette, mais aprés elle devient pâle & grisâtre : Les Italiens la nomment *Pavonasso* ; les Flamans, *Cul de Tabon.*

Des Bassins.

IL y a des Bassins de diverses sortes & de differentes couleurs, car il y en a de blancs, de jaunes, de pâles, de simples, de doubles, de grands, de communs, de hâtifs & de tardifs. Des Bassins.

Les grands sont de deux façons, les uns unis, & les autres separez : les unis jettent six feüilles blanches & larges, qui portent l'une sur l'autre avec le gaudet au milieu de la même couleur.

Les separez ont pareillement six feüilles blanches avec un petit gaudet de même couleur ; mais elles sont bien plus étroites & plus separées, & ne s'étendent pas si bien que les premieres.

Les Petits, ne different des grands que par la petitesse de leurs fleurs.

Le pâle, a les feüilles larges & bien unies, avec un gaudet couleur de citron.

Le jaune, fait une fleur un peu plus petite & a le gaudet un peu plus couvert en couleur.

Le double, est le plus estimé, tant à cause de l'abondance de ses feüilles, que parce qu'il est plus agreable à la vûë, mais comme il est rare, il manque bien souvent à fleurir.

Les Bassins veulent avoir du Soleil, de la terre comme les potagers. Il faut leur donner la profondeur de six doigts, de la distance d'un demi pied. Au bout de trois ans les lever pour en ôter le peuple. Eux & les *Narcisses* veulent être les premiers levez & les premiers replantez.

Du Boüillon de Constantinople.

IL éleve sa tige à deux pieds de hauteur ou environ, elle est entourée de plusieurs tasses, qui s'étallant & pullulant, jettent quantité de boutons, lesquels étant ouverts forment comme une balle fleurie & ces fleurs qui sont pleines de feüillages rouges, ressemblent à des *Marguerites*. Cette fleur doit être estimée, parce qu'elle dure tres-long-temps en fleur & durant l'Eté. Du Boüillon de Constantinople.

Cette plante veut être au Soleil, mais dans une terre grasse & détrempée. La racine se taille par morceaux, & dans le commencement du Printemps on les met dans des pots à la profondeur de deux doigts & on l'arrose bien ; en hyver, on la retire dans un lieu chaud, & l'Eté quand elle est en fleur on la met à l'ombre, pour faire durer les fleurs plus long-temps, & les rendre plus belles.

Des Catilinettes ou Marguerites d'Espagne.

Des Marguerites d'Espagne.

LEs *Catilinettes*, que quelques-uns appellent *les Marguerites d'Espagne*, élevent une tige, qui se divise en plusieurs petites branches, qui se chargent de petits boutons longuets & marquetez, lesquels étant ouverts paroissent autant de petites boules rouges fort agreables à voir. Elles ne demandent rien qu'un grand Soleil, une bonne terre & quantité d'eau.

Des Clochettes.

Des Clochettes.

LEs Clochettes que quelques-uns appellent *Narcisses sauvages*, & les autres *Narcisses bâtards d'Espagne*, different non seulement en grandeur & en figure, car il y en a de grandes, de petites, de simples, de doubles; mais encore en couleur, les unes sont jaunes claires, les autres sont d'un jaune lavé & quelques-unes blanchâtres.

La simple jette six feüilles, au milieu desquelles sort un gaudet, qui est presque de la longueur d'un demi doigt, étroit & rond par le fond, qui s'élargissant à l'ouverture, fait la figure d'une trompette ou d'une cloche.

La petite ne differe de la grande que parce qu'elle est trop petite, luy ressemblant entierement en tout le reste.

La jaune lavée & la blanchâtre hors la couleur ne different en rien de la precedente.

Il y a quatre sortes de clochettes doubles, sçavoir trois grandes & une petite. Les grandes different ainsi.

La premiere fait une fleur semblable au Narcisse rosat, bien que le gaudet de celuy-cy soit plus rond que celuy de l'autre.

Cette fleur pour l'abondance de ses feüilles est fort sujette à se dépecer.

La seconde espece fait sortir du fond de son gaudet un bouquet de feüilles assez touffu.

La troisiéme a deux gaudets l'un dans l'autre, ce qui la rend tres-agreable.

La petite espece double ouvre un tour ou deux de feüilles, au milieu desquelles s'éleve un gaudet avec d'autres feüilles assez plaisantes à voir.

Les Clochettes se doivent planter au Soleil, dans un terroir comme pour les potagers. Il ne leur faut que quatre doigts de profondeur & la moitié d'un empan de distance: on les leve tous les trois ans pour les décharger de leurs cayeux.

Comme les eaux ou les neiges les font souvent crever, il faut en ce cas, en revétir les boutons avec de petites robes de carte ou autre chose legere, & les arroser doucement.

Du Col de Chameau.

Du Col de Chameau.

LE *Col de Chameau* est ainsi nommé, parce qu'en fleurissant il panche la tête, & courbe le col comme un chameau. Il est autrement appellé, *Narcisse à la tête longue*, ou *Narcisse couronné*. Il s'en trouve de trois sortes, de blanc simple, de double & de blanc pâle.

Le blanc simple étend six feüilles, du milieu desquelles s'éleve un gaudet, dont l'extremité est bordée d'un petit trait rouge.

Le blanc pâle a la fleur plus petite, mais il porte aussi bien davantage, en faisant quatre ou cinq sur chaque tige.

Le blanc double, à cause de la plenitude de ses feüilles & de son gaudet doré orlé d'une ligne rouge, qui l'environne, enfermé d'une couronne, peut justement être appellé *le Narcisse couronné*, car il est de tous, pour sa figure, sa plenitude, & sa bonne odeur, le plus beau & le plus estimé.

Il y en a beaucoup qui nomment cette fleur, *Rose de Nôtre Dame.*

Cette fleur dans toutes ses trois especes, ne veut pas avoir beaucoup de Soleil; elle se plaît dans un fond de bonne terre grasse & détrempée, de la profondeur de quatre doigts, un demi empan de distance. Il la faut recouvrir avec la terre à potager pour la faire plus facilement fleurir. On les tire tous les trois ans pour en détacher les cayeux.

De la Consoude Royale.

Cette plante est nommée *Trachelio d'Amerique*, & par plusieurs, *la fleur du Cardinal*: Elle pousse sa tige comme une asperge, & quelquefois elle se divise en plusieurs petites branches, qui se chargent d'une infinité de fleurs si bien arrangées, qu'elles semblent un panache: Elles sont toutes d'une certaine couleur, qui donne dans le rouge brun, de sorte que ces fleurs semblent être de Veloux, elle est semblable à *l'éperon de Chevalier*, elle est simple. De la Cōsoude Royale.

Elle aime le grand Soleil, une terre grasse & détrempée, elle se conserve mieux dans des pots à la profondeur de deux doigts: Quandon l'arrose on l'oppose promptement au Soleil. L'Hyver on la serre dans un lieu chaud & aëré. On la leve tous les ans au mois de Fevrier pour en ôter le peuple, que l'on met dans d'autres pots pour en avoir de la race.

De la Cornette.

La *Cornette* comme un arbrisseau a plusieurs petites branches, qui portent quantité de fleurs faites comme les gaudets des *clochettes* doubles; elle est violette par les bords & tire au rouge: Elle a une bonne odeur, & comme elle vient de graine, on la reséme tous les ans. De la Cornette.

De la Couronne Imperiale.

Cette fleur est encore appellée le *Lys Royal.* Elle jette au dessus de sa tige, comme une petite touffe de feüilles, qui produit de tres-agreables fleurs, qui poussent autour de cette verdure & pendant en bas forment une *Couronne*, que l'on appelle *Imperiale.* De la Couronne Imperiale.

Ces fleurs qui ressemblent à des Lys, bien qu'ils n'ayent pas les bords renversez & qu'ils ne s'écartent pas tant à l'ouverture, ne viennent pas toûjours dans un nombre égal, parce que quelquefois il en fleurit peu, & quelquefois beaucoup: Elles ne sont pas aussi toûjours de même couleur, parce que tantôt elles sont jaunes & tantôt orangées &c. Ce n'est pas seulement dans la couleur que cette *Couronne* est changeante, mais aussi dans l'ordre & l'arrangement de son tour, car il y en a à un, à deux, & à trois étages. Du milieu des fleurs il s'éleve de certains petits brins jaunes, au nombre de sept, dont celui du milieu est plus long & plus gros par le bout que les autres. Chaque feüille de cette fleur a dans le fond une certaine humeur aqueuse, qui forme comme une perle tres-blanche; qui distille par aprés peu à peu des gouttes d'eau tres nettes & tres claires. Bref cette fleur est tres agreable à la vüë, mais bien loin de plaire à l'odorat, elle est extrémement puante.

La *Couronne Imperiale* ne veut de Soleil que mediocrement, une terre à potager, la profondeur & la distance de quatre doigts. Comme l'oignon n'a point de robe, & qu'il est fort tendre, il ne faut le lever de terre que pour en détacher les cayeux, ce qui se fait au mois de Septembre, où on les replante aussi-tôt: Et si on les veut tenir hors de terre, il les faut serrer dans des boëtes, & les envelopper dans du papier.

Du Cyclamen.

Du Cyclamen.

OUtre le *Cyclamen* rouge commun, que l'on voit venir en quantité de soi-même dans les champs, il s'en trouve encore de quatre especes, de blanc, dont il y en a un qui est tout blanc, & un autre qui a l'extremité rouge, tous deux ont la fleur simple: La troisiéme espece est double, & toute remplie de feüilles: toutes ces trois fleurissent au Printemps, & ont une odeur tres-agreable. Il y en a encore un blanc qui fleurit au Printemps, qui quoi que sans odeur, ne laisse pas d'être fort estimé.

Le *Cyclamen* du Printemps veut être au Soleil, & celuy de l'Autonne se plaît à l'ombre; mais il leur faut à tous deux une bonne terre, grasse & legere. On les plante à deux doigts de profondeur dans de grands pots, dans lesquels quand la racine se sera tellement multipliée, qu'elle les remplira, ce qui se connoît à l'épaisseur des feüilles, on en leve en motte une partie, que l'on replante dans d'autres pots.

Ses racines se multiplient, ou en les coupant aprés que ses feüilles sont tombées, ou en les semant. De ceux qui se coupent, chacun doit avoir un œil entier & qui ne soit point entamé. Il faut recouvrir de cire d'Espagne ceux que l'on coupe, & les ayant replantés il leur faut mettre de la terre maigre, tout proche, mais tout le reste doit être de terre grasse & legere. Et afin que la grande humidité ne leur nuise pas, il ne les faut arroser que quand ils auront commencé à pousser.

Pour les faire venir de graine, on fait ainsi. On fait sortir la graine qui est dans le bouton: Celuy du Printemps se semera au Printemps, & celuy de l'Autonne en Autonne, dans des pots preparés avec de bonne terre pour cet effet; aprés quoi il faut les mettre au Soleil, & on ne les transplante qu'au bout de trois ans.

Du Dictame.

Du Dictame.

D*Ioscoride* & *Theophraste* font mention de trois sortes de *Dictame*; mais pour nous qui nous arrêtons plûtôt à la beauté des fleurs, qu'à l'usage de la Medecine, nous n'en distinguons que deux, qui ornent particulierement nos jardins, sçavoir celuy de Candie & le nôtre. Ils produisent tous deux plusieurs petites branches menuës, qui s'élevent jusques à deux pieds de hauteur ou environ, revêtuës de feüilles qui sont tres-bien arrangées deux à deux tout autour. Les plus

plus hauts produisent à leur extremité des pannaches de fleurs : celui de *Candie* est rougeâtre & *le Nôtre* est blanc. Ils sont d'autant plus à estimer qu'ils ont une qualité merveilleuse, elle est telle que les fleurs qui ont été meurtries, ou blessées sur le pied, quoi qu'elles fussent sans odeur, pour peu qu'on les y fasse toucher, il leur communiquera la senteur qu'il exhale, & qui pour être forte, n'en est pas moins agreable. Il demande une culture ordinaire.

De l'Eternelle.

LEs feüilles & la tige de cette plante sont d'une certaine couleur verte blanchâtre. Au haut des tiges, il vient de petites fleurs ramassées en bouquets, qui sont autant de petits boutons jaunes de paille, & d'autant que la fleur, quoy que coupée de dessus le pied, se conserve fort long-temps, sans changer de couleur, on la nomme *Eternelle.* Il ne lui faut que la culture commune & ordinaire. De l'Eternelle.

De l'Ecarlatte ou Croix de Chevalier.

CEtte fleur que quelques-uns appellent *Reine des plantes*, à l'extremité de sa tige produit quantité de petits boutons, qui forment comme un parasol, lesquels s'étant ouverts semblent autant de petites croix d'écarlatte, & c'est pour cette raison qu'il y en a qui le nomment la Croix de Chevalier. L'Ecarlatte ou Croix de Chevalier.

Elle veut beaucoup de Soleil, une terre à potager : on l'arrose quand elle en a besoin.

De la Fritelleria.

ELle est encore appellée *Narcisse Chaperonné*, du nom de celui qui l'a trouvée. D'autres la nomment *Lys marbré*, & d'autres *Meleagaride*, qui veut dire *Poule d'Afrique*, parce qu'elle est tachée comme cet animal. La Fritelleria.

Du haut de sa tige, il pend deux fleurs en forme de clochettes tachées de couleurs en forme d'échiquier, mais il y en a qui ne sont que d'une seule couleur, lesquelles ont les côtes blanchâtres, sur lesquelles s'étend une certaine ligne verte jusqu'au milieu de la feüille, & du milieu de la fleur il s'éleve de petits filets entre six petits brins jaunes, qui semblent couverts de poussiere.

La Fritelleria est plus seurement dans les grands pots que dans des planches. Elle ne veut pas trop de Soleil, une bonne terre grasse & détrempée la profondeur de trois doigts, & on la leve au mois de Septembre.

Des Gans.

LE *Gan* est une fleur qui vient de graine ; Il s'en trouve de trois couleurs, car on en voit de *blanc*, de *rouge* & d'*incarnat*. La feüille de cette fleur est comme la bourroche, sinon qu'elle est plus grande & moins rude : La tige qui s'éleve quelquefois à trois pieds de terre, se couvre dés le fond de quantité de boutons qui font comme une longue pyramide, & quand les fleurs sont ouvertes, il semble que c'est autant de gans, & c'est pourquoi on leur a donné ce nom par le rapport de leur figure. Des Gans.

Cette plante veut beaucoup de Soleil, une terre à potager ; on l'arrose quand elle en a besoin.

Geneſt

Geneſt blanc.

Geneſt blanc.

CE *Geneſt* s'éleve ſi haut & ſi proprement, qu'on le pourroit compter avec les arbres : il pouſſe pluſieurs branches deſquelles s'éleve une quantité de petits brins délicats & pointus, qui s'étendent juſques à la hauteur d'un pied & demi, ou deux pouces ; & ſes brins jettent de certaines petites feüilles faites comme celles de la ruë, & des fleurs en grande quantité, qui ſont rouges par le fond & toutes blanches au reſte, leſquelles étant de prés attachées aux branches ſemblent autant de perles deſtinées pour leur ornement.

Ce *Geneſt* veut le Soleil mediocrement, une terre à potagers : dans les chaleurs il faut l'arroſer, & parce qu'il vient de graine on en ſeme, & comme ſa ſemence a l'écorce dure, on pratique pour l'attendrir les regles qui ont été données cy-devant dans le onziéme Chapitre des graines, dans la premiere Partie de cet ouvrage.

De la Giroſlée.

De la Giroſlée.

LA *Giroſlée* éleve ſa tige, & a ſes feüilles faites comme la ſauge, à l'extremité des branches & dans les nœuds par ci par-là, il y vient quantité de fleurs ramaſſées en bouquet. Il y en a de blanches, de rouges & d'autres couleurs.

Elle veut la même culture que les Oeillets & pour en avoir du plant, il en faut ſemer la graine.

De la Gigantine ou Farneſienne.

La Gigantine.

ELle éleve ſa tige à la hauteur d'un homme, & jette pluſieurs branches qui ſe diviſent encore en d'autres plus petites. Ces branches produiſent grande quantité de fleurs jaunes : Les feüilles qui ſont autour ſont friſées dans le milieu & pendent à de petites queuës. Elle fleurit dans l'Autonne.

Elle aime le grand Soleil & une terre graſſe & humide ; on la plante à quatre ou cinq doigts, & tous les deux ans on la leve pour la détaler. Il faut l'arroſer dans le temps.

Des Jacinthes.

Des Jacinthes.

LEs *Jacinthes*, pour leur diverſité, ſont comme autant de Prothées dans les Jardins, qui font agreablement la guerre avec les Narciſſes, car il s'en trouve de tant de ſortes, & de ſi differentes couleurs, que c'eſt une merveille.

Ces fleurs ſemblent de petits gaudets, qui ſortent de leur tige attachés ſeparement chacun ſur une petite queuë : Elles forment par en bas un petit bouton au deſſus duquel il s'éleve comme de petits canaux plus étroits, qui s'élargiſſant à l'ouverture avec certaines petites feüilles découpées & renverſées, font la figure d'autant de petits lys. Elles fleuriſſent la plûpart tout autour de la tige, les unes plus dures, les autres plus claires.

Il y en a qui n'amenent que peu de fleurs, & d'autres qui fleuriſſent en abondance, que l'on appelle pour ce ſujet *Polyanthes*, c'eſt à dire bien fleuries. Les unes ont des gaudets communs & les autres en ont de plus grands, & on les appelle *Orientaux*.

Il y en a qui ont des feüilles & d'autres qui n'en ont point : Il y en a de simples & de doubles. Il s'en trouve de hâtifs, de communs & de tardifs.

La couleur en est si differente, que l'on en voit de blancs, qui ont le gaudet incarnat, de rougés, de lavez, de bleus, de cendrés, de couleur de rosmarin, de verts, & de plusieurs autres couleurs, de sorte qu'il ne faut pas s'étonner si étant si differens les uns des autres, ils ne demandent pas tous une semblable culture. C'est pourquoi nous les diviserons en trois ordres pour plus grande facilité.

Nous mettons dans le premier rang ceux qui demandent une culture generale.

Dans le second, ceux qui en veulent une particuliere, & dans le troisiéme nous ne parlerons que des *Jacinthes*, qui ont été apportées des Indes.

Premier ordre des Jacinthes.

Premier ordre des Jacinthes.

LEs *Iacinthes* que nous mettons dans le premier rang, sont le blanc commun, le blanc dont le gaudet est incarnat, *le blanc clair*, qu'on appelle le *Iacinthe du Parfumeur*, *le bleu tirant au rosmarin*, *le bleu couvert*, qui est de la couleur d'une Turquoise, & tres-odoriferent, on l'appelle *Iacinthe* de *Bizance* ou de *Constantinople* : *Le cendré*, *le violet cramoisi hâtif*, *le violet à feüilles frisées*, nommé *le riche cramoisi*, *le violet marbré*, *le bleu mourant double*, qui a quantité de petites feüilles.

Tous les *Iacinthes* cy-dessus nommés veulent être exposés au Soleil, demandent la terre comme celle des potagers. Il leur faut donner la profondeur d'un demy-pied & autant de distance de l'un à l'autre. Au bout de trois années on les leve pour les décharger d'une tres-nombreuse multiplication.

Second ordre des Jacinthes.

Second ordre des Jacinthes.

CEux que nous mettons dans le second rang, sont *le blanc hâtif*, *le blanc tardif Oriental*, *le Violet feüillu*, *l'incarnat lavé tardif*, *le bleu Polyanthe*, *le verd double*, *le resineux* ou *grenu de Cyprés*, *le blanc de Flandre*, *l'incarnat tardif*, *le Turquois* & *le tanné d'Espagne*.

Le Iacinthe blanc hâtif se plaît assez au Soleil, dans une terre comme celle des potagers : Il lui faut quatre doigts de profondeur & un empan de distance : & d'autant qu'il multiplie beaucoup, il faut le lever tous les deux ans pour en ôter les cayeux.

Le blanc tardif Oriental veut aussi un lieu exposé au Soleil, & une terre de même que le precedent, la profondeur d'un demi pied & autant de distance : celui-ci se leve tous les ans dés que les feüilles en sont séches, parce qu'il a l'oignon fort tendre, de sorte que si on le laisse en terre, ou le Soleil le brûle, ou l'eau le pourrit.

Le Violet feüillu & *l'incarnat lavé tardif* demandent la même culture que le precedent.

Le Bleu polyanthe veut le Soleil, une terre neuve & maigre, un demi pied de profondeur & autant de distance : il faut en recouvrir les oignons avec deux doigts de bonne terre grasse & bien détrempée, afin que la maigre qui est dessous empêche la pourriture, & que la bonne & grasse de dessus leur donne un aliment temperé : il faut les lever tous les trois ans pour en ôter les cayeux.

Le vert double se plaît plus à l'ombre qu'au Soleil, parce que le grand Soleil l'éclaircit tellement qu'il devient cendré. Il veut le terroir des potagers, un demi pied de profondeur, & autant de distance. Il s'éleve comme le precedent.

Le resineux ou *grenu* qui étend ses fleurs en forme de grappes, demande du Soleil, la terre, la profondeur, la distance, & levé comme les autres ci-dessus.

Le Cyprés, qui est un Jacinthe semblable à l'arbre de ce nom, est encore appellé *Jacinthe de Sienne*, parce que c'est dans le Jardin du Duc de Sienne qu'on dit qu'il a été premierement élevé. Il ne veut pas beaucoup de Soleil, mais une bonne terre forte, la profondeur de quatre doigts & un empan de distance. Il ne veut point être mêlé avec d'autres fleurs, & veut être levé comme ceux ci-dessus.

Le blanc de Flandres, Le Turquois & l'Incarnat, ne veulent pas beaucoup de Soleil, demandent la profondeur de trois doigts & quatre de distance. Et comme les oignons n'ont point de robe & qu'ils sont fort petits, ils ne sont pas trop bien hors de terre, c'est pourquoy il ne les en faut pas tirer, mais seulement ôter les cayeux.

Le Tardif jaune d'Espagne demande l'ombre, une bonne terre forte. Il faut le planter & le lever de la maniere des autres.

Des Jacinthes d'Inde.

Des Jacinthes d'Inde.

IL y a deux sortes de Jacinthes qui ont été apportés des Indes en ce païs-ci. Le premier est le *Polyanthe étoilé*, qu'on appelle encore le *Jacinthe du Perou*. Il produit à l'extremité de sa cyme, comme un gros épi composé de plusieurs boutons, qui s'écartant & se separant les uns des autres, forment un bouquet rempli d'étoiles varié d'incarnat blanc & bleu : Il est vrai qu'ils ne fleurissent pas tous à la fois, mais ils commencent par le bas, & quand les uns fleurissent, les autres passent, c'est ce que nous appellons *Jacinthe des Prêtres*.

Cette fleur veut être à l'ombre, une terre de potager, quatre doigts de profondeur & un empan de distance : & parce qu'elle multiplie beaucoup, il faut en lever l'oignon tous les ans.

La seconde espece de *Jacinthe d'Inde* c'est la *Tubereuse*, voyés ci-aprés au Titre de la *Tubereuse*.

Des Jasmins.

Des Jasmins.

IL y a plusieurs especes de Jasmins ; car outre le *Jaune sauvage & le blanc commun* nous avons encore celui *d'Espagne double*, celui *d'Arabie*, *d'Amerique & le grand Jasmin d'Inde* qui a la fleur toute rouge, & celui de *Catalogne*.

Ce *Jasmin de Catalogne* produit dans l'extremité de ses branches une si grande multitude de fleurs, qu'il y en a abondamment pendant tout le Printemps & l'Autonne. Il est d'un blanc pâle, qui devient à la fin taché de marques incarnates : chaque fleur a cinq ou six feüilles en ovale, une fois aussi grandes que celles du Jasmin commun : il a tres-bonne odeur.

Le Jasmin d'Espagne double est de la même couleur, & a aussi 5. ou 6. feüilles partagées en étoiles, du milieu desquelles il s'en éleve encore 3. ou 4. qui se resserent quelquefois comme une petite balle. Il sent aussi tres-bon, mais il a l'odeur plus forte que le precedent. Cette fleur se maintient 4. ou 5. jours dans

dans sa beauté sur la plante, de laquelle elle ne tombe jamais, mais elle séche dessus & par fois les boutons se r'ouvrant, fleurissent une seconde fois.

Le Jasmin d'Arabie, que les Arabes appellent *Zambach*, & que d'autres nomment *Lylas d'Arabie*, parce peut être qu'il a les feüilles semblables à nôtre Lylas blanc, mais sans tranches autour de l'ouverture.

Il fleurit au Printemps, & pendant toute l'Automne, les fleurs en sont d'un blanc pâle, qui jaunit dans le fond, elles naissent au haut des branches & sont délicates attachées à leurs petites queuës. Elles ont deux tours de feüilles, au nombre de neuf ou douze, tout au plus, avec un petit tuyau, & exhalent une merveilleuse odeur, qui approche beaucoup de celle de la fleur d'Orange.

Le Jasmin d'Amerique, appellé en ce païs-là *Quamoclit*, & autrement par quelques-uns, comme l'Americain, le *Jasmin rouge d'Inde*, *le Jasmin à mille feüilles*. Cette plante porte à chacune de ses branches une fleur ou deux de couleur de rose seche, mêlée de quelques lignes d'autres couleurs & ayant cinq filets pâles. Ces fleurs s'étendent en tuyau, & puis à l'orifice elles se partagent en cinq quartiers : Elles fleurissent au commencement du mois d'Août & ne finissent qu'au mois de Septembre. Cette plante est pleine de nœuds, de branches & de feüilles qui semblent des plumes, éleve & étend si bien ses branches, qu'on en peut facilement couvrir quelque tonnelle que ce soit.

Le grand Jasmin d'Inde, jette une grande abondance de boutons dans l'extremité de ses branches qui pendent en bas, tous lesquels boutons se resserrant ensemble font un bouquet tout rouge, & étant crûs à la grandeur d'un demi doigt, ils s'ouvrent, & de leur ouverture sortent comme des tuyaux de la longueur d'un doigt d'une couleur jaunâtre, menus par en bas, plus gros par le milieu, & un peu plus serrés par le col, qui renverse cinq feüilles découpées & fait la figure d'un Lys : Il sort du fond quelques brins jaunâtres, dont celui du milieu qui est blanchâtre, est plus long que les autres. Ceux qui ont de petites lignes de couleur dorée, peu à peu se couvrent de rouge, & se chargent tellement de cette couleur qu'ils semblent de velours. Cette plante fleurit l'Été, & ne contribuë pas peu pour lors à l'ornement des Jardins.

Le Jasmin jaune odoré d'Inde, qui pousse des branches dès le bas du pied jusqu'à la cime, desquelles naissent les fleurs attachées à leurs queuës comme le jasmin commun, mais arrangées d'une telle maniere, que chaque cime de branche semble un bouquet de fleur fait à plaisir, est jaune, & quoi qu'il ait les fleurs plus petites que le Jasmin de Catalogne, elles durent pourtant plus long temps, outre qu'au prix que la plante profite, les fleurs s'augmentent d'année à autre. Il sent bon non seulement frais, mais aussi quand il est flétri & séché.

D'autant que les Jasmins sont des fleurs délicates de leur nature, on doit avoir un soin particulier de les cultiver regulierement.

Le Jasmin de Catalogne veut un grand Soleil, l'aspect du Levant, une terre grasse & détrempée & être arrosé souvent. Il se conserve mieux dans des pots qu'en pleine terre. Pour en perpetuer l'espece on en ente des brins sur des jasmins communs, qui doivent être plantés plus de six mois auparavant dans des pots : on les plante au mois d'Octobre, & les meilleurs sont ceux qui ont le plus de racines, qui sont plus unis & qui ont moins de nœuds : Le brin doit être de la grosseur d'un doigt : A la fin de la Lune de Mars, il faut enter ceux d'enbas, & ceux qui sont plus proches du pied sont les meilleurs ; Aprés en ayant ôté tout le germe avec des ciseaux, on coupe l'œil de tous les germes, & faisant ainsi ils redoubleront & porteront quantité de fleurs. On les replante tous les ans dans la même terre à la fin de la Lune de Mars : Il le faut arroser quand il en a besoin. On le taille ric à ric de la tête de l'ente, on le peut enter en écusson au mois de Juin & au mois de Juillet : L'hyver il le faut serrer de peur du froid, & s'il est en pleine terre, il faut le couvrir avec des nattes, des planches ou couvertures propres à cela.

Le Jasmin d'Espagne, étant de la même espece, demande la même Culture.

Le Jasmin d'Arabie demande la même situation, la même culture & les mêmes sujetions. Il a pourtant cela de plus, que tous les ans on lui coupe les brins, comme il a été dit du Jasmin de Catalogne, lesquelles branches ainsi coupées se redoublent. La seconde année on les taille, leur laissant les branches un peu plus longuettes : Continuant la troisiéme & la quatriéme année à les tailler, on les laisse toûjours plus longues, jusques à ce qu'elles paroissent assez grosses pour ne leur ôter que le bois sec & le mauvais.

Le Jasmin d'Amerique se resême tous les ans, parce qu'il ne s'ente pas : Et comme la graine en est trop dure il la faut laisser infuser dans l'eau au Soleil jusqu'à ce qu'elle s'enfle, & en plantant aprés deux ou trois dans chaque pot, en bonne terre grasse à la profondeur de deux doigts : Ce qui se doit faire au mois de Mai & de Juin au commencement de la lune. Il la faut continuellement arroser sur le milieu du jour pour la faire lever par la chaleur du Soleil, l'humidité de l'eau & la bonté de la terre en huit jours de temps. Quand elle s'est élevée de deux doigts, on leve la terre en motte qui y tient & l'on n'y en laisse qu'une, & celles qu'on a tirées se replantent à part dans d'autres pots, aprés quoi il les faut toûjours arroser, même il est bon de mettre les pots dans des seaux & arroser encore la terre par dessus.

Il faut lui disposer des supports, afin qu'il se puisse facilement élever, & quand il est élevé, on coupe toutes les extremités pour lui donner plus de force & lui faire jetter plus de fleurs.

La Culture du *grand Jasmin d'Inde* est semblable à la precedente ; c'est pourquoi il lui faut aussi preparer une perche ou quelque bois pour lui lier du fil de fer, dont les nœuds ne se pourrissent pas : il veut être en bonne terre, on l'arrose abondamment tous les soirs au Printemps & dans l'Eté.

Pour le perpetuer avant que les boutons grossissent dans le Printemps, on en coupe un brin, qui doit avoir trois yeux, on le ratisse un peu avec le couteau par bas, puis on le plante jusqu'au deuxiéme œil, de sorte qu'il n'y a que le troisiéme qui est hors de terre, ainsi il prend promptement racine & pousse du vert & des fleurs en peu de temps.

Le Jasmin jaune d'Inde, pour être perpetué doit être cultivé de cette maniere. On choisit une des branches les plus basses, & sans la détacher de la plante, on la coupe proche du pied environ d'un doigt : cette entaillade faite en dehors doit aller jusqu'à la moëlle en travers, & commencer en dessus, & l'ayant un peu entr'ouvert, on y met une petite pierre, puis on recouvre la playe avec un peu de craye détrempée ou de terre glaise. Il faut remettre au dessus du pot des morceaux de tuile pour empêcher que la terre que l'on met pour couvrir l'entaillade, ne tombe : Aprés l'avoir bien arrosée, on la met au Soleil, à l'abri de la bize : Il faut le retirer du froid pour peu qu'il en fasse, parce qu'il le craint plus que toute autre chose. Au bout de l'an la racine provignée ayant pris des racines du pied, se replante promptement en bonne terre dans des pots que l'on

a

a preparés exprés, & par cette industrie on supplée au défaut de la nature de cette plante qui ne graine point.

Des Jonquilles.

Bien qu'il y ait grand nombre d'especes, de Jonquilles, elles se reduisent pourtant à douze, qui sont les plus singulieres & les plus estimées, elles se nomment. Des Jonquilles.

La *Ionquille de Lorraine*, la *Ionquille recoquillée*, la *Ionquille au grand gaudet*, les *Ionquilles d'Espagne, grande & petite, la simple & la double*, sont toutes d'un jaune clair.

Outre celle-ci il y a encore *la grande Ionquille blanche & la petite, la blanche à gaudet citronné, & la blanche & la verte d'Autonne.*

La Ionquille de Lorraine unie a six feüilles d'un beau jaune clair, qui portent les unes sur les autres, & c'est pour cette raison qu'elle est appellée unie : Elle a le gaudet au milieu, qui s'eleve de la grosseur d'un demi doigt & est frisée par le bord : Elle n'apporte pas beaucoup de fleurs, mais elle supplée bien à ce défaut par la vivacité de sa couleur, & parce que c'est celle de toutes les jonquilles qui est la plus durable & la plus assurée.

La Ionquille recoquillée est ainsi appellée, parceque le bord de ses feüilles se renverse. Elle est differente de la precedente dans son gaudet, qui est plus large & moins plissé, comme aussi dans sa couleur qui est plus couverte : & outre cela elle est bien plus couverte dans sa fleur.

La Ionquille au grand gaudet est ainsi nommée, parce que son gaudet, qui est également rond & beau, est pourtant beaucoup plus long que celui des deux autres especes ci-dessus, bien que ses fleurs & ses feüilles qui sont découpées en étoiles soient plus étroites.

Les Ionquilles d'Espagne, ainsi dites parce qu'elles ont été apportées d'Espagne, sont infinies dans la diversité de leurs fleurs, parce qu'il y en a qui les apportent grandes, d'autres petites, les unes claires, les autres plus pleines; elles sont pourtant toutes de la même couleur, qui est un beau jaune clair, & ont une tres-agreable odeur.

La grande Ionquille blanche est differente de la grande simple d'Espagne, pour la couleur & pour l'odeur, parce que celle-ci ne sent rien.

La petite blanche differe aussi de celle d'Espagne, en ce qu'elle a la fleur étroite & qu'elle est sans odeur.

La blanche au gaudet citronné, ne differe de la grande blanche, que parce qu'elle a le gaudet d'une autre couleur : cette même jonquille produit quatre ou cinq fleurs blanches, qui tirent à une couleur blanchâtre, avec le gaudet au milieu, mais un peu plus obscur. On l'appelle encore *Ionquille de Mouton*, parce qu'elle pend en bas, & rebrousse ses feüilles en haut, & ainsi fait la figure d'un mouton qui cornaille.

La Ionquille blanche d'Autonne jette trois fleurs blanches qui n'ont pas grande odeur ; Elle pousse sa tige avant les feüilles.

La Ionquille verte étoilée, qui vient aussi en Autonne, a les feüilles découpées en étoiles : Elle fleurit avant que de jetter aucun vert du pied.

Les Ionquilles ne veulent avoir du Soleil que mediocrement, & demandent une terre qui ne soit ni forte ni legere : la profondeur de trois doigts & autant de distance, on les leve tous les trois ans pour en ôter le peuple.

La blanche & *la jaune double* sont mieux dans des pots que dans des planches. Elles veulent un fond de terre grasse & détrempée, mais le lit sur lequel on les plante doit être d'une terre maigre, dans laquelle ayant couché les oignons, on les recouvre de même terre legere & maigre à la hauteur d'un pied de terre bien grasse.

Quand la terre est un peu séche ces jonquilles veulent être legerement arrosées, parce que cela les fait merveilleusement profiter.

Il ne les faut lever que pour en couper les filets & les cheveux, & cela se doit faire au mois de Septembre. Il faut les replanter aussi-tôt, parce que ces petits oignons sont hors de terre comme les petits enfans à la mammelle, qui souffrent beaucoup quand ils sont éloignez du sein de leur mere.

Neanmoins si on les veut garder quelque peu de temps hors de terre, on le peut faire, mais il les faut envelopper dans du papier & les serrer dans des boëtes.

De l'Iris.

De l'Iris. IL y a plusieurs sortes d'Iris, car il y en a de communs, de Perse, de simples & de doubles.

Le simple au haut de sa tige, étend ses feüilles, dont les unes sont renversées, & les autres se tiennent droites. Il ne porte qu'une fleur ou deux & change de couleur & de figure, en quoi il n'est pas stable.

Le double a les feüilles du milieu petites & redoublées. Il change aussi de couleur & de figure.

L'Iris de Perse est assez agreable, il a la tige courte & tendre; il écarte trois feüilles, d'un bleu enfoncé, qui se renversent & sont traversées par le milieu d'une ligne orangée & d'une autre violette: les autres trois feüilles du milieu se tiennent droites & sont d'un bleu clair. Il fleurit dans l'hyver & ne fait pas plus de sept ou huit fleurs, dont l'une passe pendant que l'autre fleurit.

Il y a une autre espece d'Iris qu'on appelle *de Portugal* ou *d'Andalousie*, parce qu'il est venu de ce païs-là: Cet Iris jette du haut de sa tige douze ou quinze fleurs attachées fort court, sur de petites queuës de double couleur, parce que quelquefois elles sont d'un bleu couvert & d'autre-fois d'un blanc de laict, & sont faites comme les autres *Iris*, ayant six feüilles, dont il y en a trois en dedans & trois en dehors qui se renversent. Elles fleurissent au milieu de l'hyver.

L'Iris aime à avoir mediocrement de Soleil, une terre à potager, trois doigts de profondeur, & autant de distance.

Liste des Iris bulbeux.

Liste des Iris bulbeux. LEs *Iris bulbeux* portent ordinairement neuf feüilles en chaque fleur, les extremités des trois feüilles, qui s'inclinent & panchent vers la terre, se nomment *Mentons*: les trois qui sont jointes à celles-cy, & dont l'extremité se releve en haut, se nomment *Langues*; & les trois superieures qui s'élevent au dessus des autres pour former la fleur, se nomment *étendars* ou *voiles*. Il faut remarquer que tout *Iris bulbeux* aux feüilles étroites porte une marque jaune assez

assez large, & au milieu de chaque menton ce qu'on nomme *Ecusson jaune*, duquel il ne sera fait mention cy-aprés parce qu'il est commun à tous les Iris, & aussi pour éviter les redites.

La varieté des couleurs qui se rencontre aux Iris est grande, provenant en partie des divers climats où ils sont élevés, & c'est de là que sont venuës tant d'especes differentes, & qui ont pris differens noms; ou de ceux qui les ont élevés les premiers de graine, ou des païs d'où ils sont venus, ce qu'on pourra remarquer en ceux qu'on va décrire.

L'Iris Agaté, a les mentons & les langues d'un jaune doré mélé de tête d'ombre, les étendars gris, panachés de violet.

L'Iris d'Afrique, a les mentons jaunes mélés de bleu, les langues de bleu clair, les étendars violets.

L'Iris d'Alep, a les mentons jaunes, les langues & les étendars blanc soupe de laict mélé de jaune.

L'Iris d'Amboise, a les mentons jaunes, les langues jaune & bleu, les étendars d'un gris de lin pâle.

L'Iris des Anciens a les mentons blancs, bordés de bleu pâle, les langues & les étendars bleus, il est tres-odoriferant & tardif à fleurir.

L'Iris d'Arabie, a les mentons d'un jaune doré, les langues de feüille-morte enfumée, les étendars violets.

L'Iris d'Armenie, a les mentons jaunes & feüille-morte, les langues d'un jaune pâle mélé de feüille-morte, les étendars violets.

L'Iris d'Auvergne, a les mentons jaunes & mélés de bleu, les langues de pur bleu, les étendars sont violets pannachés de bleu & de feüille-morte.

L'Iris du Bois, a les mentons jaune pâle, les langues & les étendars blancs tirans au bleu pâle, il demeure noir, du reste il ressemble à *l'Iris de Castille*.

L'Iris Blaisois, a les mentons de jaune & d'aurore, les langues jaunes, mélé de bleu, ses étendars gris de lin rayés d'aurore en long par le milieu.

L'Iris des Bretons, a les mentons & les langues jaunes, les étendars d'un blanc terni.

L'Iris de Brie, a les mentons jaunes, les langues blanches, aux extremités jaunes, les étendars sont blancs pannachés de bleu.

L'Iris de Bologne, a les mentons, les langues & les étendars d'un blanc sulphuré.

L'Iris de Calabre, porte sa fleur toute jaune.

L'Iris Camelotté, a les mentons jaunes & feüille-morte, les langues de couleur de triffamie, les étendars couleur de gorge de ramier, & feüille-morte: c'est l'Iris de Morins lors qu'il se pannache, soit par vieillesse ou autrement, ainsi que font les Tulipes de simple couleur qui se pannachent avec le temps.

L'Iris de Candie, a les mentons d'un vert d'olive jaunatre, les langues aussi sont de la méme couleur entre-mélée de bleu pâle, les étendars sont gris de lin.

L'Iris de Castille, a les mentons jaunes, les langues & les étendars couleur de soupe de laict qui est un blanc impur.

L'Iris de la Chine, est pannaché de bleu, il demeure noir, ne s'élevant de terre que de la hauteur d'un demi pied ou environ.

L'Iris de Crete, est tout blanc, s'éleve en haut & fait sa fleur assez ample.

L'Iris Damassé en bleu pannaché de violet, c'est l'Iris de Portugal, quand il se pannache.

L'Iris

L'Iris d'Egypte a les mentons & les langues bleus, les étendars violets.

L'Iris de Florence est tout blanc comme l'Iris de Crete cy-devant décrit, mais celui-ci ne croît pas si haut, & sa fleur n'est pas si ample.

L'Iris de la Floride, a les mentons d'un bleu mêlé, les étendars violets, mêlez de gris de lin.

L'Iris de la Frontiere, a les mentons bleus & jaunes, les langues sont d'un bleu chargé, les étendars violets.

L'Iris des Feüillans, a les mentons de couleur feüille-morte, les langues tristamie, les étendars couleur de gorge de pigeon ramier.

L'Iris de Gascogne, a les mentons & les langues d'un gris de perle, les étendars de bleu pâle.

L'Iris grand Seigneur, a les mentons d'un jaune qui est bordé de feüille-morte, les langues gris de lin mêlé, les étendars gris de lin chargé.

L'Iris de Grece, a les mentons & les langues de bleu mêlé d'un peu de jaune, les étendars violets avec du blanc.

L'Iris de Guinée, a les mentons de couleur feüille-morte, les langues d'un bleu mêlé, les étendars sont violets.

L'Iris des Indes, a les mentons & les langues jaunes, les étendars sont d'un gris de lin mêlé de violet.

L'Iris de Iudée, a les mentons jaunes mêlés de bleu, les langues & les étendars sont d'un violet chargé, il porte sa fleur plus courte que les autres Iris.

L'Iris de l'Abbé, a les mentons, les langues & les étendars d'un haut pourpre, est tardif à fleurir & ne croît guere haut, quand il passe hors de la terre, le fourreau de ses feüilles est verd marqueté d'un pourpre ou rouge pourpre, à la maniere de la plante nommée *grande Serpentaire*.

L'Iris Levantin, a les mentons isabelle mêlé de terre d'ombre, les langues d'un blanc & clair bleu, les étendars mêlés de violet.

L'Iris des Lombards, a les mentons & langues blancs, les étendars sont bleus.

L'Iris de Lorraine, a les mentons blancs, les langues & les étendars blancs, tirans au bleu mourant.

L'Iris de Lybie, a les mentons jaunes, les langues & les étendars sont d'un jaune mêlé.

L'Iris de Macedoine, a les mentons & les langues d'aurore & jaune, les étendars couleur de gorge de pigeon ramier.

L'Iris des Maldives, a les mentons d'un jaune paille, mêlé de bleu, les étendars de clair bleu mêlé de jaune.

L'Iris de Melinde, est tout couvert de pensées, excepté l'Ecusson qui est jaune doré & plus petit qu'à aucun autre Iris.

L'Iris de Mexique; a les mentons jaunes, les langues jaunes mêlées de bleu, les étendars gris de lin & violets.

L'Iris de Milan, a les mentons & les langues d'un clair bleu, les étendars gris de lin.

L'Iris des Moluques, a les mentons de jaune aurore, les langues couleur de citron mêlé de bleu, les étendars bleus à fond violet.

L'Iris Oriental, a les mentons d'un bleu violet & jaune, les langues violettes, les étendars sont violets panachés de pourpre: c'est l'un des plus beaux Iris qu'on puisse voir.

L'Iris parfait, les mentons sont d'un violet rougeâtre, panaché de pourpre, les

les langues de violet mêlé, les étendars sont d'un violet fort vif; il passe pour un des beaux Iris du temps.

L'Iris de Picardie, a les mentons feüille-morte, & bleu enfumé, les étendars sont de couleur de gorge de pigeon ramier.

L'Iris de Picardie pannaché, les mentons de celui-cy sont mêlés de feüille-morte & de pourpre, les langues d'une feüille-morte enfumée, les étendars sont pourpre colombin & un peu de feüille-morte: c'est l'Iris precedent lors qu'il se pannache par vieillesse, comme sont aussi les Tulipes.

L'Iris des Poëtes, a les mentons d'un vert d'olive mêlé de bleu, les langues & les étendars sont bleus.

L'Iris de Poitou, a les mentons & les langues jaunes, les étendars de feüille-morte.

L'Iris de Portugal, dont il est ci-devant parlé, est fort commun, il porte sa fleur toute violette & est des plus hâtifs.

L'Iris du Puy, a les mentons jaunes & de couleur de terre d'ombre.

L'Iris des Pyrenées, a les mentons jaunes, les langues mêlées de bleu, les étendars sont de clair bleu.

L'Iris Rochetain porte ses mentons & ses langues jaunes, les étendars gris de lin.

L'Iris Royal, a les mentons feüille-morte pâle pannaché de terre d'ombre, les langues feüille-morte sont mêlées de bleu, les étendars gris de lin pannachés de violet.

L'Iris de Savoye, a les mentons jaunes d'aurore, les langues sont d'un jaune enfumé, les étendars feuille-morte.

L'Iris de Savoye pannaché, est le precedent lors qu'il pannache par vieillesse, comme il arrive à plusieurs autres Iris & aux Tulipes.

L'Iris Senois, est tout jaune comme l'Iris de Calabre, mais celui-cy porte ordinairement 5. ou 6. fleurs sur la tige, lors principalement que sa bulbe est assez grosse, autrement il n'en porte que 2. ou 3. comme la plûpart des autres Iris.

L'Iris de Sicile, est tout jaune aussi, mais sa fleur n'est pas si ample que l'Iris de Calabre.

L'Iris des Suisses, a les mentons jaunes, les langues & les étendars sont d'un jaune mêlé de bleu.

L'Iris Syrien, a les mentons de terre d'ombre, les langues & les étendars sont de clair bleu.

L'Iris de Tartarie, a les mentons d'un jaune pâle mêlé, les étendars de bleu impur.

L'Iris de Tourraine, a les mentons & les langues de jaune bleu & les étendars bleus.

L'Iris de Turquie, a les mentons de minime clair, les langues sont d'un bleu mêlé de feüille-morte, les étendars violets.

L'Iris des Vallées, a les mentons de bleu mêlé de feüille morte, les langues d'un bleu mêlé, les étendars violets.

L'Iris de Valois, porte les mentons jaunes, ses langues sont d'un jaune mêlé, les étendars gris de lin sale, rayé de jaune en long par le milieu: il ressemble fort à l'*Iris Blaisois* cy devant décrit.

L'Iris des Vaudois, est tout bleu, excepté l'écusson jaune qui est au milieu de chaque menton, & porte souvent 12. ou 15. feüilles en sa fleur.

L'Iris Venitien, porte les mentons d'un bleu mélé de blanc, les langues bleuës; les étendars sont violets.

Du Laurier d'Inde.

Laurier d'Inde.

LE *Laurier d'Inde*, qu'on appelle aussi *Laurier d'Amerique*, a les feüilles semblables au citronnier, & fait des fleurs blanches, qui se ramassent en grappe.

Il veut du Soleil mediocrement, une bonne terre grasse & humide, il veut être souvent arrosé: on le taille au mois de Mars, & on n'ôte que ce qui est sec.

Du Lylas blanc.

IL éleve ses branches & les étend, & à leur extremité, il produit de petites fleurettes blanches sur de petites queuës, elles sont si remplies de petites feüilles qu'elles ressemblent à un panache, non seulement il est tres-beau, mais il répand encore une tres-agreable odeur.

Du Lylas bleu.

IL apporte des fleurs coupées en croix & tellement pressées, qu'elles forment une grappe de la longueur d'un demi pied, ou environ, elles sont aussi tres-belles & tres-odoriferantes.

Des Lys.

LE *Lys* est une plante bulbeuse; il y en a de plusieurs differentes couleurs, il s'en voit de pourprés, de blancs, de couleur de mine, les uns sans odeur, les autres puants, de rouge lavé, de rouge vermeil, d'orangé, de blanc de laict & de plusieurs autres couleurs.

Le Pourpré qu'on appelle *Martagon de Montagne*, jette du haut de sa tige de petites branches, où viennent des fleurs d'un pourpre vif, tantôt plus claires & par fois toutes blanches: les feüilles de ces fleurs en s'ouvrant, se frisent & se renversent, de sorte que du milieu, il s'éleve certains petits brins avec leur petits chapitaux, celui du milieu s'éleve plus haut que les autres.

La couleur de mine, de l'extremité de sa tige, répand de certaines branches incarnates, desquelles pendent des fleurs de couleur de mine, & parce qu'il a les feüilles frisées & herissées, il y en a qui l'appellent *Riche-Madame*. Il s'en trouve aussi de jaunes.

Celui de Pompone est semblable au precedent, mais il a l'odeur puante & desagreable.

Le rouge lavé est de deux sortes, le petit & le grand: *Le grand* est si fecond dans ses fleurs, qu'il en produit quelquefois jusques à soixante d'un rouge pâle, qui tire à l'orangé. *Le petit* ne fleurit pas avec tant d'abondance, mais sa couleur est plus gaye.

Le rouge vermeil est bien plus fecond en oignons qu'en fleurs. Il en produit une si grande quantité, que non seulement ils se forment entre les feüilles de sa tige, mais encore entre les fleurs, il est d'autant plus agreable que sa couleur est éclatante.

L'Orangé, que quelques-uns appellent *Jacinthes des Poëtes*, porte grande abondance de fleurs orangées marquées de quelques traits d'une couleur brune.

Le blanc, que l'on appelle aussi *Lys de Nôtre Dame*, ou *de Saint Antoine de Padoüe*, parce qu'il fleurit dans le temps que viennent ces festes, est connu de tout le monde dans sa couleur & dans sa figure, c'est pourquoi il est inutile d'en parler. Il y en a de doubles, mais il fleurit tres-difficilement.

Les Lys veulent mediocrement de Soleil, une terre bonne & legere, la profondeur d'un empan & autant de distance. On les leve pour ôter la grande abondance de peuple aprés qu'ils sont défleuris & on les replante aussi-tôt.

Du Lys-Flamme.

LE *Lys-Flamme*, que quelques-uns ont appellé *Tubero Indiano*, pousse du pied quantité de grandes feüilles pointuës par en haut, dont la couleur est blanchâtre par le bas: & d'un vert gay par le haut. Du milieu de ses feüilles qui sont nerveuses, épaisses, larges & longues presque comme le bras, sort une tige noüeuse, au bout de laquelle il vient de grandes fleurs, qui ont chacune six feüilles frisées par le bord. Elles sont comme verdâtres par dessous, & violettes par dessus, mais peluës en sorte qu'elles semblent de velours mêlé de quelques petites taches blanches. Ces feüilles sont traversées par le milieu d'un certain trait relevé, & du fond de la fleur il s'éleve un certain brin entouré d'autres petits filets, qui forme à son extremité un petit bouquet couronné de trois pierres précieuses.

Il fleurit au mois de Mars & d'Avril. Les fleurs n'en durent qu'un jour & sont fort puantes. Il vient assez facilement par tout & en grande quantité. Sa racine séchée a presque la même odeur que l'Iris.

Des Marguerites.

LEs *Margurites* ont les feüilles d'embas semblables à la betoine. On les appelle *Marguerites*, parce que les fleurs, qui sont quelquefois simples & quelquefois toutes pleines de feüilles sont d'un blanc pâle & ressemblent à des *perles*. Elles veulent être cultivées dans une terre grasse, humide & bien au Soleil. Des Marguerites.

Des Martagons.

IL y en a de differentes couleurs, de pourprés, de blancs, de couleur de mine &c. raportés ici ce qui est dit au chapitre des Lys.

Du Mollet d'Inde.

QUi est la *Therebentine à petites feüilles* & que d'autres appellent le Lentisque du Perou. Il produit ses fleurs jointes & resserrées ensemble, formant une grappe de la longueur d'un empan ou environ, d'une couleur blanche avec certains petits filets rougeâtres par dedans. Il fleurit dans les mois d'Aoust & de Septembre.

Le Mollet d'Inde ou *du Perou*, veut être au grand Soleil, dans une terre forte, qu'il faut renouveller tous les ans. En le taillant il n'en faut couper que les extremités qui sont séches.

De la Mousse Grecque.

Mousse Grecque. IL y a quatre sortes de *Mousse Grecque*, sçavoir la *jaune hâtive*, la *jaune tardive*, *la blanche & la vineuse*. On appelle autrement cette Mousse Grecque, *Jacinthe Botriole & Jacinthe de Calcedoine* & gremuë, parce que depuis le milieu de sa tige jusques au haut, elle se charge en forme de grappe d'une infinité de petites fleurettes rondes & longuettes, qui blanchissent par le bord & répandent une odeur tres-agreable.

Voila comment est faite la *Mousse Grecque jaune*. Les deux autres especes chargent le haut de leur tige d'une infinité de fleurettes rondes, qui paroissent comme autant de petites perles,& c'est pour cela que quelques-uns les ont nommées *bouquets de perles*. Leur couleur est blanche & vineuse & n'ont point d'odeur.

Du Muguet.

LE *Muguet* qu'on appelle aussi *Lys des Vallées*, est de deux sortes; car il y en a de blanc & de rouge;l'un & l'autre s'éleve à la hauteur d'un demi pied & se charge d'une multitude de petites fleurs, qui sont comme de petits gaudets ronds & avec des bords renversés comme les Lys: Elles pendent en bas attachées sur de petites queuës courtes, elles sentent merveilleusement bon. Le blanc & le rouge se connoît à la racine, car celui qui a la racine pâle, fait la fleur blanche, & celui qui a la racine brune, en rapporte de rouges. On les connoit aussi aux feüilles, parce que les feüilles plus claires & plus larges marquent le blanc, & celles qui sont plus chargées & plus étroites denotent le rouge.

Cette plante veut être mise à l'ombre en bonne terre: il faut la planter de la profondeur de trois doigts: on la leve rarement, parce que plus elle est pressée, & mieux elle fleurit: Cela se fait au mois de Decembre, en coupant proprement avec un couteau le peuple qui se replante aprés; & dans le même mois tous les ans, il faut ôter la vieille terre & en remettre de la nouvelle.

Du Myrthe double.

IL s'éleve à la hauteur d'un petit arbrisseau: Il pousse des branches toutes revêtuës de feüilles semblables à celles du Myrthe commun, qui produisent des fleurs blanches remplies de feüilles, & cette espece de Myrthe est si feconde qu'elle fleurit presque toute l'année.

Il veut mediocrement du Soleil, une bonne terre grasse & humide, on la taille au mois de Mars & on n'en coupe que ce qui est sec.

CHAPITRE I.

Des Narcisses.

LEs *Narcisses* sont de plusieurs sortes & de differentes couleurs. Car il s'en trouve de blancs, de jaunes & de couleur de citron, de simples, de doubles, de grands, de petits, de hâtifs, de mediocres & de tardifs.

Les plus communs sont le *Constantinopolitain*, le *Boncore*, celui de *Raguse*, le *Crenellé*, le *jaune*, le *sauvage étoilé*, *le petit & le grand Rosal*, le *montagnard tardif*, celui *de Narbonne*, *l'Anglois*, *le tiers de Matthiole*, *l'Hemerocale de Valence*.

Celui de *Constantinople* ou *de Bisance*, qu'on appelle encore *Calcedenien*, produit à l'extremité de sa tige douze fleurs, qui ont les feüilles blanches & épaisses, mais il y vient au milieu de certaines petites feüilles jaunes avec le gaudet.

Le Boncore ne differe du premier, qu'en ce qu'au milieu des feüilles blanches, il a le gaudet crêpu & pelissé. On lui a donné le nom de *Boncore*, parce que celui qui l'a trouvé le premier s'appelloit ainsi.

Celui *de Raguse*, au lieu de petites feüilles blanches qui dans les autres se font au milieu, a un petit cercle jaune crêpu, avec plusieurs tours qui le remplissent & parce qu'il est venu de *Raguse*, le nom lui en est demeuré.

Le Crenellé, est de deux façons : Il y a le grand & le petit.

Le grand, produit des fleurs en quantité, mais il en avorte plusieurs : Les feüilles en sont blanches, mais au milieu de quelques unes, il s'étend une petite fleur jaune fort élevée, qui à son extremité a la figure d'un petit cornet.

Le petit, n'apporte que 4. ou 5. fleurs, qui ont six petits cornets, qui forment une étoile de même couleur.

Les jaunes, ont plusieurs differences, neanmoins toutes les fleurs ont leurs feüilles & le gaudet d'un jaune doré, & different seulement en grandeur & en ce qu'ils ont plus ou moins de couleur.

Le sauvage étoilé, fait la fleur double, dont les feüilles sont d'un jaune de paille, & rangées comme une Etoile.

Le petit en forme de Rose, est d'un jaune clair & tout plein de feüilles : on l'appelle aussi *Narcisse frisé*, parce qu'il a les feüilles crêpuës & ridées comme un chou & une laituë ; mais il est fort sujet à avorter.

Le grand en forme de Rose, que l'on appelle aussi *Sylvestre ultramontain*, ne produit qu'une fleur : Il pousse dans le milieu, au lieu de gaudet, quantité de feüilles redoublées, dont les unes sont d'un jaune clair & verdoyantes : quand elles s'ouvrent & qu'elles se dévelopent peu à peu il semble que ce soit une rose jaune, mais quelquefois la neige & les eaux le font crever.

Le Montagnard tardif, jette trois ou quatre fleurs qui ont les feüilles blanches & plus grandes que celles du Narcisse commun, mais elles sont rompuës & disposées dans la figure d'une Etoile. Elles ont le gaudet large, couleur de citron & quelquefois orangées.

Le Narcisse de Narbonne jette une ou plusieurs fleurs incomparablement plus petites que celles des autres Narcisses. Il a le gaudet jaune & grand, qui s'élargit à son ouverture en forme d'une cloche.

L'Anglois, a la fleur un peu plus grande que le precedent, il a aussi le gaudet jaune, mais égal par tout.

Le tiers de Matthiole, à l'extremité de sa tige, qu'il a plus platte que ronde, répand dix ou douze fleurs blanches, qui étendent six feüilles longues & étroites separées les unes des autres & partagées en Etoiles, au milieu desquelles s'éleve le gaudet : mais comme ces feüilles sont extremement débiles, & principalement au bord, elles sont de peu de durée. Ces fleurs s'ouvrent l'une aprés l'autre, trois ou quatre à la fois, & pendant que les premiers se passent, les autres fleurissent.

Le Narcisse Hemerocale de Valence, fait sortir au haut de sa tige 8. ou 10. fleurs semblables à celle dont nous venons de parler, qui sont si resserrées à se faire voir, qu'elles ne paroissent qu'une ou deux à la fois, & celles qui sont fleuries commencent à flétrir quand les autres sont prêtes de s'ouvrir. Cette fleur a beaucoup de rapport avec les clochettes blanches, ayant les feüilles de même couleur, longues, étroites, separées & faisant la figure d'une Etoile : au milieu s'éleve un gaudet frisé par le bord, qui pour sa longueur est comme une clochette : Cette fleur est si foible qu'à peine dure-t-elle un jour entier, aussi est-ce pour cela qu'elle porte le nom d'Hemerocale, qui signifie fleur ou beauté d'une journée.

Toutes ces especes de Narcisse, veulent être cultivées de la même maniere, c'est à dire bien exposées au Soleil, dans une terre pareille à celle des Jardins potagers.

Il faut les enterrer six doigts sous terre, & les éloigner d'un demi pied les uns des autres.

Au bout de trois ans il faut les lever pour en ôter les cayeux qui sont multipliés.

CHAPITRE II.

Du Grand Narcisse appellé le Nompareil.

Du grand Narcisse appellé le Nompareil.

OUtre les especes de Narcisses susdites, il y en a encore d'une autre sorte, lesquels pour être plus grands & plus étendus, ont été nommés les *Incomparables* ou *Nompareils.*

Ce sont *le jaune doré*, *le jaune pâle*, & *la couleur de citron*, *bordé d'orangé*, *le grand blanc*, *le petit blanc* & *le couleur de citron double.*

Le jaune doré, a six feüilles d'un jaune éclatant, bien unies & bien ouvertes avec le gaudet, qui s'élargissant dans le fond, s'enfle presque à la grosseur d'un doigt.

Le jaune pâle ne differe du precedent qu'en ce qu'il a les feüilles plus étroites, separées & frisées, & que sa couleur qui est jaune en naissant, changeant peu à peu, devient jaune & blanchâtre.

La couleur de citron, *bordé d'orangé* ressemble mieux au jaune doré, parce qu'il fleurit d'abord d'un jaune pâle & en croissant, il se maintient toûjours de la même couleur : Il a le gaudet plus grand & bordé d'une couleur d'orange, les feüilles plus larges & plus pressées.

Le grand blanc répand ses feüilles & les écarte, mais le petit les tient plus serrées & plus unies : ainsi le grand Narcisse blanc qui a le gaudet jaune, ne differe en rien du petit, sinon que celui-ci a les feüilles plus courtes, & le gaudet d'une couleur plus vive.

La couleur de citron double jette jusques à trois rangs de feüilles assez grandes, & dans ces tours croissent quantité de certaines petites feüilles d'un jaune tres-brillant ; & cette fleur est si belle dans sa plenitude & sa bonne grace, qu'on peut justement lui donner le nom de *grand Narcisse* & de *l'incomparable*, parce qu'elle renferme ensemble toute seule les beautés qui se trouvent separement dans toutes les autres.

Cette sorte de Narcisse demande une situation mediocrement solaire, & une terre

terre semblable à celle des potagers : elle veut être enterrée de la profondeur de quatre doigts, & avoir quatre pouces d'intervalle. Il faut les lever au bout de trois ans, pour les décharger de la nombreuse quantité de talles qui se feroyent.

Des Narcisses d'Inde.

IL y a encore six autres sortes de *Narcisses*, que l'on appelle *d'Inde*, parce qu'ils ont été apportés de ce païs-là, comprenant dans ce nombre celui de *Virginie*; comme ceux-ci sont differens dans leurs fleurs & dans leurs couleurs, aussi veulent-ils être diversement cultivés. Des Narcisses d'Inde.

Pour en faire le dénombrement, le premier est le *Narcisse de Virginie*; le second *le Narcisse de Iacob*; le troisiéme *le Narcisse tirant au Lys rouge*; le quatriéme *le Narcisse tirant au Lys vineux*; le cinquiéme *le Narcisse tirant au Lys spherique*; le sixiéme & dernier, *le Narcisse écaillé à double fleur*.

Le Narcisse de Virginie porte le nom d'un païs d'où il est venu, d'abord qu'il fleurit, il est d'un blanc sale, mais peu à peu se chargeant de couleur, il devient enfin d'un beau rouge clair; il répand ses feüilles comme une Tulipe de Perse, mais un peu plus grandes, sans les ouvrir jamais.

Il vient mieux dans les pots qu'en pleine terre : il ne veut pas être enfoncé plus avant que deux doigts, il lui faut donner peu de Soleil, & ne le pas lever souvent.

Le Narcisse de Iacob jette jusques à quatre fleurs de six feüilles chacune, de pourpre, languissant par le bas, & dégenerant en couleur d'orangé par le haut, chaque fleur dans sa forme ressemble au Lys blanc : elle a six filets longs & blanchâtres qui s'amortissent en petits boutons qui tirent au jaune, & le filet du milieu plus grand que les autres, tire au rouge : Cette fleur au contraire de toutes les autres, paroît d'abord avec sa tige, & quand elle est ainsi fleurie, elle commence à jetter son verd & ses feüilles.

Le Narcisse de Jacob doit être dans un pot, il veut une terre maigre & sablonneuse, on l'enfonce de deux doigts, il demande l'eau & le Soleil jusques à ce que les premiers froids ayent séché ses feüilles, & alors il le faut serrer dans un lieu ouvert & bien aëré, & l'y laisser sans lui rien faire jusques au milieu du mois de May, alors il faudra soigneusement lever la terre de dessus, jusques à ce que l'oignon soit découvert, prenant garde de n'en point offenser les racines : Cela fait, on détache délicatement les cayeux de l'oignon, que l'on recouvre de la terre, puis on l'arrose jusques à ce que la terre soit bien détrempée, & puis on le met au Soleil & à la pluye, ne laissant pas pour cela de l'arroser quand il en a besoin. On le leve rarement pour le décharger des petits oignons qu'il faut planter dans d'autres pots à part. On a pourtant remarqué que quand on lui donne la culture ordinaire, cy-devant enseignée, il en fleurit beaucoup mieux.

Le Narcisse rouge tirant au Lys rouge, & autrement appellé *le Narcisse Madame*, jette vingt fleurs & davantage, petites, longuettes, & de couleur verdâtre; Elles s'ouvrent l'une aprés l'autre, elles sont pendantes, droites, serrées & fort druës; Elles ont la figure du Lys blanc & la même grandeur, mais les feüilles en sont plus pressées & moins renversées : dans le commencement elles sont d'un blanc mêlé de rouge, plus elles vieillissent, & plus elles deviennent colorées :

rées : Le fond du dedans est blanchâtre comme par le dehors : Elles ont six filets qui sont aussi blanchâtres dans le pied & rougeâtres par le haut, & qui se terminent en une petite cime ronde, qui semble un petit bouchon : Celui du milieu n'a point de bouton, mais il est plus long & plus coloré que les autres. Il fleurit au commencement de Septembre.

Le Narcisse vineux clair, auquel on donne aussi le nom de *Faussel-Madame*, ne differe du precedent, qu'en ce qu'il a la tige plus foible & plus tortuë. Il pousse moins de fleurs & les fait plus petites & d'une couleur moins chargée.

Ces deux Narcisses sont mieux dans de grands pots qu'en pleine terre maigre & legere : Il les faut enfoncer trois doigts dans la terre & point davantage. On les éleve tres-rarement.

Le Narcisse sphérique, ou *Ornithogal spherique*, & qui par plusieurs & plus communement est appellé *l'Indien*, mais que les Jardiniers modernes connoissent encore mieux par le nom de *Girandole*, pousse la fleur avant la tige, laquelle s'élevant peu à peu, s'ouvre à la fin comme une bouche, dans laquelle on en découvre plusieurs, qui s'élargissans de tous côtez font comme une sphere : au haut de la tige il se forme quantité de filets rouges assez longs, entre lesquels il croît encore de petites tiges de la longueur d'un demi pied, larges d'un doigt, de figure triangulaire dans l'épaisseur, vertes & rouges, avec de petites têtes comme des coques de Tulipes : entre ses tiges il y en a qui sont pendantes & d'autres qui se tiennent droites ; de leur extremité sort une fleur de cinq feüilles, de couleur cramoisi & retroussées par dessus & annelées : La feüille de dehors s'éleve avec six filets au milieu, de même couleur, fort agreables à la vûë, & couverts de petits chapeaux mouvans & assez grands, qui tous ensemble se diminuent en une couleur de jaune brun. Le septiéme est plus long que les autres, il grossit & se retord par le bout d'en haut, pour faire un bouton de couleur de pourpre. Ces fleurs sont éloignées les unes des autres de l'espace de trois doigts ou un peu plus : elles fleurissent l'une aprés l'autre, & pas une ne s'épanoüit, qu'il n'en fleurisse une autre à la place : c'est au mois de Septembre qu'elles paroissent & elles durent un mois.

On lui doit donner la même culture qu'aux precedens, prenant garde seulement qu'il lui faut moins de chaleur & plus d'humidité, c'est pourquoi il en faut avoir plus de soin que des autres.

Narcisse écaillé, qui s'appelle encore *Suertro Colchique*, & plus souvent *Indien*, jette de sa robe une fleur semblable à une grenade qui a six feüilles & quelquefois davantage, d'un beau rouge de feu, & ces feüilles renferment quantité de petites fleurs d'une couleur incarnate à demi ouvertes. De chacune de ces fleurs il sort trois filets rouges, qui ont un chapeau jaunâtre : quand cette plante est fleurie & que sa tige monte en graine, les feüilles du pied commencent à pousser, & ne viennent point que sa fleur ne soit tombée, mais sa beauté vaut bien qu'on prenne la peine de le faire venir.

Ce Narcisse doit plûtôt être mis dans des pots remplis de terre maigre & sabloneuse, que dans les planches, à trois doigts de profondeur. Quand les feüilles en sont séchées, s'il est dans une planche, il faut laisser sécher la terre tout autour, & y en ajoûter de nouvelle par dessus, de peur que les eaux & le Soleil ne lui fassent tort : & s'il est dans des pots, on le doit serrer dans un endroit à l'abri, mais pourtant bien aëré.

DES

DES OEILLETS.

CHAPITRE I.

Qualités que doivent avoir les beaux Oëillets.

ON pardonnoit autrefois aux petits Oëillets pourveu qu'ils eussent la finesse, & on souffroit les gros, quoi qu'ils fussent broüillés, le bon goût blâme ces manieres, il faut s'attacher à la beauté de fleurs, & mépriser les défauts. Qualités des Oëillets.

Un Oëillet doit être large, & avoir du moins 8. ou 9. pouces de tour. Les beaux en ont 14. ou 15.

Il faut qu'il soit garni de beaucoup de feüilles, il y a des Oëillets larges avec 20. ou 30. feüilles seulement; on n'en fait point de cas.

L'Oëillet est beaucoup plus beau, quand il pomme en forme de houpe, que lors qu'il est plat.

Quand son blanc est tres-brouillé de moucheture, il est insupportable. Plus il est net, plus il est beau. On doit souhaiter qu'il n'y ait point du tout de moucheture, mais y ayant tres peu d'especes de cette qualité, on est contraint de tolerer quelque legere imperfection, en faveur de plusieurs beautés.

L'Oëillet beaucoup denteléest fort imparfait. Toute figure pointuë au bout de la feüille des fleurs est detestable, & gâte la forme aussi bien en Tulipes, & en Anemones qu'en Oëillets.

Il est fort difficile d'avoir des Oëillets de la grosseur que nous les souhaitons, sans qu'ils crevent, s'ils ne crevoient pas ils en seroient plus beaux, étant aussi gros; mais comme on en a besoin pour divers usages, on peut laisser beaucoup de boutons, & plusieurs dards sur les plus gros, dont on veut faire present aux Dames: ils en viennent un peu moins larges & ne crevent pas tant, quelquefois point du tout, pourveu qu'on leur aide. A l'égard des Oëillets qu'on destine au theatre, on doit les pousser à tout ce qu'ils sont capables de produire, parce que le carton avec lequel on releve les feüilles qui tombent à travers les feüilles de la cosse y remedie fort juste, & remet la fleur dans son état naturel.

Un Oëillet accommodé & refendu en est plus agreable, c'est une vieille erreur dont on est revenu, de preferer un petit Oëillet qui s'arrange tout seul, à un tres-gros qui demande la main, les feüilles de cette fleur se disposent mal quelquefois, ou se colent par la rosée, il faut bien les ajuster. On doit toûjours arranger les choses le mieux qu'elles peuvent être: il ne faut pas les outrer, ni étriper une fleur en l'élargissant, ce seroit lui prêter une beauté pour l'enlaidir.

Plus la fleur est mêlée également de pannaches & de couleurs, plus elle est belle. Les gros pannaches par quart, ou moitié de feüilles sont plus beaux que les petites pieces.

Quand le pannache est bien tranché & point imbibé, c'est toûjours mieux.

Les pieces de pannaches bien emportées, qui s'étendent depuis leur racine jusqu'à l'extremité des feüilles de l'Oëillet, ont plus d'agrément que les pieces de pannache sans naissance, ce qu'on appelle en Tulipes, *à Yeux*, ou *à Isle*, & qui sont les plus recherchées en cette fleur.

Regle presque contraire dans les deux fleurs, qui neanmoins a sa raison, à cause de la largeur de la feüille de la *Tulipe*, qui est bien differente de celle de l'*Oëillet*. Lors que toutes les pieces de pannache d'une Tulipe prennent de son fond, elles font une égalité fade de disposition. Le contraste de pieces à Yeux ou à Isle enrichit bien mieux le pannache, sur une large feüille étenduë. L'Oeillet n'en a point besoin, son pannache prend toûjours differemment dans toutes ses feüilles, le blanc domine sur l'une & sur l'autre couleur, outre que les feüilles se cachent les unes les autres, & que le pannache se voit inégalement, ce qui suffit pour cette varieté de disposition, que la beauté du dessein demande.

On ne parle point des qualités de cet Oëillet qu'on nomme *Le nouveau Monde*: c'est une production extraordinaire de la nature, qui merite plûtôt le nom de *Monstre* que d'*Oëillet*. C'est un Oëillet, si on le veut, qui sans cosse pousse une vingtaine de boutons ettrognés arrangés en rond, qui demande qu'on lui arrache le vert qui couvre ces boutons pour pouvoir pousser ses feüilles sans ordre & sans disposition, & qui rabaisse mollement ses premieres feüilles sur son dard beaucoup plus qu'un Pavot. Quand on l'a long-temps arrangé sur un carton, sa grosseur surprend ceux qui croyent que c'est un Oëillet comme un autre, car s'ils sçavoient que c'est vingt boutons & par consequent vingt Oëillets ensemble, ils seroient surpris de le voir si petit, il est fort broüillé & fort peu estimé des connoisseurs.

CHAPITRE II.

Du Pot dans lequel il faut planter l'Oëillet.

Du Pot dans lequel il faut planter l'oeillet.

LE Pot contribuë beaucoup à la beauté de l'Oëillet & à sa conservation.

Premierement à sa beauté, car plusieurs se servent de pots ou trop grands ou trop petits & s'apperçoivent visiblement de ce défaut. Si le pot est trop grand, l'Oëillet prend aussi trop de nourriture, & pousse de fortes racines, mais un petit bouton qui ne fait pas une grosse fleur. Si le pot est trop petit, l'Oëillet manque de nourriture & restraint si fort ses racines, que le montant ne profite pas.

Le pot le plus convenable doit être d'une mediocre grandeur, plus étroit par le bas que par le haut, contenant environ autant de terre qu'il en peut contenir en la forme d'un chapeau.

Secondement, il contribuë à la conservation de l'Oëillet, en le preservant de la trop grande humidité & de la secheresse, l'une lui causant la pourriture & l'autre le blanc. C'est ce qui fait qu'on ne doit pas approuver ceux qui mettent les Oëillets en pleine terre. *La premiere raison*, est tirée de la trop grande fraicheur qui se trouve dans la terre. *La seconde*, de la dureté de la terre dans les grandes chaleurs. *La troisiéme*, du trop de nourriture que l'Oëillet prend, ce qui le fait crever, ou de trop peu, ce qui le fait venir trop petit. *La quatriéme*, de l'experience que nous avons de l'Oëillet, qui n'est jamais si bien pannaché, ni si regulierement tranché que dans les pots : au contraire, il devient

devient confus, broüillé & sans beauté. *La cinquiéme*, tirée de la difficulté de marcoter. *La Sixiéme*, tirée des maladies, sur tout de la pourriture, qui lui survient plus frequemment que dans les pots.

Mais il faut observer les deux choses suivantes qui regardent les pots. La premiere de ne point se servir de pots nouvellement faits, parce que le feu qui les a cuits se conservant encore dans la terre du pot, quoy qu'imperceptiblement, cause le blanc dont il se trouve attaqué, n'y ayant rien de si mortel pour l'Oëillet que le feu; & ainsi pour éviter le mal que les pots nouveaux pourroient causer, il faut, ou les laisser douze heures dans un tonneau rempli d'eau, pour éteindre ce qui peut rester de feu, ou les remplir de terre 8. ou 10. jours avant que de planter l'Oëillet.

La seconde chose à observer, c'est de bien faire percer les pots, pour donner issuë à l'eau, mais il faut bien se garder de les faire percer au fond, car si on vient à les poser sur la terre, les trous qu'on y aura fait se boucheront sans doute par une espece de mortier qui se fait sous le pot, ce qui empêchera l'eau de s'écouler & deux maladies mortelles arriveront, la pourriture & le jaune. Si on les met sur des ais posés sur des treteaux, l'eau n'aura pas son cours avec assez de facilité, & ainsi pour lui donner plus d'écoulement, il faut faire percer ce pot en deux differens endroits immediatement au dessus de la jointure du fond avec le corps du pot.

Il ne le faut percer qu'en deux endroits, car qui feroit faire plus de trous, il donneroit trop d'issuë à l'eau, en sorte qu'il n'y resteroit pas assez d'humidité pour sustenter l'Oëillet, & il arriveroit que la terre perdroit toute sa graisse & sa substance par le trop prompt écoulement de l'eau.

CHAPITRE III.

De la Terre necessaire à l'Oëillet.

C'Est ici le point le plus necessaire pour faire réüssir l'Oëillet, ainsi il faut expliquer ce qu'il faut éviter & ce qu'il faut observer.

De la terre necessaire à l'Oëillet.

I. Il faut éviter la terre trop grasse, trop legere, trop humide, & trop séche.

La terre trop grasse est entierement nuisible, parce qu'outre qu'elle s'endurcit aux premiers rayons du Soleil, elle met la racine de l'Oëillet comme dans une espece de prison, lui ôtant la commodité de s'étendre dans le pot: cette sorte de terre a une certaine malignité préjudiciable à toutes les plantes, d'ailleurs elle cause deux méchans effets; 1. de faire crever l'Oëillet dans son bouton, 2. de le faire pourrir, outre la quantité de vers qu'elle engendre.

On appelle terre trop grasse, le blanc limon, la terre à potier, mais non pas le sable noir gras, qui se trouve dans les prairies, dans les lieux voisins des rivieres & des ruisseaux.

La terre trop legere n'est aucunement propre, car si la terre trop grasse a trop de nourriture, celle-ci n'en a pas assés: par exemple, qui mettroit l'Oëillet dans le pur terrot de Cheval qui est fort leger, il feroit mal, comme celui qui le mettroit dans le pur terrot de vache, qui est trop gras.

Il s'ensuit que quand on se sert d'une terre trop legere, la tige de l'Oëillet devient fort maigre, les marcottes sans vigueur, le montant fort menu, & le bouton petit, qui ne produit pas par consequent une belle fleur.

La grande raison est, qu'il n'y a pas assés de nourriture en cette terre. On appelle terre legere, le terrot de Cheval, la terre de jardin usée & commune, la terre de sauls, la terre jaune &c.

La terre trop humide est encore nuisible, comme le pur terrot de vache qui est extremement froid & humide, la terre de marais tremblant, qui n'est point semblable au sable noir.

La terre séche est aussi nuisible, comme celle d'égoût de boue, de sable d'argile, de pure terre jaune. voila ce qui est à éviter.

Voici ce qui est à observer, mais auparavant il faut remarquer qu'il faut donner aux incarnats une terre bien differente des autres, & de fait pour les incarnats, il faut une terre composée, mais legere, & pour les autres une terre composée, mais forte & nourrissante.

La terre pour les *incarnats* sera composée, moitié de terrot de Cheval bien pourri, & moitié de sable noir qui se trouve dans les marais, dans les prairies & sur les bords des rivieres ou des ruisseaux.

Cette terre qui s'appelle sable noir, quoique grasse & humide, n'est pourtant pas trop pesante quand elle est mélangée avec le terrot de Cheval : La terre de taupiniere est encore merveilleuse : Ces deux terres ainsi jointes, bien pressées & bien criblées, & surtout bien mêlangées sont propres.

Pour les violets, les pourprés, les rouges & les autres, à l'exception des incarnats, même pour les picotés, il leur faut donner une terre comme on va le dire.

Le corps de la terre sera deux tiers de sable noir, & l'autre tiers au total sera moitié terrot de Cheval & moitié terrot de vache, l'un & l'autre bien pourri & reduit en terre, & sur cette masse bien criblée & mêlangée il faudra mettre une sixiéme de terre jaune, c'est à dire de cette espece d'argile douce & moëlleuse qui se trouve facilement & qui sera bien criblée & mêlée avec la masse sur laquelle elle aura été jettée.

Cette composition est bonne. Premierement, le sable gras & noir est sans doute la meilleure terre que nous ayons, la plus fertile & la plus recherchée, elle ne pourrit point les plantes qu'elle porte, elle est nourrissante, mais point trop lourde ni pesante, au contraire elle est maniable, douce & legere, bonne par consequent pour l'Oëillet qui ne demande qu'une terre de cette qualité.

Le terrot de Cheval est aussi fertile & contribuë à l'abondance des plantes, parce qu'il donne de la legereté à la terre, & en même temps une bonne nourriture à la plante.

Le terrot de vache n'est pas moins bon, parce qu'il est gras & humide, & entretient l'Oëillet dans une égale humidité & fraîcheur.

La terre jaune est bonne. Premierement parce qu'elle lie les autres terres. Secondement, parce qu'elle donne & conserve un vert admirable à l'Oëillet.

Secondement, la bonté de cette composition provient du mêlange de ces quatre sortes de terres, car qui ne se serviroit que de pur sable noir, il perdroit ses Oëillets, parce que l'Oëillet ne demande pas une terre pure & naturelle, mais une composée. Le terrot de cheval rend le sable noir plus leger, celui de vache donne de l'humidité & de la graisse à la terre jaune, les unit & donne une nouvelle seve à l'Oëillet pour conserver son vert.

Un

Un autre curieux moderne n'est pas du sentiment du precedent. Il dit que c'est un amusement de faire differente terre pour les Oëillets de differentes couleurs, il ne fait qu'une même terre pour tous ses Oëillets, aussi bien pour les incarnats que pour les autres, il suit en cela ses experiences, & dit qu'il n'y a jamais eu de plus gros Oëillets & de toutes couleurs que les siens.

Il compose sa terre en cette maniere : Il met trois pannerées de terre franche, trois pannerées de terrot de fumier de cheval, & deux pannerées de terrot de fumier de vache. Il dit que l'Oëillet veut une terre fraîche nourrissante & mediocrement legere : la sienne, dit-il, lui convient parfaitement, un peu de sable noir n'y pourroit pas nuire, mais il n'en met point & ne s'en trouve pas mal.

Il faut toûjours preparer les terres un an avant que de s'en servir, les passer fort souvent à la claye & au crible de fer délié quand on veut empoter.

CHAPITRE IV.

De la façon de Marcoter les Oëillets.

IL faut observer le temps, la façon, la qualité de la terre & l'aspect du Soleil. De la façon de marcotter les Oëillets.

Le temps ne doit être ni trop avancé ni trop reculé. Plusieurs marcottent avant la saint Jean, en quoi ils font mal. Premierement, parce qu'ils alterent le pied de l'Oëillet qui doit porter la fleur, & sont cause qu'elle ne vient pas en sa perfection. Secondement, les marcottes poussant de fortes racines, il faut les lever necessairement dés le mois de Juillet, & bien souvent elles montent à dard durant l'hyver, ce qui les fait avorter.

D'autres retardent trop, en marcottant seulement sur la fin du mois d'Aoust, parce qu'alors les nuits commençant à devenir froides & le Soleil moins ardent, les marcottes ne prennent pas si facilement racine, & il faut se servir de secours étrangers.

La veritable & meilleure Saison de marcotter l'Oëillet, est depuis le 20. Juillet jusques au mois d'Aoust aprés que les premieres fleurs des Oëillets sont passées, car si on entreprend de les marcoter dans leurs pleines fleurs, on les fera passer en peu de temps.

Le façon de marcotter est necessaire, & les manquemens qu'on y fait causent souvent la perte de l'Oëillet par la pourriture, & on empêche qu'il ne prenne racine, car si on fend trop avant la marcotte, il est bien difficile de la preserver de la pourriture, par la trop grande ouverture, si on n'a pas le soin de la lever de bonne heure. Si au contraire on ne l'entaille pas suffisamment, elle ne prendra racine que tres-difficilement, n'y ayant pas assez d'ouverture.

La veritable maniere de bien marcotter, c'est de se servir du canif, & aprés avoir bien couché la marcotte faire une incision au milieu du nœud le plus prés du pied de l'Oëillet, autant que faire se pourra, pourveu que le bois soit assez tendre, & qu'il y ait de la seve, mais sur tout, que l'incision ne passe point la moitié ou les deux tiers du nœud, & aprés avoir mis un sol marqué dans l'incision, pour éviter le dommage qu'on pourroit faire à l'Oëillet, on coupera dans le nœud de quoi faire ouverture à la marcotte, & ensuite la terre du pot étant bien labourée on l'y couchera avec le crochet en la soûtenant par un petit bâton, pour la tenir toûjours ouverte, & lui faire prendre racine plus facilement. Il ne sera pas hors de propos de couper les extremités des feüilles.

Pour la qualité de la terre propre à marcoter, la plus legere est la meilleure, afin que la marcotte pousse ses fibres plus facilement, & n'en soit point empêchée par la dureté de la terre. Cette terre sera composée de deux tiers de terrot de cheval bien pourri, & l'autre tiers de sable noir ou de terre de marais, qu'il faudra bien cribler & mêler ensemble, & aprés avoir labouré la terre du pot sur lequel est la marcotte, avec un morceau de bois fait en forme d'espatule, il faut mettre cette terre composée, sur le pot pour y coucher la marcotte, si on ne veut se servir de petits entonnoirs de fer blanc ou de poêlets, dans lesquels on pourra mettre 1. 2. ou 3. marcottes, selon la proximité, sur tout lors qu'on ne peut qu'avec peine baisser la marcotte dans le pot : joint que les marcottes prennent racine plus facilement dans ces petits entonnoirs, pourveu qu'elles ne se rencontrent pas proches des bords, des ouvertures & des petites parois, soit des pots ou des entonnoirs, car si cela arrivoit, ils ne feront rien, la terre ne les ayant pû embrasser, & par le secours de ces entonnoirs, il n'y a point de branche que l'on n'embrasse, ni de montant que l'on n'arreste pour lui faire prendre chevelure.

Les marcottes étant faites, il faudra les arroser tous les jours, mais avec moderation.

L'Aspect sera de les mettre à l'ombre durant 3. ou 4. jours, aussi-tôt qu'ils auront été marcotés, aprés quoi, il faudra leur donner le Soleil qu'ils avoient avant que d'être marcotés, & prendre garde vers le 8. de Septembre, si les marcottes auront racine, tant pour les mieux faire reprendre en leur donnant de l'air, que pour les exposer au Soleil du midi, en les arrosant frequemment.

Et comme il se trouve des Oëillets qui ont peine à prendre racine, il sera tres bon de faire une couche au commencement d'Octobre & d'y mettre les pots d'Oëillets qui n'auront point pris racine, pourvû que la couche ne soit point trop chaude. On a reconnu par une longue experience, qu'il n'y a point de meilleur moyen que celuy-là, pour leur faire prendre racine & leur donner un vert merveilleux.

D'un seul maître pied on en tire quelquefois 20. ou 30. marcottes, sans toute-fois l'avorter, lui laissant toûjours quelque Oëilleton pour l'entretenir & l'animer à repousser autant de nouveaux rejettons qu'on lui a fait de blessures, ce qui arrivera, si l'arrosoir le visite souvent, ce que Monsieur Morin dit, qu'il ne faut point craindre de faire, non plus que de l'exposer au grand Soleil, puis que les chaleurs de l'un & l'humidité de l'autre, doivent achever cet ouvrage.

D'autres pour marcotter, ayant incisé le nœud de la marcotte, font un entaille au dessous, en levant la piece jusqu'à l'incision faite, par ce moyen arrétant d'un côté la seve qui monte à ce nœud, & de l'autre lui laissant un petit conduit pour lui porter la vie; d'où il arrive que ce nœud venant insensiblement à grossir en peu de jours, il jette de toutes parts de petits germes blancs, qui deviennent des cheveux, & ces cheveux se changent en racines, qui foisonnent peu aprés en abondance, portant toute la seve à la marcotte, qui n'est aucune-

aucunement affoiblie par cette methode, & se trouve hors du danger de plusieurs maladies, qui attaquent les Oëillets marcotés.

C'est perdre sa peine & son temps, que de faire couchure d'un dard ou montant, car étant tout plein de moëlle, il est fort sujet à pourriture, & ce sera un grand miracle s'il échappe l'hyver suivant.

CHAPITRE V.

De la Maniere de bien Oeilletonner.

De la Maniere de bien Oëilletonner.

IL n'y a point d'artifice qu'on n'ait inventé pour faire prendre racine à des petits Oëilletons separés de leur tige. Les uns en ont planté dans de la terre de Saule, parce qu'elle est extrémement legere, & qu'elle a je ne sçai quelle qualité secrette pour s'attacher fortement à ce qu'elle embrasse : Les autres ont preparé du crottin pur & ayant encore un peu de chaleur, où ils ont fait de nouvelles épreuves.

Il y en a qui ont pêtri du terrot avec de la terre glaise, & de cette composition ils ont enveloppé plusieurs pieds.

Communement on les fend, puis on les met en terre, ayant jetté & reserré dans l'ouverture 2. ou trois grains d'orge ou d'avoine, afin que ce germe venant à sortir, il anime son voisin par sa vigueur & par son exemple, pour ainsi dire, à en faire autant.

Il y a de la science à bien tailler un Oëilleton, tant afin qu'il reprenne facilement, que pour empêcher qu'il ne tuë sa mere l'en separant.

L'arracher de sa tige & laisser une longue playe, qui suit necessairement la main meurtriere qui le veut avoir de la sorte, c'est assez pour tuer l'un & l'autre, & si on y veut prendre garde cette cicatrice ne se guerira qu'aprés plusieurs mois, durant lesquels la tige est susceptible, d'une tres-dangereuse gangrenne. Pour à quoi obvier, il le faut couper avec des ciseaux, non pas tout joignant le maître montant, où la nature l'a attaché, mais à deux ou trois nœuds prés du cœur de l'Oëilleton ; ainsi il arrivera que ce qui demeure, en poussera de nouveaux, & que celui qui est coupé n'aura pas tant de bois à entretenir. Un Oëilleton seul & qui ne sera pas chargé de beaucoup de rejettons, reprendra plus facilement qu'un autre, à cause qu'il succera assez de douceur de la terre pour s'entretenir, jusqu'à tant qu'il fasse chevelure, ce qu'il ne peut pas lors que sa famille est grande.

Les plus forts ne sont pas les meilleurs, & les plus petits languissent trop longtemps. Il faut les prendre de bonne sorte, n'y laisser que deux ou trois nœuds tout au plus, les fendre en quatre, & commencer la fente au dernier desdits nœuds pour la terminer au second, ébarbant à deux ou trois doigts prés du cœur de l'Oëilleton toutes les extremités de son feüillage, puis l'ayant mis en ce lugubre équipage, il faudra le laisser tant soit peu au Soleil pour l'affoiblir, & ensuite vous le jetterés dans un sceau d'eau pour y prendre de nouvelles forces.

Quelques heures écoulées, vous le verrez plus vert que jamais, & ouvrant largement comme un rave fenduë, les quatre parties de sa cicatrice, bien disposé à se conserver, & à ne se laisser pas ouvrir.

Alors

Alors l'ayant tiré de ce bain, vous le planterés à l'ombre dans une terre extremement legere, composée de trois quarts de terrot de cheval, l'y enfonçant doucement jusqu'au second nœud, afin que la terre entre dans cette délicate ouverture & qu'elle l'invite à l'embrasser promptement par quelques nouvelles chevelures, l'arrosant par aprés d'une main liberale, & continuant ensuite avec grand soin, sans permettre aucunement que le Soleil le regarde.

Ce petit famelique sucera fortement la seve de la terre qui l'environne, & de petites pointes blanches sortiront d'entre l'écorce & le bois, qui croîtront comme des cheveux, & enfin deviendront des racines, par le secours desquelles il grandira, & se fortifiant donnera des fleurs en sa saison toutes pareilles à la tige, dont il a été sevré, si elles ne sont pas plus vives & plus belles: Ouvrage qui paroîtra bien-tôt au dehors par des jets nouveaux, & par un feüillage qui multipliera de toutes parts. Si cela arrive un peu avant l'hyver, il ne faudra pas toucher à ce petit tresor, mais si c'est au Printemps il ne faut rien craindre de le transplanter avec sa motte & de le mettre au large.

Un fameux curieux veut qu'on les plante en pépiniere dans des pots, ou qu'on les mette dans la couche, & qu'on les couvre de cloches de verre, son sentiment n'étant point qu'on doive œilleronner avant l'Autonne, ou du moins avant la fin de l'Esté, afin que la chaleur ne puisse dessécher la terre, ni affoiblir l'Oëilleton, qui reprendra bien plus facilement dans un pot mis sur la couche couvert d'une cloche de verre, comme l'experience le fait assez visiblement connoître au regard des marcottes qui ont peu de racines, lesquelles étant aidées de la couche & de la cloche, poussent en même temps de tres-fortes racines, quand bien même elles auroient été détachées du pied sans aucune chevelure que de deux ou trois fibres.

CHAPITRE V.

De la Maniere d'emporter l'Oëillet & comme il le faut planter dans le pot.

Maniere de planter l'Oeillet dans le pot.

C'Est inutilement qu'on sait bien marcoter l'Oëillet, lui donner un pot convenable, & une terre bien disposée, si on ne sçait pas le planter comme il faut: Car si on le plante trop avant dans le pot, la pourriture l'attaquera infailliblement au cœur, qui sera enveloppé de la terre, ou qui en sera trop voisin; si au contraire on ne le met pas assez avant dans le pot, sa racine se trouvera découverte l'Esté & sera susceptible de sécheresse, ce qui empéchera son avancement; & faisant sécher son montant, le rendra si foible qu'il ne pourra pas prendre un bouton raisonnable.

Voici la Maniere de bien planter l'Oëillet. Quand on aura levé le petit crochet qui tient la marcotte & qu'on aura reconnu qu'elle aura pris racine, on détachera la marcotte de son pied en la coupant avec le canif ou ciseau, le plus prés que faire se pourra de sa tige, pour l'obliger à pousser des racines des deux côtés, c'est à dire qu'il faudra la couper au niveau de l'incision, & faire les deux jambes égales, & aprés avoir rafraichi sa racine ou sa chevelure ou ses fibres, comme on voudra les appeller, en coupant l'extremité de la racine aussi-bien que de ses feüilles, on la plantera dans un pot rempli de terre disposée en la maniere qui suit.

C'est

C'est ici où on est obligé de declarer les experiences des Curieux Fleuristes, pour preserver les Oëillets de tous accidens, & les faire venir dans leur perfection; & de faire voir quel doit être le fond du pot, dans lequel sa marcotte doit être plantée, quand elle a été détachée de son pied; la terre dont il doit être rempli; la façon avec laquelle la terre doit être mise dans le pot, le temps auquel la marcotte y doit être mise, son arrosement & son aspect de Soleil aprés avoir été plantée.

Le fond du pot doit être de terreau pur de cheval en assez grande quantité, en sorte que les trous qui sont au fond du pot soient entierement couverts. *La premiere raison* de cela est que le terreau de cheval qui est fort sec & leger, ne bouche jamais ces trous, par lesquels l'eau peut facilement s'écouler, quand il y en a trop dans le pot, & que la terre est trop humide. *La seconde*, c'est qu'il produit toûjours de la graisse & de la nourriture à l'Oëillet, sans arrêter le cours des trop grandes eaux, au lieu que si vous mettez au fond du pot des démolitions de plâtre ou des pierres ou de la tuile, comme plusieurs pratiquent, outre que l'Oëillet n'en tire aucune nourriture, l'eau s'écoule trop vîte & ne laisse pas dans le pot une certaine humeur feconde & benigne. *Si vous ne mettez* ni terreau ni démolition au fond du pot, vous faites pis, parce que la terre vient à se sécher au fond du pot & le bouche, de sorte que l'eau n'a plus son cours, & l'Oëillet prend le jaune & la pourriture.

Pour la terre dont le pot doit être rempli, on remarque par une experience sensible, qu'il faut planter l'Oëillet en Automne, dans la terre qui lui est preparée pour y demeurer durant l'année, sans être changé ni replanté au Printemps, comme on pratique ordinairement, & à cet effet le mettre seul dans un pot.

Cette experience est appuyée de raisons. *La premiere*, que l'Oëillet doit avoir une bonne terre pour se garantir durant l'hyver des incommoditez de cette saison, particulierement de la sécheresse durant plus de trois mois de prison, qu'il demeure dans la serre, sans avoir toutes ses commoditez, comme le grand air, l'arrosement & les pluyes. *La seconde*, c'est qu'il resiste plus vigoureusement aux mauvaises influences qui viennent au Printemps, quand on le sort de la serre. *La troisiéme*, c'est que lors qu'on le change de terre en un autre pot au Printemps, on lui donne aussi un changement de nourriture qui lui cause des maladies, joint qu'on le fait languir par ce changement, en donnant du jour à sa racine, & durant sa langueur, c'est à dire durant le temps qu'il n'a pas repris encore une nouvelle terre, il survient des pluyes froides ou de la grêle, qui lui procurent *le blanc*, *le jaune*, & *la gale*, & bien souvent *la pourriture*, au lieu que quand il est dans sa terre depuis l'Automne, il est à l'épreuve contre toutes les influences du Ciel. *La quatriéme*, est une peine épargnée pour le Fleuriste, qui n'est pas obligé de faire deux fois le même travail, de planter & replanter. *La cinquiéme*, c'est que lors qu'on met plusieurs marcottes dans un même pot, & que l'une vient à prendre la maladie, elle la communique bien-tôt aux autres, comme il arrive aux malades qui sont dans un même lict, & aux pestiferez dans un air contagieux. *La derniere raison*, c'est que l'Oëillet en devient plus gros, plus large & plus beau.

Si l'on ne veut point se servir de cette invention, on pourra se servir de la façon ordinaire de planter les Oëillets pour l'hyver, en leur donnant une terre composée moitié de terreau de cheval, & moitié de terreau commun, mettant en chaque pot 3. ou 4. marcottes au plus pour ne les pas étouffer & pour remedier aux maladies qui leur pourroient arriver.

Voici la maniere de mettre la terre dans le pot. Aprés avoir mis le terrau au fond, il faut remplir le pot jusqu'au dessus du bord de la terre destinée & disposée pour l'Oëillet, & ensuite l'enfoncer de 2. ou 3. efforts des deux mains, sans pourtant le pêtrir comme on fait la pâte, en sorte qu'elle soit affaissée sans aucune violence, jusqu'au milieu du cordon, aprés quoi on remplira le surplus du pot jusques à fleur de bord, de pur terrau de cheval bien pourri & reduit en terre, le plus sec qu'il se pourra. Cela fait, on plantera la marcotte de telle sorte, que la racine soit couverte de la terre qui est dessous le terrau & qu'elle ait le terrot encore audessus, & en la plantant, on appuyera des mains autour de la tige pour l'affermir dans la terre, & de plus on la soûtient par deux petits bâtons de sa hauteur, mis en croix de saint André, qui seront pointus par le bout, pour éviter qu'elle ne soit tourmentée des vents, mais sur tout il faut bien se donner de garde d'enfoncer la marcotte, & c'est le sujet pour lequel on a dit cy-dessus, qu'il falloit marcotter le plus prés du pied que faire se pourroit, afin de faire une marcotte haute de pied, à l'exemple de Messieurs les Fleuristes de l'Isle qui en usent ainsi.

Quelques-uns demanderont à quoi sert ce terreau au dessus du pot & pourquoi on le met. On leur répond par avance que c'est une des plus belles experiences qu'on ait faites pour conserver l'Oëillet. I. Parce que quand on arrose l'Oëillet nouvellement planté ou autrement, il ne se fait point de creux à la terre qui est imbibée plus facilement, pourveu neanmoins qu'on se serve de certains petits entonnoirs de fer blanc, dont les veritables curieux se servent, qui sont percés de petits trous par lesquels l'eau sort en forme de pluye.

II. Le terreau empêche que la terre ne s'endurcisse par les arrosemens & par les grandes pluyes.

III. Parce que ce terreau conserve toûjours au pied une certaine humidité de l'Oëillet, qui lui est favorable particulierement durant les grandes chaleurs.

IV. C'est que l'arrosement & la pluye qui tombe sur le terrot, en fait distiller la graisse & la substance sur la terre qui nourrit l'Oëillet.

V. Il le preserve des gelées durant l'hyver.

VI. Il empêche que l'humidité ou la moisissure ne vienne au pied de l'Oëillet pendant l hyver qu'il est enfermé.

Quant au temps auquel il faut planter la marcotte, on a déja dit cy-dessus qu'il ne faut pas marcotter si-tôt : en voici la raison. C'est afin de n'être pas obligé de la planter si-tôt, & empêcher qu'elle ne monte à dard. Car pour bien faire il ne faut planter les marcottes, que le plus tard qu'on peut, c'est à dire à la Saint Remi, c'est sans doute la meilleure saison, parce qu'elles sont pour lors arrosées des pluyes du Ciel qui les fortifient extremement, & que le changement de terre arrête leur montant, d'où vient que quand on reconnoît qu'une marcotte semble pousser à dard avant l'hyver, il la faut transplanter deux ou trois fois, & on resserre par ce moyen son montant : C'est un des plus beaux secrets pour éviter leur avancement dans un temps qu'on ne doit souhaitter que l'occasion de les fortifier.

Pour son arrosement & son aspect, aprés qu'elle a été plantée ; Il est certain qu'une plante nouvellement levée & mise en terre a besoin d'eau & d'ombre. C'est

C'est pourquoi il faut arroser l'Oëillet aussi-tôt qu'il a été planté, mais avec moderation, & continuer cet arrosement moderé tous les jours, si le Ciel ne lui envoye pas le sien : Il faut aussi le mettre à l'ombre durant 10. & 12. jours, même 15. s'il n'avoit point de fortes racines, & aprés qu'il sera bien repris & bien affermi, ce qui sera vers le 15. d'Octobre, il faudra l'exposer au Soleil levant, c'est la situation la plus favorable. Si vôtre jardin ne vous permet pas de donner cette place sans incommodité, mettez vos marcottes ailleurs, mais que ce soit en un endroit, où elles n'ayent le Soleil qu'environ le tiers du jour. Elles seront mal en plein midi.

Vous conserverez beaucoup mieux vos Oëillets sur des ais élevez par des trétaux qu'à platte terre, les pluyes d'Automne s'écoulent plus aisément, les vers n'entrent point dans les pots, ils ont plus d'air, ils pourrissent moins & fleurissent mieux.

Les Oëillets ainsi plantez & exposez, il ne s'agit plus que de se precautionner contre les méchantes pluyes & contre les gelées.

I. Contre les pluyes qui surviennent sur la fin du mois d'Octobre, lesquelles étant froides, & commençant déja à participer de la malignité de celles de l'Hyver, engendrent des taches sur les fannes des Oëillets, qui leur causent le plus souvent la mort. Nous appellons les taches la gale, le charbon, comme si c'étoit une espece de peste. Il y en a de differentes couleurs, les unes sont noires, les autres rougeâtres, les autres tirant sur un gris sale : quoy qu'il en soit, elles sont toutes trois pernicieuses à l'Oëillet. Le remede le plus souverain, est de nettoyer avec la pointe du canif la feüille qui en est atteinte, pour éviter qu'elles n'étendent leur gangrenne, & ne la communiquent à la tige, ou couper la feüille pour éviter le mal.

Pour empêcher que l'Oëillet ne contracte cette maladie, il faut sur la fin d'Octobre, ou au plus tard au commencement de Novembre, le priver de l'arrosement du Ciel, en le mettant à couvert avec de la toile cirée, ou sous un petit toict qui sera fait dans le jardin, & qui ne lui ôtera point la respiration de l'air, mais qui le preservera de toutes méchantes influences, & de temps en temps il faudra lui donner l'arrosement artificiel d'une eau qui aura été exposée au Soleil pendant quelque temps, & on le laissera dans cette situation jusques à la gelée. Trop d'eau peut aider à la pourriture ou faire monter à dard vos marcottes. Elles souffrent aisément la soif en Automne & en Hyver.

On n'arrose jamais les Oëillets, que d'eau qui ait été reposée & échauffée par le Soleil, l'eau trop froide leur nuit, neanmoins l'eau de puits fraîchement tirée, qui est chaude en hyver, leur est bonne quand ils sont enfermez dans la serre.

II. Il faut empêcher que l'Oëillet ne soit atteint de trop grandes & fortes gelées, mais aussi il ne faut pas s'allarmer mal à propos des premieres gelées, qui ne sont pas dommageables à l'Oëillet, au contraire elles lui sont favorables.

CHAPITRE VII.

En quel temps il faut mettre l'Oëillet dans la Serre.

IL est certain, I. Que les gelées blanches n'ont rien de méchant pour lui. II. Que l'Oëillet peut souffrir durant deux jours une assez forte gelée, c'est pourquoi

En quel temps il faut mettre l'Oëillet dans la Serre.

pourquoi si l'on voit sur la fin de Novembre, ou au commencement de Decembre que la gelée vienne âpre & piquante, sur tout dans un commencement de Lune, il faudra en diligence faire transporter l'Oëillet dans la serre, car les grands froids le font mourir, sauvez-l'en absolument, & si vous n'avez pas de serre, mettez-le en quelque chambre bien close, ou au pis aller à la cave, si elle n'est point humide. L'esprit doit faire inventer les moyens selon la disposition des lieux.

CHAPITRE VIII.

De quelle Maniere l'Oëillet doit être traitté dans la Serre.

IL faut bien prendre garde à la situation de la Serre, & qu'elle soit tellement disposée, que l'air y puisse entrer aisément, quand on le desire, & l'empêcher aussi quand on veut dans les grandes gelées.

Sa situation la plus favorable, c'est l'exposition au midy, comme sont ordinairement exposées les orangeries.

Comme les lieux humides sont tres-dommageables à l'Oëillet, il faut que la serre soit bâtie à rez de terre, & qu'elle ne soit point dans un enfoncement, ensorte que l'Oëillet puisse prendre de l'humidité, car si une fois la terre est humide, la moisissure s'attachera infailliblement à la plante, & la pourriture ensuite.

Il faut donc qu'une serre soit percée de deux croisées & d'une porte au milieu sans autre enfoncement que d'une marche, qu'elle soit voutée, sinon que le planchet de dessus soit garni de foin, pour empêcher la gelée de penetrer dans la serre, que les croisées soyent d'un chassis de verre & garni d'un autre chassis de papier qu'on puisse lever pour donner de l'air dans la serre au besoin, qu'il y ait des contre-vents aux croisées, une double porte de bois, & un chassis de papier entre les deux portes, & que dans le plus fort des gelées, on mette des nattes pour couvrir les croisées & la porte, ce sera un moyen pour éviter que la gelée ne cause du dommage dans la serre.

Car il faut bien se donner de garde d'y porter le feu, & cela pour plusieurs raisons. *La premiere*, c'est qu'il fait sécher l'Oëillet. *La seconde* s'il ne le rend entierement sec, il l'attendrit de telle sorte que sa perte s'en ensuit. *La troisiéme*, qu'il le fait jaunir. *La quatriéme*, qu'il le fait éfiler. *La cinquiéme*, qu'il engendre le blanc, qu'on appelle le *Feu* : maladie incurable, & pour plusieurs autres raisons, dont on n'experimente que trop bien la verité, lorsqu'on se sert du feu pour preserver l'Oëillet de la gelée.

D'où vient qu'on a requis cy-dessus, qu'on donnât ordre par d'autres moyens que par le feu, pour empêcher qu'une *forte gelée* n'entre dans la serre, on dit, *forte gelée*; car l'Oëillet souffre facilement les gelées communes, notamment lors qu'il a essuyé sur la fin de l'Autonne 2. ou 3. jours de froid pour l'endurcir, & le preparer à ne pas craindre les plus violentes froidures, dont il sera difficilement attaqué, si l'on bouche si bien la porte & les croisées de la serre que l'air ne puisse pas entrer, & quand ainsi seroit, qu'il y auroit trouvé passage, la gelée qu'il pourra causer ne fera pas grand mal : car à la verité l'Oëillet s'affoiblira tant soit peu & cette foiblesse continuera durant le dégel, mais par aprés

aprés il recouvrera sa premiere vigueur, autant qu'un prisonnier en peut avoir dans sa prison, car il ne faut pas attendre que l'Oëillet ait une même disposition, un même vert, une même santé, s'il faut ainsi dire, que s'il n'étoit point enfermé ; on voit que son vert pâtit, que sa feüille blanchit, que ses fannes & sa tige s'amollissent, mais tous ces signes d'indisposition n'en presagent point la mort, & de fait une pluye douce du Printemps, le rétablit en son entier, comme on le fera voir cy-aprés. Il ne faut donc point desesperer quand on le verra atteint de ces marques de foiblesse, que lui cause la prison.

Il y en a qui ont des voutes dans leurs Jardins, lesquelles n'ont d'autre ouverture que la porte, on ne les blâme point, pourveu qu'elles soient exposées au Soleil, qu'elles n'ayent point de profondeur, qu'elles soyent bâties à rez de terre, en un mot qu'elles ne soient point sujettes à l'humidité : mais il n'y faut serrer les Oëillets que le plus tard qu'on peut, & quand la gelée sera passée, il faudra les transporter dans une chambre pour les remettre encore dans la voute, si la gelée revient, ce qui seroit embarrasser un Fleuriste qui auroit 400. pots d'Oëillets.

La Serre ainsi disposée & garnie d'ais soutenus par des treteaux pour y poser les Oëillets le plus prés de la porte & des fenêtres qu'on pourra, on les placera par degrez, afin qu'ils participent tous également d'un même air, & de temps en temps on les visitera pour voir s'ils n'auront pas besoin d'être changez de place, & même on leur donnera quelque arrosement, mais seulement dans la necessité & dans la forme cy-aprés prescrite.

On dit dans la necessité, parce qu'il ne faut point donner d'eau à l'Oëillet dans la serre que le plus tard qu'on peut. I. Parce que c'est à tort qu'on arrose une plante qui n'a pas soif. II. Parce que la trop grande humidité qui se trouveroit dans le pot, pourroit y engendrer la pourriture. III. Vous feriez monter l'Oëillet avant son temps. IV. Il seroit plus exposé aux attaques du froid & de la gelée.

Il ne faut pas aussi par des raisons opposées, le priver d'eau quand il en a besoin pour rassasier sa soif, pour empêcher la secheresse, pour éviter qu'il ne se flétrisse, mais en lui donnant de l'eau, il faut que ce soit avec prudence & moderation, en la forme qui suit.

Il faudra faire provision de petites terrines de terre, faites en forme de plateaux, & mettre un pot dans chaque terrine, successivement les uns aprés les autres selon le besoin : & comme on n'aura point manqué de mettre de l'eau au Soleil, on versera environ une chopine de Paris de cette eau même, dans chacune de ces terrines qui s'y trouveront comblées, puisque les terrines qui pourront contenir environ trois demi septiers de la même mesure, ne pourront point souffrir plus d'une chopine d'eau, le pot y étant. Quoi qu'il en soit le pot tirera de l'eau par le bas, & elle n'endommagera ni les fannes, ni la tige, & autant qu'on pourra il faut faire en sorte que l'eau ne gagne point le dessus du pot, afin qu'elle n'y cause point d'humidité, ce qui pourroit faire venir la moisissure.

Il suffira que la racine soit abreuvée pour communiquer à sa plante l'effet de cet arrosement merveilleux, qui lui donnera une force toute nouvelle, dont on s'apperceyra bien tôt par la fermeté de ses feüilles.

Quand on dit qu'il faut ainsi donner de l'eau à l'Oëillet, on entend qu'il faut si bien prendre son temps que ce ne soit pas dans un temps de gelée, ou à la veille de la gelée ; ce qu'on peut facilement connoître & prévoir, car il faudroit laisser languir l'Oëillet encore quelque peu de temps, plûtôt que de le faire geler dans une eau nouvellement gelée, qui glaceroit facilement la terre.

Quand on dit aussi qu'il faut lui donner de l'eau qui ait été exposée au Soleil, on entend autant qu'il se pourra, & que le Soleil ait quelque ardeur, mais à ce défaut on pourra se servir de l'eau de puits nouvellement tirée, comme il a été dit cy-dessus, parce qu'outre qu'elle n'est pas froide, elle n'a rien de méchant durant l'hyver.

Il ne sera point encore hors de propos pour la culture de l'Oëillet, de lui ôter dans la serre les feüilles qui se trouveront séches, parce que comme elles sont plus susceptibles d'humidité, elles pourroient bien aussi faire venir la pourriture, qui est le mal le plus à craindre durant l'Hyver.

Comme les rats font une cruelle guerre aux Oëillets quand ils sont dans la serre, un nouveau Curieux s'est servi heureusement du remede suivant, pour empêcher le dégât que ces cruels ennemis pourroient faire ; il a fait une pâte dont il a mis quelque portion dans des cartes, ou bien il a fait rôtir des noix qu'il a un peu humectées, & a poudré les noix rôties avec de la poudre qui fait le principal ingredient de sa pâte, qui se compose ainsi : Il faut prendre quatre onces de vieux fromage, deux onces de beurre frais, une once & demi d'arsenic, un quart d'once de sublimé corrosif, sept ou huit grains de musc en poudre, une once & demie de farine d'avoine, & de tout faut faire une pâte molle. Si on poudre les noix avec la poudre d'arsenic, de sublimé corrosif & de musc, on n'a pas à apprehender que les chats en mangent.

CHAPITRE IX.

Quand on doit sortir l'Oëillet de la Serre.

Quand on doit sortir l'Oëillet de la serre.

C'Est ici qu'il ne faut témoigner ni trop d'impatience ni trop de lenteur, car qui voudroit sortir l'Oëillet trop tôt, feroit mal, comme celui qui le sortiroit trop tard : par exemple qui en useroit ainsi dans le mois de Février, il se mettroit au hazard de perdre ses Oëillets par la rigueur du froid qui continuë encore dans ce mois, ou par la neige, ou par les grêles, ou par la pluye froide. Qui les sortiroit sur la fin d'Avril, il feroit aussi mal, parce que l'Oëillet languiroit dans la serre, & pousseroit son dard sans profiter.

La meilleure & la veritable saison pour transporter hors de la serre, c'est la semaine de la Passion dans le Carême, pourveu que le temps ne soit point encore disposé à la gelée, & que le Ciel n'envoye point ses mauvaises influences, comme les neiges & la grêle, ce qui n'arrive pas frequemment dans cette semaine. On peut les sortir plûtôt, pourveu que l'hyver n'ait rien eu d'âpre & de piquant : on remarque ici ce qui se doit pratiquer ordinairement, lors que les Saisons sont dans leur reglement.

Quoi qu'il en soit il faudra disposer des couvertures, pour mettre l'Oëillet à couvert en cas de besoin, dans un lieu où le Soleil ne pourra point envoyer ses rayons, à quoi il faudra bien prendre garde pour plusieurs raisons. I. Parce que l'Oëillet qui a été long-temps enfermé, étant fort tendre, venant à être exposé

posé au Soleil, il s'affoibliroit tellement qu'il seroit fort difficile de le relever de sa foiblesse. II. L'Oëillet ne doit point être traité plus cruellement que les autres plantes, même les plus robustes, qui n'éprouvent pas les ardeurs du Soleil au sortir des lieux où elles étoient enfermées. III. L'Ombre est amie de toutes les plantes & les fortifie. IV. Le Soleil du mois de Mars est quelquefois si chaud, qu'il desséche la terre & les plantes qu'elle porte. La cinquiéme raison est tirée de l'experience.

Il faudroit donc en transportant l'Oëillet de la serre, le placer sur des ais mis à l'ombre, & lui donner une couverture, soit paillasson, soit de toile cirée, soit de bois, laquelle se baissera ou se levera à la veuë d'un bon ou mauvais temps, du chaud ou du froid, du vent ou du calme, pour mettre l'Oëillet à couvert des insultes de trois de ses ennemis, des pluyes froides, de la grêle & du grand vent, qu'on appelle *Gale de Mars*, qui lui est extrement nuisible, car étant entouré de bons paillassons & bien couvert, il sera bien difficile qu'ils puissent faire aucun mal; & si le Ciel veut bien lui donner ses pluyes douces, comme il arrive assez souvent, il faudra baisser toutes les couvertures du dessus & du bas, & lui faire respirer un air libre en recevant cette celeste rosée qui lui fera prendre en peu de temps son vert naturel, sa premiere vigueur, son état avant sa prison: mais si le Ciel lui refusoit ses pluyes, il faudra avoir recours à l'arrosement artificiel, car l'Oëillet sortant de la serre, il faut qu'il soit arrosé du Ciel, ou de la main du Fleuriste sans y manquer, autrement le grand air lui causera de grandes incommodités.

Et ainsi aprés avoir été exposé huit ou dix jours à l'ombre, le Fleuriste qui n'aura point planté ses Oëillets en la forme qui a été dite ci-dessus, c'est à dire qui ne les aura point mis en Automne dans une terre à demeurer toute l'année, pourra la Semaine sainte les transporter dans la terre & en la forme prescrite dans les Chapitres quatre & cinq de ce Traité des Oëillets, en les mettant à l'ombre aprés qu'ils auront été transplantez durant huit jours, pendant que ceux qui auront été mis l'Automne dans leur terre naturelle à demeurer, seront exposez à l'aspect du Soleil, qui leur est utile & naturel, jusques à ce que ceux qui auront été de nouveau transplantez au Printemps, soyent en état de leur faire compagnie, & d'être exposez avec eux à un même ou different aspect. Arrachez adroitement toutes les feuilles pourries, si elles quittent d'elles-mêmes, coupez-les si elles resistent. Tenez toûjours vos plantes propres.

CHAPITRE X.

Quel lieu, quel aspect, & quelle situation il faut donner à l'Oëillet.

Quel lieu aspect & situation il faut donner à l'œillet.

CEtte question est tout à fait d'experience, & plusieurs péchent sur cette matiére par excés ou par défaut. Par excés, en exposant leurs Oëillets à l'aspect du Midi: Par défaut, en leur donnant si peu de Soleil, qu'ils n'ont point la force de pousser leur dard. L'Oëillet ne veut ni le trop ni le trop peu, il lui faut une mediocrité en toutes choses, & c'est la plante du monde qui demande le plus de regle & de moderation.

En effet le grand Soleil le desséche, l'affoiblit, le rend maigre, en sorte qu'il qu'il ne peut profiter que par de grands & frequens arrosemens : Par une raison contraire & opposée, l'absence du Soleil le fait jaunir, retarde sa fleur, & la rend tres-petite : Voila les maux que l'excès & le défaut lui causent.

Voici le Lieu, l'Aspect & la Situation qui lui sont favorables.

Pour le Lieu, premierement le grand air lui est commode, l'Oëillet qui a été une fois enfermé ne demande plus que des lieux spacieux ; Nous en voyons la difference par ceux qui sont élevez dans les petits Jardins, dont les fleurs n'ont pas la même largeur que ceux qui sont élevez en plein air, nous voyons une semblable difference entre ceux qui sont cultivez dans les Jardins des villes, & ceux qui sont élevez dans les Jardins de campagne, les derniers l'emportent le plus souvent en grosseur & en largeur, mais non pas toûjours en beauté, Secondement les lieux marécageux, les prairies & les marais qui sont voisins des lieux où ils sont cultivez, ne contribuent pas peu à leur bon succès, d'où vient que les Oëillets viennent plus beaux, plus gros & plus larges dans les païs bas que dans aucuns lieux, joint qu'ils s'y portent beaucoup mieux, & que rarement ils les perdent, au lieu qu'en France à mesure que nous avançons dans les lieux chauds, les Oëillets en sont moins vigoureux & moins larges.

Pour l'Aspect, celui du Soleil levant depuis six heures du matin jusques à onze, & celui du couchant, depuis trois heures jusques à six ou sept du soir, est sans doute le plus propre, parce qu'à ces heures-là l'ardeur du Soleil n'est pas si violente, mais le meilleur des deux, c'est le Soleil levant. I. Parce que l'Oëillet qui a été arrosé le soir precedent ne doit point demeurer si long-temps dans sa boüe. II. D'autant que le Soleil levant est favorable à toutes les plantes, particulierement à l'Oëillet qu'il récrée visiblement en le faisant monter peu à peu. III. Le Soleil couchant conserve encore quelques restes des grandes ardeurs du midi, ayant échauffé l'air & la terre, au lieu qu'au matin il se trouve un air frais, qu'il dissipe peu à peu par ses rayons. IV. L'Oëillet ayant été refroidi durant la nuit, tant par la fraîcheur, que par l'arrosement & la rosée, il est bien juste qu'il soit réchauffé par les premieres visites du Soleil, qui sont douces & benignes.

Monsieur Morin dit pourtant, que l'experience lui a fait connoître, qu'en exposant l'Oëillet au grand Soleil & l'arrosant soigneusement tous les jours, visiblement on le fera croître & profiter davantage en huit jours, qu'il ne feroit autre part en trois mois : Mais si l'arrosoir de son maître l'oublie un ou deux jours il est certain qu'il est perdu sans ressource.

La situation de l'Oëillet doit aussi être observée : car il faut éviter de le poser contre des murailles, pour plusieurs raisons. I. L'Oëillet n'ayant point d'air autour de sa tige, il ne poussera ses marcottes que d'un côté, ou s'il en pousse, elles languiront ou s'étoufferont par le manquement d'air. II. La reverberation du Soleil qui vient de la muraille & donne sur l'Oëillet, l'endommage notablement & le séche par une ardeur trop violente. III. Cette situation engendre des maladies à l'Oëillet, *le blanc* particulierement. IV. Les animaux qui en veulent à sa destruction, trouvent un chemin bien facile pour l'attaquer, se servant de la muraille comme d'une échelle pour attaquer le pot de l'Oëillet, & s'en rendre bien-tôt les maîtres, comme sont les fourmis & les perce-oreilles, qui auront encore cet avantage, aprés avoir fait leur butin, de se retirer en bon ordre dans quelques ouvertures de la muraille, pour s'y cacher durant le jour & recommencer leur ravage durant la nuit ; les limaçons, les chenilles &

& les autres animaux ennemis de cette fleur, se serviront de cette même route pour lui faire insulte.

Il faut donc que l'œillet soit mis dans un lieu spacieux, autant qu'on le pourra, ou du moins qu'il ait de l'air suffisamment, qu'il soit exposé au Soleil levant pour le mieux, ou au couchant, si on le veut, & posé sur des ais soûtenus par des treteaux de telle maniére que l'air se puisse communiquer autour de sa tige, & que le Fleuriste puisse faire la ronde à l'entour de ses œillets, qui seront placés par degrés sur les treteaux, afin que les premiers ne puissent point couvrir les seconds, les seconds les troisiémes, & ainsi des autres, ni leur ôter la respiration de l'air, la veüe du Soleil, ni la douceur des arrosemens.

CHAPITRE XI.

Quel doit être l'arrosement de l'Oeillet.

L'Oeillet exposé & disposé ainsi qu'on vient de dire, s'il n'est point favorisé des arrosemens du Ciel, il faudra lui donner l'eau de la terre, en la forme & maniére qu'on va marquer. Quel doit être l'arrosemét de l'œillet.

I. Il faut que le pot soit dans une égale situation, en sorte qu'il ne panche ni d'un côté ni d'autre, afin que l'eau se puisse étendre sur le pot, & se communiquer également à toute la plante, & de plus empêcher que l'eau ne fluë & ne tombe hors du pot, à quoy il faut bien prendre garde pour trois considerations.

La premiere, est que la plante est privée de son arrosement, dont elle aura peut-être grand besoin. *La seconde*, c'est que le Fleuriste est obligé pour conserver ses œillets, de redoubler ses peines en donnant un second arrosement. *La troisiéme*, c'est que la graisse & la nourriture du terreau qui est dans le pot tombe avec l'eau.

II. Si la terre du pot est dessechée & que par sa secheresse elle se soit détachée du pot, laissant un vuide entr'elle & le pot, il faut absolument remplir ce vuide par le doigt de la main, en le passant sur la terre autour du dedans du pot, comme elle étoit auparavant, c'est à dire qu'il faut de cette même terre, qui est dans le pot, boucher les ouvertures que la secheresse aura faites à l'entour du dedans du pot, pour les mêmes raisons qu'à l'article precedent, tirées du besoin d'un arrosement nouveau pour faire de la graisse & nourriture perduë, parce que l'eau qui sera versée sur le pot fluëra par les ouvertures, & passera sans laisser aucune humidité dans le pot.

III. Il faudra dés le matin tirer de l'eau de puits & la verser dans un tonneau ou bassin qui sera exposé en un lieu où le Soleil donnera le plus, pour être échauffée par l'ardeur de ses rayons & lui faire perdre son froid naturel, qui est plus grand dans l'Eté que dans une autre saison.

C'est ici qu'il faut examiner l'eau dont on se doit servir pour arroser l'œillet, & les motifs de ceux qui usent d'eau mélangée, pensant lui faire du bien.

Sur la quantité de l'eau, il faut dire premierement que l'eau des rivieres dans l'Eté est merveilleuse pour deux raisons. *La premiere*, parce qu'elle est legere. *La seconde*, parce qu'elle est temperée ayant reçû la chaleur du Soleil ; mais comme les Jardins des Fleuristes ne sont pas toûjours situez au voisinage des rivieres, ce leur seroit une grande peine d'en faire venir journellement.

L'eau des petits ruisseaux ni des fontaines n'est convenable à l'Oëillet, qu'en-tant qu'on l'aura transportée dans des tonneaux & exposée au Soleil pour deux raisons.

La premiere, que cette eau conserve toûjours une certaine crudité qui ne se dissipera qu'en la separant de son lit.

La seconde, c'est que cette eau retient toûjours son froid par la proximité de sa source, & par la communication d'autres sources, qu'elle trouve dans son chemin : or l'eau trop froide n'est aucunement propre à l'Oëillet.

C'est la raison pourquoi il ne faut pas se servir d'eau de puits fraîchement tirée, du moins durant l'Eté, fondé sur sa crudité & sa trop grande froideur, qui saisit l'Oëillet dans son alteration & lui cause le même mal, que l'eau nouvellement tirée à ceux qui en boivent, lors qu'ils sont extremement échauffez dans la sueur, c'est à dire la pleuresie, puis que *le blanc* qui lui surviendra infailliblement ou la pourriture, ou la gale, par cette eau froide, est à l'Oëillet ce que la pleuresie est à l'homme.

L'eau bourbeuse n'est pas moins pernicieuse, parce qu'elle laisse avec elle ses égoûts, dont elle n'est point purifiée : l'eau puante est à éviter, parce qu'elle engendrera la corruption à l'Oëillet.

Les eaux minerales & les souffrées qui se rencontrent quelquefois dans quelques veines de terre, sont à rejetter comme mortelles à l'Oëillet.

L'eau tiede mise sur le feu est pire que toutes les autres, soit durant l'Eté, soit durant l'hyver ; d'autant qu'elle participe de la chaleur du feu qui cuit l'Oëillet en peu d'heures.

L'eau la plus convenable pour l'arrosement de l'Oëillet, & pour la commodité de celui qui le cultive, c'est celle de puits exposée dès le matin au Soleil & versée sur le pot avec l'arrosoir prudemment & dans le temps.

I. Avec l'arrosoir de fer blanc, afin que l'eau s'imbibe plus facilement, & que la terre ne s'endurcisse point par la violence de l'arrosement.

II. Avec prudence, parce qu'il faudra consulter les besoins de l'Oëillet, en ne lui refusant pas ce qui lui est necessaire, mais aussi en ne lui donnant pas ce dont il se peut passer ; & de fait si les pluyes sont frequentes & abondantes, c'est en vain qu'on l'arrose : mais s'il en est privé, il faut quand on voit sa terre commencer à se dessécher, l'arroser tous les jours sans y manquer, mais peu, pour l'entretenir toûjours dans une humidité égale, suffisamment pourtant, en sorte qu'il n'en puisse pas souffrir, c'est la prudence qui en sera le reglement.

III. Le temps, parce qu'il ne faut arroser l'Oëillet que sur le soir, environ le Soleil couché, autrement qui l'arroseroit en plein Soleil, outre qu'il ne tireroit aucun profit de l'arrosement, parce que le Soleil desséchéroit incontinent la terre, c'est qu'il lui feroit venir des taches tres-pernicieuses & feroit sécher ses feüilles & peut être sa tige : Qui voudroit aussi l'arroser le matin avant le Soleil levé, outre que le Fleuriste seroit fatigué de se lever si matin, le Soleil venant à darder ses rayons sur les feüilles qui se trouveront encore moüillées, il les sécheroit pareillement ; & de plus ce seroit le priver des avantages qu'il reçoit pendant la nuit, de se rafraîchir de la chaleur du Soleil qu'il a senti pendant le jour.

En

En l'arrosant il faudra autant qu'on pourra épargner ses feuilles, mais il ne faut pas en cela se gener trop.

Il y en a plusieurs qui se servent de la façon avec laquelle on arrose les Oëillets dans la serre, en se servant de petites terrines de terre & laissant les pots dans les terrines durant l'Eté, y versant de jour à autre de l'eau suffisamment pour arroser la plante, mais cette methode n'est point tant à approuver. I. Parce qu'il faudroit une trop grande quantité de terrines. II. Parce qu'il seroit à apprehender que l'Oëillet n'eût trop d'humidité. III. Parce que dans les pluyes, l'Oëillet prendroit un double arrosement, & la pluye venant à remplir les terrines, ce seroit laisser toûjours l'Oëillet dans le bourbier.

Et par ces raisons on ne peut approuver le dessein de ceux qui se servent d'eau mêlangée pour arroser leurs Oëillets, comme d'eau détrempée de fiente de pigeon, ou de bois servant à teindre, ou de crottin de Cheval, ou de fiente de vache, si non en la maniere qui sera dite cy-aprés. I. Parce que la fiente de pigeon est trop chaude pour l'Oëillet, & quoique détrempée dans l'eau elle ne laissera pas de faire venir le blanc à l'Oëillet. II. Parce que le bois à teindre ne pourra point contribuer à son avancement, ni à sa beauté. III. Le crotin de cheval donnera à l'eau une chaleur étrangere, qui n'est propre qu'aux plantes qui ne peuvent être élevées que tres-difficilement dans les pays froids & moderés, comme les Tubereuses, les Narcisses de Constantinople & autres plantes de cette nature qui sont cultivées dans les susdits pays froids ou moderés. L'Oëillet demande un chaud naturel, une eau qui n'ait point d'autre chaleur que celle que lui donne le Soleil. IV. La fiente de vache ne lui est point favorable, qu'entant qu'on s'en sert rarement & prudemment : *Rarement*, parce qu'on n'en doit user que 2. ou 3. fois au plus. *Prudemment*, d'autant qu'on doit prendre la fiente de vache la plus nouvelle, la bien délayer dans le tonneau avec l'eau dont il sera rempli, & sur tout ne donner l'arrosement ainsi composé, que dans un temps de grande sécheresse & durant l'Eté, & en voici les raisons.

I. La fiente de vache de soi est trop froide pour l'Oëillet, & qui voudroit s'en servir frequemment, empêcheroit le progrés de l'Oëillet en refroidissant sa terre.

II. Elle conserveroit trop long-temps l'humidité à l'Oëillet.

III. Elle feroit une espéce de coëne sur le pot, laquelle avec le temps pourroit bien causer la pourriture au pied de l'Oëillet.

IV. Elle donneroit par sa graisse trop de nourriture à l'Oëillet, & le feroit crever dans son bouton.

V. C'est que cette eau ainsi mêlangée de fiente de vache, n'est utile que pour donner quelque rafraichissement à l'Oëillet, mais non pas pour le refroidir.

Qui voudra donc dans les grandes chaleurs de l'Eté, se servir pour arroser ses Oëillets d'une eau mêlangée avec de la fiente de vache, il ne fera point mal, au contraire il fera tres bien, pourvou que ce ne soit que deux ou trois fois au plus & dans l'Eté.

Un célébre Curieux donne succintement des preceptes tres-utiles pour l'arrosement de l'Oëillet & des marcottes. Il dit qu'à proportion que vos marcottes se fortifient, il faut les arroser plus fortement. Plus il fait chaud, plus il faut leur donner à boire.

Quand le dard ou montant (c'est la même chose) commence à monter, &

que l'œillet va travailler à ses fleurs, c'est alors qu'il faut le visiter soigneusement pour prendre garde à tous ses besoins.

Ne lui menagés point l'eau, une plante ne travaille point dans la secheresse.

Prenés bien vôtre temps dans quelques jours fort chauds pour arroser vos œillets avec de l'eau dans laquelle vous aurés mis détremper de la fiente de vache; cet arrosement frais & gras leur fait un bien indicible quand ils commencent à pousser le dard, & leur sert jusqu'à la fleurison, à moins qu'un chaud excessif ne vous permît de donner un pareil arrosement quand le bouton grossit, ce qui feroit encore merveille.

CHAPITRE XII.

Comme il faut cultiver l'Oeillet à mesure qu'il pousse son dard.

Pour cultiver l'œillet à mesure qu'il pousse son dard

IL faut ici avertir le Fleuriste de faire provision de quantité de baguettes, & de fil ou de jonc pour soûtenir la tige de l'œillet.

Le bois de ces baguettes, doit être autant qu'on le peut, choisi sur les buissons de coudre ou noisetier, parce que ce bois est extrement droit, moëleux, d'une belle longueur, sans nœuds, en un mot d'un beau blanc sous son écorce, digne de servir d'appui à une plante aussi curieuse que l'œillet. Ce n'est pas que plusieurs ne se servent de druneau, de la pruine ou semblable bois, mais le druneau se plie au Soleil: la pruine se seche trop tôt, & l'autre bois ne peut pas être plus beau que le coudre.

La baguette sera de la grosseur du petit doigt, de la hauteur de quatre à cinq pieds sans écorce, c'est à dire qu'il faudra ôter la pelûre du bois, pour bannir l'humidité qui pourroit être entre la tige de l'œillet & le bois de la baguette, & lui donner plus d'ornement, elle sera pointuë par un bout pour entrer plus facilement dans la terre du pot, & ne pas endommager la racine. Car qui ne voudroit point la faire pointuë par le bout, il pourroit bien se mettre au hazard de déraciner l'œillet, en dérachant les fibres de son pied, & même pour mieux éviter cet accident, il faudra ficher la baguette à la distance d'un travers de doigt de la tige de l'œillet & l'enfoncer jusqu'au fond du pot, afin qu'elle puisse mieux resister au vent; car si elle n'avoit point de resistance, il se pourroit bien faire que la baguette venant à être renversée par le vent, le dard le l'œillet qui est attaché à la baguette, pourroit bien se rompre.

Ceux qui voudront être les plus prévoyans commenceront dés le mois de Mars à faire couper ces baguettes, & aprés en avoir ôté la pelûre, ils en feront plusieurs bottes, liant chaque botte par le bas, par le milieu & par le haut, & ensuite ils mettront les bottes dans le four, pour les faire secher, ni plus ni moins qu'on fait les cerises, les raisins & autres fruits, cet expedient est pour éviter qu'elles ne coffinent au Soleil.

Quand l'œillet commencera à pousser son dard, il faudra en même temps ficher la baguette dans le pot, & à mesure qu'il montera l'arrêter à la baguette, avec du fil ou du jonc, l'un & l'autre sont bons; le fil pourveu qu'il soit gros & de chanvre: le jonc, c'est à dire, celui qu'on trouve dans les marais & prairies. Il faudra donner à chaque nœud de l'œillet un fil ou un jonc jusques

ques au dernier nœud du maître bouton ; j'appelle maître bouton, celui qui fleurit le premier & qui est au plus haut dard : & comme il y a bien souvent dans un même pot plusieurs marcottes provenant d'un même pied, qui montent à dard, si on veut bien les laisser monter & ne les pas châtrer, comme on dira ci-aprés, il faudra aussi donner à chaque dard une baguette & les arrêter comme dessus, & si la pluspart des marcottes ont monté, & qu'il s'en trouve jusqu'à 4. ou 5. on pourroit bien se servir de ces baguettes, pour en faire comme de petites cages qui soûtiennent les montans de l'œillet.

On entre dans le détail, pour obliger ceux qui lient tous les montans d'un œillet à une même & seule baguette & qui en font comme un fagot, de changer de methode, & en voici les raisons. I. Ils étouffent la plante. II. Ils empêchent les marcottes de profiter. III. Ils ne peuvent point ôter facilement les boutons inutiles & superflus. IV. Ce n'est point tenir l'œillet dans une si grande propreté qu'il demande.

Pour passer plus outre. Quand le Curieux verra l'œillet pousser de toutes parts des montans & qu'il ne laissera point de successeurs, on entend des marcottes, puisque celles qu'il aura poussé seront montées à dard, il faudra en diligence châtrer les marcottes autant que l'on trouvera à propos, en coupant le dard au second nœud, afin qu'il en arrive deux bons effets : le premier que l'œillet puisse produire de nouvelles marcottes : Le second que celles qui paroissent ordinairement pousser sur le pied, puissent profiter, & qu'elles remplissent la place de celles qui auront monté, joint qu'il sera tres-avantageux au maître dard d'en user ainsi, puisqu'il deviendra plus gros & mieux nourri & donnera par consequent une plus grosse fleur, en lui ôtant une partie des autres montans qui lui déroberoient de sa substance & l'affoibliroient en sorte que la fleur n'en deviendroit pas si grosse ni si large.

On explique ceci en détail pour le faire mieux entendre & plus clairement.

I. Quand on se sert du mot de châtrer, il ne faut pas le croire impropre & indecent : impropre, parce que c'est *châtrer un Oeillet*, que d'empêcher sa production : Indecent, parce qu'on s'en sert pour les autres plantes, comme les girofliers, les melons,& autres qui n'ont point les qualités de l'œillet.

II. Châtrer l'œillet, c'est à dire couper ses marcottes, lors qu'elles montent à dard dans le second nœud le plus voisin du pied de l'œillet.

III. On dit qu'il faut ainsi châtrer l'œillet, pour faire pousser plus aisément les petites marcottes qui paroissent au pied de l'œillet : car s'il y a plusieurs marcottes au pied, dont quelques-unes soient montées & que les autres paroissent ne pas pousser à dard, il faudra bien se garder de châtrer celles qui montent, parce qu'en les coupant, on donneroit lieu aux autres qui ne montoient pas, d'en prendre le chemin, en recevant une plus forte seve ; si au contraire toutes les marcottes montent & qu'on ne les châtre point, outre qu'on alterera le maître dard, c'est qu'il ne restera au Curieux qu'un pied sans marcotte, au lieu que s'il avoit pourveu à faire cette dissection en temps & lieu, il auroit donné lieu à l'œillet de pousser de petites marcottes dans ses nœuds soit au pied, soit dans les marcottes ainsi châtrées, qui poussent bien souvent de nouveaux rejettons.

Quand l'œillet aura ainsi été arrêté à la baguette, & châtré, il ne sera plus question que de lui ôter les feüilles que la chaleur du Soleil aura sechées, & ensuite faire lui donner un petit labour, lors qu'il commencera à pousser son bouton, en la forme cy-aprés.

Il faudra avec un petit morceau de bois fait en spatule de Chirurgien, large d'un poûce, d'une mediocre épaisseur, gratter la terre du pot de la profondeur de deux pouces dans toute l'étenduë du pot, sans pourtant approcher plus prés du pied de la plante que de deux pouces à l'entour pour obvier aux accidens qui pourroient arriver à sa racine. On demandera à quoi sert ce labour? On répond qu'il contribuë notablement à fortifier la plante de l'Oëillet, & à rendre sa fleur plus grosse & plus large. I. parce qu'il donne de nouvelles forces à sa racine, qui étoit resserrée par la dureté de la terre. II. Il rend sa terre plus legere. III. Il lui donne plus de nourriture. IV. Il fait pousser plûtôt le bouton & lui fait prendre une forme plus propre pour éclore une belle fleur. V. Cela est fondé sur l'experience.

Et comme par ce labour on aura mélé le terrau qui étoit sur le pot avec la terre il faudra mettre au dessus du pot de nouveau terrau de cheval bien pourri & reduit en terre, lui donner aussi-tôt un arrosement, pour éviter que les vents ne le chassent hors du pot, étant fort leger, & en même temps pour le lier par le moyen de cet arrosement avec la terre du pot.

Et si les arrosemens & les pluyes avoient fait tellement diminuer la terre, qu'elle fût affaissée jusques au dessous du cordon du pot, il faudra remplir le pot de la même terre, dont il aura été rempli en plantant l'Oëillet jusqu'au milieu du cordon, & le reste jusqu'à rez du bord du pot de terrau de cheval, qu'il faudra arroser, comme dit est, sans pourtant enfoüir l'Oëillet.

Si vous observez bien tout ce qui vient d'être dit, vous aurez assurement de belles fleurs, pourvû que vous ôtiez aussi à l'Oëillet les boutons superflus, comme on dira au chapitre suivant.

CHAPITRE XIII.

Qu'on doit ôter à l'Oëillet les boutons superflus.

Qu'on doit ôter à l'oeillet *les boutons superflus.*

C'Est en vain se donner beaucoup de peine pour bien cultiver l'Oëillet, & tâcher de lui faire porter une belle fleur, si vous lui laissés tous ses boutons, c'est aussi en vain esperer d'en avoir satisfaction, si vous lui en ôtez plus que de raison. Car d'une part vous le ferez venir trop petit, & d'une autre vous le ferez fendre dans son bouton : Il faut donc remedier à ces deux extremités & dire qu'il ne faut point trop laisser de boutons, ni trop peu.

I. Il n'en faut point laisser trop, parce que c'est alterer le maître bouton, par la raison que le dard, qui lui donne la seve, la partage avec tous les autres boutons, ausquels il la communique, & lui diminuë par consequent sa vigueur, au point que sa fleur n'en sera point si grosse ; comme par exemple ceux qui laissent croître des boutons dans tous les nœuds de l'Oëillet, depuis le bas de sa tige jusques à son sommet, font tres-mal, & s'apperçoivent visiblement du tort qu'ils font à la fleur: Ceux qui laissent deux boutons sur la même queuë de l'Oëillet, [qu'on appelle en Picardie, *Dardille*] se trompent encore dans leur attente, parce qu'ils se nuisent tous deux ensemble, en se dérobant l'un à l'autre par leur voisinage une seve, qui n'est suffisante que pour un. Ceux qui laissent pousser dans

dans un même nœud deux queuës, qui portent chacune un bouton, se portent préjudice pareillement, quoi qu'elles poussent de differens côtez, pour les mêmes raisons que dessus.

On ne sçauroit comprendre quels sont les motifs de ceux qui en usent ainsi, si ce n'est qu'ils aiment mieux la quantité des fleurs que la qualité, le nombre que la beauté, au lieu qu'un veritable Curieux ne s'attache qu'à faire réüssir le maître bouton, qui doit faire seul l'ornement de toute la plante par sa grosseur & largeur, & ne se met en peine des suivantes, qu'entant qu'il en faut pour lui faire compagnie.

II. Il n'en faut point trop ôter, car comme c'est alterer le maître bouton, lui en laissant trop, parce que la seve est dispersée; c'est aussi lui donner trop de seve, & l'obliger à crever en lui en laissant trop peu: Ceux là donc qui ne laissent qu'un bouton ou deux sur chaque montant de l'Oëillet, se mettent au hazard de ne pas joüir du fruit de leur travail & de ne pas voir éclorre l'objet de leur esperance, puis qu'outre qu'il peut arriver quelque accident, qui pourroit les priver de la fleur, il est bien difficile que leur maître bouton ne creve par trop de seve, & d'ailleurs pourquoi se sevrer volontairement des fleurs, quand elles ne sont pas nuisibles à l'Oëillet? On ne le cultive pas seulement pour voir son vert & ses fanes, mais aussi pour admirer ses fleurs, c'est le but du Fleuriste, c'est le sujet de ses soins.

Il y a pourtant de certains Oëillets ausquels il seroit bon de ne laisser que deux boutons, mais ils sont en petit nombre, & il ne faut point prendre un particulier, pour servir d'exemple à tous.

Le mieux est d'ôter les boutons qui poussent dans le premier & second nœud du dard, plus prés du pied, pourveu qu'il reste encore quatre nœuds au montant, qui ayent tous poussé des boutons, & de ne laisser sur chaque queuë ou dardille qu'un seul bouton, & il est bon d'ôter les boutons, qui se trouvent trop proches voisins du maître bouton, afinsqu'ils ne lui disputent point la seve.

Il ne faudra donc laisser sur chaque dard que quatre boutons, si ce n'est que l'Oëillet fût sujet ou à crever ou à devenir trop petit, l'experience le fera connoître, & suivant les connoissances qu'on en aura, il faudra laisser plus ou moins de boutons.

Voila ce que dit fort au long l'Autheur du nouveau traité des Oëillets; un autre Curieux en parle plus succinctement, & voici ce qu'il enseigne.

Cassés ou coupés à un nœud prés du pied les marcottes qui montent.

Ne laissés qu'un dard au pot, dont vous voulés avoir de beaux Oëillets.

Mettés à ce dard une baguette de coudre ou noisetier, ou d'autre bois non pliant. Il faut éguiser la baguette par le bout qui entre dans la terre, elle incommodera moins les racines, piqués-la à deux ou trois doigts du pied, il n'en sera pas si fort ébranlé.

Liés vôtre dard à vôtre baguette & à chaque nœud du dard, crainte qu'il ne casse en poussant, & pour ne vous pas tant assujetir, ne commencés à le lier que lors qu'il est un peu grand.

Si vôtre pot a trop de marcottes, & que vous jugiez qu'en lui ôtant les petites vous ne ferés pas monter les autres, vous lui ferés plaisir de le décharger, & ses fleurs en seront incomparablement plus belles.

A moins qu'un Oëillet ne soit d'une nature extraordinaire pour trop crever, il suffit de laisser trois boutons sur le dard; Il faut arrêter les autres dardilles dés qu'elles naissent.

Si vôtre œillet peut souffrir même que vous ne lui laissiés qu'un bouton, & que cela contribuë à la plus grande beauté de sa fleur, faites-le. La premiere fleur étant toûjours la plus large, elle est l'unique esperance du Curieux, il neglige le reste.

C'est à l'égard des pots que l'on destine au theatre qu'il en parle ainsi, on n'en sçauroit trop pousser la fleur, pour les autres, laissés-leur plus d'un dard, mais jamais plus de 3. ou 4. fleurs sur chaque dard.

Otés avec exactitude les boutons qui viennent autour des boutons que vous souhaités qui fleurissent, ils se mangent les uns les autres. Il leur faut de la distance pour profiter.

On peut aider quelques boutons à fleurir, il y en a qui grossissent en forme de culs d'artichaux, courts & gros seulement prés de la queuë ou dardille & menus à la pointe, il faut lier ceux-là avec du fil, ils se remplissent du bout & s'allongent mieux.

Tout œillet qui menace de crever doit être lié. Ce n'est pas que la ligature l'en empêche toûjours, mais il en creve moins, quelquefois point.

Le secours d'ouvrir un peu le bout de l'écosse de tous côtés est tres-bon.

Lors que vous avés une belle esperance d'un tres-gros bouton, & que vous craignés par le temps qu'il lui faut pour fleurir entierement, que le Soleil ne le brûle, ou que les pluyes ne le pourrissent, couvrés sa fleur avec le dessus d'une boëte ordinaire à confiture, sur le bord de laquelle vous faites un trou avec un fer rouge, vous passés ce dessus de boëte par le haut de la baguette à laquelle le dard est lié, & avec un petit coin de bois que vous fichés dans le trou au dessus de la boëte, vous l'arrêtés contre la baguette, juste sur vôtre fleur, qui ainsi est couverte. Il n'y a que vos tres-gros & beaux boutons qui meritent ce soin, sans lequel plusieurs fleurs sont gâtées avant que de fleurir.

A mesure que vos œillets fleurissent beaux, arrangés-en la fleur en la peignant ou refendant ; mettés-y le Carton, si elle en a besoin, & placés son pot sur vôtre theatre. On n'y doit jamais mettre un œillet sans l'avoir accommodé, il y a de la difference, d'un qui est ajusté, à un qui ne l'est pas, comme du blanc au noir.

Arrangés vos fleurs suivant leurs couleurs, un mélange entendu est un tres-grand agrément.

Il faut arroser les pots qui sont sur le theatre un peu plus souvent que s'ils étoient à leur place ordinaire, mais plus legerement. L'eau conserve la fleur plus long-temps.

CHAPITRE XIV.

Comment on doit aider l'Oeillet pour le faire fleurir.

Comme on doit aider l'œillet pour le faire fleurir.

QUand vous verrés le bouton de l'œillet également *gros & long*, vous pouvés esperer une belle fleur, si l'espace de l'œillet est belle, & pour cet effet gardés vous bien de toucher à ce bouton, qui n'a pas besoin de la main du Fleuriste, mais laissés-le éclore sans impatience. Si au contraire le bouton est *gros & court*, defiés-vous en, car il se fendra certainement : il en sera de même s'il n'est point égal dans sa grosseur & dans sa longueur.

Or

Or pour éviter la disgrace qui en pourroit arriver, il faudra se servir de gros fil de chanvre, dont on se sert pour lier le montant de l'œillet à la baguette, & avec le fil arrêter le bouton au tiers de sa cosse, sans le trop serrer, parce que cela l'empêcheroit de fleurir, & sans le serrer trop peu, parce que vous ne l'empêcheriés point de crever : vous disposerés tellement vôtre fil sur la cosse qu'elle ne puisse se fendre, & pour s'en mieux défendre, vous ouvrirés la côte avec la pointe d'une epingle ou d'une aiguille, ou d'un instrument propre à cela, comme on en dépeint ici la figure.

Et vous la fendrés également dans toutes ses jointures jusques au fil, pour donner jour à la fleur afin qu'elle sorte plus aisément du bouton.

D'autres y appliquent la peau d'une côte de féve, ou un anneau de saule, (comme pratique M. le grand & fameux *Fleuriste* Prevôt,) lequel venant à se secher soûtient également son peinturé feüillage, & le Curieux y fait entrer doucement un anneau de canne, ou d'argent &c. pour réparer le manquement, auquel toute son industrie n'a pû remedier.

Il y a quelques Fleuristes qui mettent l'œillet à l'ombre, lors qu'il commence à sortir de son bouton, & n'attendent point que sa fleur soit éclose, pretendant qu'ainsi il fleurit avec plus de facilité & de beauté : mais comme les marcottes languissent étant trop long-tems à l'ombre, il est mieux de ne laisser fleurir les œillets, que dans leur situation & leur exposition depuis le mois de Mars. Les rosées font, qu'il fleurit plus promptement; que le blanc de l'œillet en devient plus grand, & que les marcottes n'en souffrent pas : On a pourtant vû de bons effets de les avoir exposés à l'ombre.

Quand l'œillet sera entierement épanoüi & fleuri, si l'on voit qu'il ne tourne pas bien ses feüilles, & qu'elles ne soient pas dans un bel ordre & arrangement, le Fleuriste pourra suppléer à ces manquemens, en disposant tellement ses feüilles avec les doigts de la main bien nets, & bien lavés & sans sueur, quelles trouvent chacune leur place & leur rang, même pour donner plus de largeur à la fleur, il pourra plier les extrêmités de la côte, cela donne moyen à l'œiller d'étendre ses feüilles sur la cosse, ainsi pliée par ses bouts, comme sur une rondache : on appelle cette façon de traiter l'œillet, l'*ajuster*, le *peigner*, le *refendre*.

Il y a de certains œillets qui ayant les feüilles extrêmement tendres & delicates, les renversent, comme *le grand Chambellan, le Charmant de nos jours, le Morillon de la Croix, le beau Cramoisy* & autres semblables: ce seroit perdre la beauté de ces œillets qui sont tres-rares, si on ne soûtenoit pas les feuilles qui se renversent, il faudra donc à cet effet mettre derriere la fleur del'œilet un petit carton de figure ronde, moins grand que la fleur de l'œillet qui paroîtra peu, mais qui lui servira d'apui & lui donnera un éclat & une largeur merveilleuse. Il faudra en user de même quand l'œillet aura cossé, afin que le carton suplée au defaut de la cosse, dans l'endroit qui se trouvera crevé.

CHAPITRE XV.

Comment il faut garentir l'Oeillet des insectes qui l'endommagent.

Commé il faut garentir l'Oeillet des insectes qui l'endommagent.

TRois sortes d'insectes attaquent l'Oeillet pour le détruire, *le Puceron* qu'on appele *poux vert*, la *Chenille verte* & *le Perce-oreille*.

Le Puceron ne peut faire aucun mal tout seul à l'œillet, parce qu'il est si petit & si facile à contenter, qu'il ne peut point dérober beaucoup de seve à l'œillet: mais ce petit animal jaloux de cette aimable plante, cherchant à lui faire incessamment la guerre, assemble tous ses camarades en troupe pour l'assaillir, & le terracer en lui succant la seve, qui fait sa force & sa vigueur: on en voit quelquefois une quantité prodigieuse attachée à la plante de l'œillet, & par une espece de finesse, se cacher sous les fanes durant le jour, pour en sortir la nuit & butiner l'œillet. Ce butin consiste à prendre la seve de l'œillet, ce qui l'empêche de profiter.

En effet, si le Fleuriste n'a pas le soin de nettoyer la plante de ces petits animaux, il la verra languir & le dard devenir sec.

Pour s'appercevoir quand elle en sera attaquée, il n'y aura qu'à remarquer certaines petites taches blanches en forme de points sur les feüilles, qui sont comme les repaires de ces petites bêtes, cela découvre leur malignité, & donne jour pour les abolir.

Pour bien faire, il ne faut point aprehender de les écraser avec les doigts de la main, ils n'ont rien de venimeux ni d'infect, on l'ôte aussi avec la plume, car ni l'eau, ni le Soleil, ni les pluyes ne les peuvent faire mourir, & pour s'épargner la peine de le faire à plusieurs fois, il sera necessaire au matin au Soleil levant, d'aller à la découverte de ces petits ennemis, qu'on trouvera assemblés tous ensemble sous les feüilles de l'œillet, & en deux coups de doigts on en fera quelquefois un massacre de plus de mille. Ils s'adressent particulierement aux violets & aux plus delicats, ne voulant pas trouver de resistance.

La Chenille verte fait bien plus de dégât, & donne bien une autre atteinte à l'œillet, car elle ne succe pas seulement la seve, mais elle le ronge, & coupe le montant, & pour se mettre mieux à couvert de la recherche du Fleuriste, elle se cache ordinairement de jour sous le cordon du pot, croyant y trouver un abry, ou du moins échaper à ses yeux; mais la malheureuse ne prend pas garde, qu'en laissant une espece de mousse blanche dans le nœud de l'œillet qui est un signal infaillible de sa presence, elle donne lieu d'en faire la recherche, & de la trouver enfin sous le cordon du pot ou quelquefois sous l'œillet même; quelquefois aussi on la pourra trouver cachée dans cette mousse, qu'il faudra soigneusement ôter avec les doigts: car c'est encore une espece de repaire, qui pourroit bien donner naissance à de semblables animaux, & il semble quelquefois que vous trouviés du crachat sur les fanes de vos œillets, c'est une mousse dont se couvre cet insecte, dont la bave deseche les marcottes.

Le Perce-oreille est l'ennemi capital & declaré de l'œillet, parce qu'il l'attaque de toutes parts, dans son montant, dans son bouton, dans sa fleur: Dans son montant en rongeant l'écorce: Dans son bouton en s'y faisant ouverture, avant que sa fleur soit éclose: Dans la fleur, en coupant la racine de ses feüilles, qui

faisoient

faisoient sa beauté, & dont elle se trouve depoüillée au Soleil levant.

Pour éviter le mal que cet insecte peut causer à l'œillet, il faut avoir soin de placer les tretaux sur lesquels les ais qui soutiennent les pots sont posés, dans un lieu fort net, sans herbe, éloigné du buis & des autres plantes qui pourroient lui servir de refuge & d'azile, & si par malheur elles continuoient leur ravage, il faudroit descendre les pots de leur place, découvrir le lieu où elles se retirent pour en faire un carnage, non pas avec la main, car elles ont quelque chose d'infect, mais avec de l'eau boüillante, ou une pierre, ou le plat d'une bêche; il se prend avec de petits cornets de papier, de carte ou de drap, qu'on fiche le soir sur le bout de petits bâtons, & qu'on visite le lendemain matin: Mais pour les exterminer il ne faut que mettre sur le pot un morceau de linge humide, car s'y amassant tous en troupe, il sera facile de les y tuer.

Il y a encore d'autres insectes qui font la guerre à l'œillet, comme une espece *d'araignée verte* & venimeuse, *le limaçon*, *la fourmi* & une espece de *chenilles blanches*.

L'Araignée verte, environ le commencement de l'Automne, se jette sur le feüillage de l'œillet, où elle file une toile dont elle se couvre, sous laquelle elle fait le guet pour surprendre les petits moucherons qui viennent succer la rosée & le miel de nôtre fleur, laquelle voulant s'exempter de loger ce mauvais hôte replie ses feüilles, & les referme autant qu'elle peut, mais en vain, si bien que s'y trouvant contrainte, vous la voyés jaunir petit à petit, & abandonner toutes les feüilles qui sont infectées de ce venin, qui se fanent & flétrissent en bien peu de tems.

Or ce seroit peu si cette malicieuse bête arrêtoit là ses entreprises, & n'inventoit point d'autres ruses: En ce tems là l'œillet commençant à grener, il arrive que ce larron domestique perce & fait ouverture dans sa cosse, où imperceptiblement, & en secret il dérobe le thresor que la nature y cachoit, si bien que le Fleuriste venant à chercher la graine, n'y trouve plus rien, sans qu'on puisse decouvrir le voleur qui est dans sa cosse, si on n'y regarde de bien prés.

Qui voudra éviter cet accident, qu'il veille à surprendre l'animal qui en est cause; car ayant decouvert le mal, on y a trouvé le remede, puis que trouver cet ennemi, c'est le vrai moyen de le vaincre.

Le Limaçon asses frequent dans les lieux humides & aquatiques, s'attachant aux dards & montant de l'œillet les coupe en deux, & aprés avoir bavé sur toutes les fleurs, cherche une autre branche pour la ronger, ne cessant jamais qu'il n'ait ravagé tout l'œillet où il s'est une fois trouvé attaché.

Si les *Fourmis* veulent venir à vos fleurs d'œillets, mettés du miel dans un gobelet posé prés de vos pots, elles iront toutes au miel & laisseront les fleurs.

La Chenille est seule, mais elle ne laisse pas de faire un grand dégât, qui est d'autant plus dangereux, que la cause en est presque inconnuë aux plus clairvoyans, car se retirant de jour sous le pot de l'œillet, le long des bords, ou dans le nœud des petites baguettes, la nuit seulement elle se met en campagne, & va à la picorée de toutes les plus belles fleurs encore en bouton, & avant qu'elles viennent à se développer, perce en rond le tuyau, s'y enfermant bien souvent pour y succer à plaisir & piller le petit magazin des graines que la nature y prepare, si bien que vous ne voyés jamais une fleur d'œillet en sa perfection, mais les unes à demi mangées & les autres entierement perduës.

Le remede à ce mal, est de surprendre cet animal & lui faire son procés.

CHAPITRE XVI.

En quel lieu l'œillet doit être mis quand il est fleuri, & sur tout qu'il le faut preserver du perce-oreille & de la fourmi.

Preserver l'œillet du perce-oreille & de la fourmi.

LA pluye, le Soleil, le grand arrosement, le perce-oreille & la fourmi blessent l'œillet dans sa fleur & en ternissent l'éclat.

La pluye : Il est certain que l'eau qui tombe sur la fleur de l'œillet le ternit, le tache, le corrompt, & le flétrit en un moment.

Le Soleil, ne fait pas moins de mal à sa fleur, parce qu'il desseche tellement la terre, que sa fleur se desseche aussi.

Le grand arrosement, le fait passer en un instant, sur tout lors qu'il est sur sa fin.

La fourmi ronge sa fleur & le perce dans ses feüilles; On a dit ci-dessus comme il l'en faut garantir.

Le perce-oreille est le plus cruel de tous, parce que, comme il a été dit, il mange sa fleur, ou du moins il coupe ses feüilles dans leur racine, en sorte qu'elles tombent &c.

Le moyen de preserver l'œillet de tous ces accidens, c'est de faire faire un toict, soit de paillassons, soit de bois, dans un lieu où le Soleil n'envoye point ses rayons, ou du moins les plus ardens, c'est à dire quand le Soleil y paroîtroit une heure le jour, pourveu que ce soit au levant ou au couchant, il ne causeroit aucun mal, & ensuite disposer des tretaux pour y poser des ais à la distance de quatre doigts de la muraille, & y placer l'œillet fleuri, comme sur un amphiteatre, afin que ses fleurs en puissent mieux paroître.

On met une distance de 4. doigts de la muraille, afin que la fourmi & le perce-oreille n'y puissent monter; mais comme elles pourroient bien se servir du tretau, comme d'une échelle, pour attaquer l'œillet dans sa fleur, le Fleuriste aura soin avant que de placer les œillets fleuris, de poser les pieds des tretaux dans de petits plataux de bois, ou dans de petites terrines de terre, qu'il tiendra toûjours pleines d'eau, en les remplissant tous les jours; ces petits animaux qui abhorrent l'eau, n'oseront se mettre à la nage pour butiner l'œillet.

Il y a un autre expedient, pour garantir l'œillet de leurs insultes, avec plus de facilité, c'est qu'il faut mettre de la glu mêlée avec de l'huile à brûler, au haut de chaque tretau, aprés l'avoir étenduë sur de petits parchemins de la largeur de 2. ou 3. doigts, & de tems en tems il faut rafraîchir ces parchemins, en y mettant de la glu nouvelle, & ainsi ces petites bêtes se prennent.

Si par hazard, quelques-unes restoient cachées, soit dans le pot de l'œillet, soit dans les ais, soit dans le dessus des tretaux, ou bien qu'elles ayent volé, du moins le perce-oreille, qu'on dit avoir des aîles, il faudra mettre au bout des baguettes des ongles de mouton, ou de veau, ou de petits cornets de papier, comme il a été dit ci-devant, ou de petites cartes, en forme de capuce, ou de l'étoffe en la même forme ou plusieurs brins de balay mis ensemble, en differens endroits sur les ais qui soûtiennent les pots, & le matin le Curieux ne manquera pas d'y trouver ces ennemis cachés.

Il ne faut donner d'arrosement à l'œillet fleuri, qu'autant que les marcottes en auront besoin pour ne point languir, car l'œillet n'en a point besoin pour sa fleur,

fleur ; il n'y a que les rejettons qui en demandent, mais aussi-tôt que la premiere fleur est passée, qui est toûjours la plus belle, il ne faut point manquer de donner un arrosement copieux & abondant à l'œillet, & le porter au lieu où il étoit avant sa fleur, afin de lui donner lieu de former sa graine.

CHAPITRE XVII.

De la graine de l'œillet, du tems qu'il la faut semer & de son plan.

Du tems qu'il faut semer la graine de l'œillet.

POur faire grainer l'œillet, il faut I. se garder de l'exposer en sortant de l'ombre où il étoit pendant sa fleur, au Soleil du midy, car la cosse de l'œillet secheroit, & sa plante prendroit le blanc, en sortant d'un air frais, pour en prendre un brûlant, c'est pourquoy aprés sa premiere fleur passée, il faudra le placer dans sa premiere situation, & dans l'aspect du Soleil où sa fleur a fleuri, si ce n'est qu'on voulût le marcotter pendant le tems qu'il a été à l'ombre, ce qu'il est bon de faire, & 4. ou 5. jours aprés le mettre dans sa situation ordinaire, qui est celle qu'il a eu depuis le mois de Mars jusqu'à sa fleur.

II. Aprés qu'il aura demeuré quelque tems en cette situation, pour souffrir peu à peu la chaleur du Soleil, il faudra vers le huit de Septembre l'exposer au Soleil du midy, & l'arroser frequemment pour l'obliger à grainer plus facilement, parce que le grand air, l'eau & le Soleil produisent sa graine, qu'il ne faut cüeillir que quand elle est bien meure. Ceux qu'on tient à couvert ne portent point de graine.

III. Pour conserver celle qui se trouvera dans sa cosse, qui est un petit tuyau dans lequel elle se forme, il faudra garantir sa cosse des pluyes frequentes qui pourront arriver avant sa maturité, parce qu'autrement elle pourriroit, parce que sa cosse étant comme un vase, elle retient l'eau qui penétre par aprés le vase où la graine est resserrée, & la corrompt par ses approches.

IV. Il faut faire choix de ceux qui sont plus feconds, & qui portent graine plus volontiers, pour en avoir plus de soin durant le tems qu'elle se forme & la faire venir en maturité. Les uns grainent plus facilement que les autres, ce que l'on a bien reconnu par l'exemple de *l'orpheline* qu'on a nommé depuis *Abondante*, ou la *mere des œillets*, parce que cet œillet graine extrêmement, & reüssit admirablement dans ses productions, ayant donné *le Nompareil*, *l'Arteste & le Mezor*, qui sont des œillets trés-rares.

V. La saison la plus ordinaire de cüeillir la graine de l'œillet, c'est sur la fin du mois de Septembre, ou au commencement d'Octobre, quelquefois plûtôt, quelquefois plus tard, selon la disposition des tems.

Quand on aura cüeilli la graine, il faudra mettre chaque espece dans un papier separé, pour les distinguer par écrit, aprés avoir laissé secher cette graine suffisamment, en sorte que l'humidité ne puisse point la corrompre, & semer chaque sorte de graine aussi separément dans des terrines, donnant à chacune une marque chifrée, pour connoître les especes qui reüssissent & les separer de celles qui dégenerent.

La saison pour semer l'œillet, est differemment observée ; Les uns le sement en Automne, les autres au Printems.

Les premiers, au nombre desquels est l'Autheur du Livre qui a pour titre la connoissance & culture parfaite des tulipes rares, des anemones, des œillets fins &c. veut qu'on cüeille la graine quand elle est bien meure, & qu'on la seme aussi-tôt sur couche, ou sur terre bien fumée & bien disposée, ayant soin de l'arroser; il dit qu'elle pousse son plan assez tôt, & assez vigoureusement pour être replantée dans l'Automne & produire sa fleur l'année d'aprés, & que les paresseux qui attendent au Printems suivant à la semer, y perdent une année.

Mais l'Autheur du traité des œillets n'est pas de ce sentiment, & il dit que la graine qui n'a point de repos, n'a point aussi assez de force, pour pousser un beau rejetton qui languira durant l'hyver, ou bien qui ne produira pas une fleur qui puisse répondre à l'attente du Fleuriste : la raison qu'il aporte, c'est, dit-il, qu'il faut laisser meurir la graine, sans vouloir la semer aussi-tôt qu'elle a été cüeillie : Il faut lui donner du repos, ni plus ni moins qu'on en donne aux belles Anemones, qui aprés avoir demeuré dans le cabinet du Fleuriste, poussent des fleurs beaucoup plus larges qu'elles n'auroient fait, si elles avoient été mises en terre annuellement.

Son avis est qu'il faut semer au Printems, non pas en Février, comme font quelques uns, mais dans la semaine sainte à cause de la pleine Lune, s'en étant toûjours bien trouvé.

La façon de semer les œillets, c'est de remplir les terrines dont on voudra se servir, de terre composée moitié de terrau de cheval, & moitié de terre de marais ou de sable noir, mais seulement jusques au cordon de la terrine, & ensuite répandre la graine sur la terre & l'affaisser avec le plat de la main, puis aprés remettre de la même terre jusques au milieu du cordon de la terrine, & le restant jusques à rez du bord, de terrau de cheval, & aprés avoir donné un arrosement considerable sur la terrine, l'exposer au Soleil, pour faire pousser la graine.

Le tems de mettre le plan de l'œillet en terre, c'est ordinairement dans le mois de Juillet, ou au commencement d'Août, aprés la premiere pluye qui surviendra, & il faut bien se garder de le faire durant la secheresse, car le plan ne reprendroit point, quelque arrosement qu'on pût donner; au lieu que si vous attendés la pluye, & si vous le couvrés durant 7. ou 8. jours de quelque toile cirée ou de paillasson, pour les mettre à l'abry de l'ardeur du Soleil, comme on fait pour les girofliers, vous lui donnerés vigueur par l'humidité qui se trouvera dans la terre, par l'ombre qu'il recevra, & par l'arrosement que vous lui donnerés de tems en tems, au point qu'il ne flétrira point, mais prendra de bonnes & fortes racines.

CHAPITRE XVIII.

Des Maladies de l'Oeillet.

Des Maladies de l'Oeillet.

OUtre les maladies des œillets, desquelles il a déja été parlé ci-devant, les plus ordinaires sont *le blanc*, *la pourriture*, *& la gale*.

Le blanc est une espece de tache blanche, qui s'attache aux fanes de l'œillet, & dont peu à peu comme une peste, elle gagne le cœur, en sorte que la mort s'en ensuit, quelque diligence que vous puissiés apporter à couper ses fanes, ce venin est si mortel, que quand il ne paroîtroit qu'à l'extremité des fanes, il ne laisseroit pas de causer les mêmes ravages, que s'il s'étoit attaqué d'abord au corps

corps de la plante, c'est ce qui fait croire à tous les Curieux, que c'est une maladie interne qui vient de la racine, & qui se communique par aprés au reste de la plante.

La cause de cette maladie, vient de la trop grande secheresse, d'une mauvaise exposition de l'œillet, d'un mauvais arrosement, des broüillards & d'autres accidens.

Comme le blanc est une maladie incurable de l'œillet, il ne sert de rien d'en proposer des remedes.

Pour le preserver pourtant des accidens que cause cette maladie, le grand secret est, I. de le preserver des nuits froides & des broüillards, car on remarque par des experiences sensibles qu'ils engendrent cette maladie, & de fait *le blanc* ne prend ordinairement à l'œillet qu'au Printems & à l'Automne, & c'est rarement qu'il en est attaqué dans l'Eté, si ce n'est sur la fin, ou qu'on l'ait privé de ses arrosemens necessaires. II. C'est d'exposer l'œillet en grand air, & en effet on remarque que les œillets elevés dans les jardins de campagne, ne sont point si susceptibles du blanc. III. C'est de ne se servir d'aucun remede, mais d'arroser plus abondamment & plus frequemment les œillets malades, & les laisser guerir d'eux mêmes: Et on se trouvera tres-bien de ces arrosemens, soit qu'ils ayent sauvé l'œillet de cette maladie, soit que d'eux mêmes ils ayent recouvré leur santé. Quoi que c'en soit, il n'en faut point trop esperer, il n'en faut point aussi desesperer, comme font ceux qui les arrachent dés la premiere atteinte; il faut se donner patience, & voir si la tache blanche ne se trouvera point en un blanc tirant sur le rouge ou sur le jaune, parce que pour lors, il faut esperer sa guerison & croire que le blanc n'étoit point de mauvaise qualité: Ce qu'on éprouve à *l'Indicrose*, qui semble d'abord être attaquée du blanc, mais par aprés le blanc change en une couleur rougeâtre, qui ne lui fait aucun tort. IV. Il faut reconnoître quels sont les œillets les plus sujets au blanc, pour en avoir plus de soin, & les en preserver. Par une visible experience les *Incarnats* en sont beaucoup plus susceptibles que les autres, & ce doit être une raison pour laquelle on leur donne une terre plus legere qu'aux rouges & aux violets.

La pourriture est une espece de gangrene qui ronge l'œillet petit à petit, elle vient ordinairement de la trop grande humidité de la terre, du trop d'ombre, des mauvaises eaux, des lieux humides &c.

Quand elle n'a point atteint le cœur de l'œillet, mais qu'elle demeure au pied, on pourra sauver l'œillet en coupant avec le bout du canif tout ce qui se trouve pourri au pied jusques au vif, & ensuite on bouchera la playe que l'on y aura faite, avec de la cire molle, pour éviter que l'eau ny l'humidité n'y puissent avoir entrée: on pourra par ce moyen sauver les marcottes qui étoient sur le pied, en les marcottant de bonne heure, mais il ne faut pas attendre qu'il porte une belle fleur cette année-là. Si quelques-unes des marcottes avoient de la pourriture, il faudroit les retrancher comme des membres pourris, afin qu'elles ne corrompissent point les autres, ni le pied.

Le jaune est à l'œillet ce que la jaunisse est aux femmes; elle vient d'une eau mauvaise retenuë trop long tems dans le pot, qui par une humidité excessive & maligne a vitié la racine de l'œillet, en sorte qu'il languit & devient jaune.

Le remede autant qu'on en peut donner à une plante à demi morte, c'est d'exposer l'œillet en un lieu où le Soleil envoye ses rayons deux heures le matin sans l'arroser, ni lui donner la pluye du ciel jusqu'à tant que cette grande humi-

humidité qui est dans le pot soit passée, & que la racine qui étoit enfermée comme dans un cloaque de boüe soit dessechée, & cette maladie vient ordinairement du defaut des issues qui doivent être au fond du pot de l'œillet, parce que l'eau y demeure & y croupit, n'ayant point d'écoulement, & cause l'humidité qui engendre cette maladie.

La hale, est une tache qui vient ordinairement sur les fanes de l'œillet, & gagne peu à peu jusques au cœur, si on n'a pas soin de couper celles qui en sont attaquées.

Cette maladie vient ordinairement dans le Printems & dans l'Automne par les vilains broüillards & les pluyes froides, quelquefois aussi durant l'Hyver par l'humidité de la terre ou du tems.

Les œillets qui y sont les plus sujets, sont ceux de couleur de Rose & de Chair, comme *l'Indicrose*, *la Marichale* &c. Les *Incarnats* en sont aussi susceptibles.

Pour empêcher le progrés de cette maladie, il faut faire deux choses, ou couper les fanes qui en sont atteintes, ou si on ne veut point deshonorer l'œillet, il faudra le gratter avec la pointe du canif, pour éviter que le mal ne se communique à la tige.

CHAPITRE XIX.

Des noms des Oeillets, & de la maniere de les leur donner.

Des noms des œillets, & de la maniere de les leur donner.

IL ne faut point changer le nom des Oeillets donnés par les Curieux, parce qu'on s'abuse souvent en faisant recherche d'une fleur qu'on possede; d'où vient que quelques-uns curieux du bonheur de celui qui a élevé *le Sauvage*, se sont persuadés de devenir Autheurs d'un si bel œillet, en lui donnant le nom de *Dromadere*, du *beau Louys*, &c.

Monsieur L. Laurent Notaire de Laon, dans son abbregé pour les arbres nains &c. donne une methode de baptiser les œillets & leur donner des noms pour les distinguer en leurs couleurs, &c. Et pour y reussir, il dit qu'il faut que les premieres lettres de ces noms marquent les premieres lettres de ceux de leurs couleurs.

Par exemple, un blanc panaché de rouge, on doit l'appeller le bon Roy, ou le Baron Royal, ou le Benedictin reformé, ou la belle Rachel, ou le bon Riche, ou le beau Rustique, ou le bon Receveur, ou le brave Roland, ou le bien Rayé: Le B. de ces noms signifiera Blanc, & l'R. denotera rouge.

Autres exemples. Pour un blanc panaché de couleur de chair, ce sera *le bon Chapelain*, ou *la belle Charlote*, ou *la bonne Chalonnoise*, ou *le beau Chapeau*, ou *le bien Charitable*, ou *le bon Chanoine*, par la même regle que ci devant.

Pour un blanc panaché de violet, ce sera *la bonne voye*, ou *la bonne villageoise*, ou *le bon vieillard*, ou *le beau visage*, ou *le bon Vice-Roy*, ou *le bien venu*, ou *le bien vif*, par la même adresse.

Pour le gris de lin & pourpre, ce sera *le grand Prieur*, ou *le grand Pape*, ou *le grand Prêtre*, ou *le grand Provincial*, ou *le grand Pompée*, ou *le gros Paul*, ou *le grand President*, ou *le grand Partisan*, ou *le Greffier Presidial*, ou *le gros Pierre*, ou *le grand Philippe*, ou *le grand Poussin*, ou *le grave Philosophe*, par la raison ci dessus.

Choisissés ces noms ou en inventés d'autres, si vous pouvés, & quand vous

aurés

aurés plusieurs œillets de même couleur, qui seront pourtant differens en leurs ouvrages & en leurs formes, vous leur donnerés de ces divers noms devant & ci-aprés declarés, ou d'autres que vous forgerés ainsi qu'il vous plaira, avec adition de quelque epithete, si bon vous semble, on en donnera des preuves ci-dessous.

Pour un blanc & incarnat, ce sera *la belle Julie*, ou *Julienne*, ou *la bonne* ou *belle Indienne*, ou *le blanc Jacobin*, ou *la brave Judith*, ou *le bon Jardinier*, ou *la belle* ou *bonne Infante*, ou *le Bacha Ibrahim*, ou *le bon Joseph*.

Pour un blanc panaché de pourpre, ce sera *la belle Paule*, ou *le bon Prince*, ou *le beau Poupon*, ou *le bon Patriarche*, ou *le brave Prophete*, ou *le beau Prieur*, ou *le bon Pasteur*, ou *le bon Paroissien*.

Pour le gros blanc, ce sera *le grand Berger*, ou *le gros Benedictin*, ou *le grand Bailly*.

Pour un rouge & gris-de-lin, ce sera *le Rodomont Gaillard*, ou *le General Rose*, ou *le grand Religieux*, ou *le gros Ruby*.

Pour un gris de lin & violet, ce sera *le General Vvirtemberg*, ou *le grand Vicaire*, ou *le grand Varlet*, ou *le grand Vaillant*, ou *le gentil Vicomte*, ou *le gai Vvalon*, ou *le grand Visir*.

Pour un rouge & couleur de chair, ce sera *le ravissant Conseiller*, ou *le Chanoine Regulier*, ou *le rusé Commissaire*, ou *le Cœur Royal*, ou *le Chaste Roy*, ou *le Rodeur changeant*, ou *le Capucin réformé*.

Et ainsi des autres couleurs, cette methode locale vous fera facilement connoître la couleur de vos œillets, ce que ne font pas tous les beaux noms que vous pourriés autrement leur donner.

Une ardoise à chaque pied d'œillet, portant un de ces noms ci-dessus declarés, ou autres par la même adresse, vous fera connoitre sa couleur en tout temps.

Vous pouvés garder les noms qu'on a déja donné à quelques-uns, & y ajoûtant quelques qualités par la susdite adresse, elles nous en feront aussi connoître les couleurs, comme par exemple, *la Duchesse d'Avaro*, qui est un blanc panaché de violet, donnés-lui la qualité *de bonne Veuve*, vous marquerés la couleur comme il a été dit : de même pour la *Sainte Agnés*, qui est un autre blanc & violet, ajoûtés-y *brave Vierge*, & vous sçaurés la couleur.

Pour *le Commandeur*, qui est un blanc panaché de rouge, ajoûtés, *bien reglé* ; & à *la Junon*, qui est aussi un autre blanc & rouge, ajoûtés ces mots, *belle rêveuse*, vous sçaurés ainsi les couleurs & conserverés les noms, & de même des autres, il n'y a rien de si facile.

Liste de quelques Oeillets violets, apellez.

A.

Altesse.
Astre du monde violet.
Archiduchesse.
Astropole.
Archevêque.
Arche de triomphe.
Alidor.
Aurore naissante.
Artamene.
Admiral Tromp.

B.

Belle Déesse.
Bâton Royal.
La Brasarde.
Beau de nos jours.
Belle de jour.
Belle Hortense.
Belle Agnés.
Belle Iris.
Beau Roturier.

C.

La Conquête.
Conquête de Bacquelan.
Conquête du sautoir.
Carme mitigé.
Catalan.

Conquête d'Estrées.
Comtesse.
Comtesse d'Ether.
Cour Royale.
Charles d'Autriche.
Charles le Hardy.
Conquête Verdier.
Charmant d'Hongrie.
Conquête constant.
Conquête de l'Aube.
Conquête des Prés.

D.

Duc de Longueville.
Duc de Guise.
Disputé Triomphant.
Le Dauphin.
Dorimene.
Duchesse de Boheme.
Duc de Candal.
Duc de Milan.
Duc de Duras.
Dauphin triomphant.

E.

Elûë d'Estrées.
Etendard du jour.
Excellente Bury.

F.

Favori.
Florebettine.
Saint Fouray.

G.

Grand Conquerant,
Grand Prieur.
Grand Preaux.
La Gentille.
Grand César.
Grande beauté.
Grand Noir.
Grand Jupiter.

H.

Le Heros.
Le Hardy.

I.

Illustre Pontoise.
Iditiot.

L.

Loüis Conquerant.

M.

Medor.
Marquis du Quesnoy.
Morillon d'Artois.
Morillon violet.
Morillon sivel.
La Majestueuse.
Morillon le Févre.
Maître des Postes.
Marquis d'Assentar.
Mustapha violet.

N.

Nompareil de Compiegne.
Nompareil Royal.
Nompareil de Rhodes.
Nouvelle Enfrol.
Nouvelle Enceinte.

O.

Olidan.
Orpheline.

P.

Primò Pastorelle.
Polimor.
Perle Royale.
Passe-rose violet.
Patriarche le grand.
Prince de Chimay.
Pâle mitigé.
Paon Royal.
Pourpre enfoncé.
Passe-croisette.
La Princesse.
Petit David.
Pourpre surdassant.
Princesse aimable.

R.

Ravissante Landouche.
Roy des Maures.
La Reine d'Espagne.

S.

Sans souci.
Superbe de France.
Scarbourg.
Superbe Verdier.
Souveraine Royale.

T.

Tertiò violet.
Thresorier.
Triomphe des Oeillets.
Triomphe des Couleurs.
Theâtre du monde.
Le Titon.

V.

Unique de Flandre.
Unique Imperial.
Unique Royal.
Unique triomphant.
Victoire de Mastricht.
Violet choisi.
Unique des Couleurs.
Unique Dauphin.

Liste des Oeillets rouges.

Liste des Oeillets Rouges.

A.

L'Auguste.
Aimable Orphée.
Aimable rouge.
Agréable en beauté.

B.

Balas.
Beau cramoisi.
Baradas.
Beauté triomphante.
Bel inconnu.
Beau thresor.
Brisar.
Belle Ecossoise.
Baltanie.

C.

Charmant de nos jours.
Conquête malin.
Couronne Royale.
Cloris.
Cramoisy Royal.
Cleopatre.
Constantin.
Conquête rouge.
Cardinal de Boüillon.

Dupe

D.
Dupe Philippes.
Duc d'Yorck.
Duc de Duras rouge.
Duc d'Anjou.
E.
Eloüe des Granges.
Etendard Royal.
F.
Saint Felix.
France triomphante.
G.
Grand Charlemagne.
Grand Maréchal.
Grand Argentier.
Grand Cramoisi de l'Isle.
Grand Admiral de France.
Guimberlin.
Geant.
General de France.
Grand Chambelan.
I.
Illustre en beauté.
L.
Loüis triomphant.
M.
Morillon de la Croix.
Morillon Bellone.
Morillon d'Irlande.
Morillon magnifique.
Morillon Hardi rouge.
Morillon de Gand.
Morillon d'Espagne.
Morillon de Mont.
Morillon d'Hybernie.
Morillon de la Cour.
Mitigé.
Monsieur de la Ferté.
N.
Nompareil le grand.
O.
Oriflamme.
P.
Le Prince.
Prince d'Espinoy.
Prince des Païs-Bas.
Prince d'Orange.
Procris.
Saint Paulin.
R.
Le Roy d'Alger.
La Royale Poncet.
Roy d'Angleterre.
Roy de Flandres.
Rouge Sergent.
S.
Soldat.
Sortie Royale.
Sophy de Perse.
T.
Tournoïsien rouge.
V.
Uranie.

Liste des Incarnats.

Liste des Incarnats.

B.
Beau Daumon.
Benjamin.
D.
Duc de Florence.
E.
Etat de France.
F.
Flamboyant.
Feu de Ligny.
Feu de Rhodes.
Feu & blanc.
G.
Grand Incarnat.
Grand Cyrus.
Grand Etendard.
Grand Albardier.
Grand Turc.
H.
Hipolyte.
I.
Incarnat Imperial.
Incarnat Jancille.
Incarnat Lambinoy.
Incarnat Caron.
Incarnat le Gille.
Incarnat de Doüay.
Incarnat de Fremnes.
Incarnat de Compiegne.
Incarnat tiedré.
Incarnat bâty.
Incarnat blonne.
Incarnat d'Arhe.
Incomparable.
M.
Monstre pâle.
P.
Polyphile.
S.
Sauvage.
T.
Tertiò de Paris.
Triomphe Imperial.
V.
Victorieux.

Liste des Oeillets couleur de Rose.

C.
Celimene.
Charles d'Autriche Rose.
Celadon.
Comtesse d'Hollande.
D.
Doralise.
F.
Saint François Xavier.
G.
Grosse Magdelon.
Grande Rose Thomas.
I.
Indicrose.
Isabelle.
M.
Madame d'Humieres.
Monstrueuse.
Madame Dorieux.
P.
Pucelle de Flandres.

R.
Rose d'Hollande.
Rose d'Isdrid.
Rose Royale.
Rose permanente.
Rose de Jerico.
Rose triomphante.
Reine en beauté.
Rosalinde.
S.
Saliné.
Sylvie.
T.
Tour de Babel.

Liste des Oeillets blancs.

B.
Belle Douce.
Blanc racine.
Blanc de Paris.
Blond de perle.
Beau blanc.
Rose blanche.

Liste des Oeillets piquetez.

Liste des Oeillets piquetez.

A.
Auguste triomphant.
Astre du monde.
Astre triomphant.
Amiral de Frise.
Amarillis.
Agréable.
Apollon.
Alcidon.
Auguste le grand.
B.
Belle Aminthe.
Beau piqueté.
C.
Charles-Quint.
E.
Etoile du jour.
Eudoxia.
Eminentissime.
G.
Gros piqueté.
I.
Indimion.
Jupiter.
Junon.
L.
Lys parangonné.
M.
Mars.
Mercure.
Mastricoy.
P.
Piqueté Imperial.
Piqueté de Tournay.
Piqueté de Brinche.
Piqueté du Change.
Piqueté gagné.
Pulcheria.
Piqueté Briesmans.
Piqueté pourpre.
R.
Reine Marguerite.
Roy d'Hongrie.
T.
Triomphe de l'Isle.
V.
Verdure luisante.
Venus.

Liste des Oeillets Tricolor, Quadricolor, Quincolor.

T.
Tricolor de Compiegne.
Tricolor Poncet.
Q.
Quadricolor d'Amiens.
Quincolor d'Amiens.
La diversité des trois couleurs.
La joliete des 4. couleurs.
La Chinoise.
Le Zelandois.
La Conquête de Los.

On ne prétend point exclure par ces Listes les Oeillets qui seront échapés, ou à la memoire, ou à la connoissance de l'Auteur desdites Listes.

CHAPITRE XX.

De la beauté & définition de quelques beaux Oeillets en détail, &c. Oeillets Violets.

Appelles, est un violet brun sur un fin blanc, qui porte tres-bien ses feuilles, il vient de la graine recueillie de l'*Ortheline*, sa plante est délicate, il porte

porte neanmoins une fleur assez large : Il lui faut laisser trois boutons sur le montant.

Altesse, est un violet de même espece sur un blanc, qui paroît d'abord carné, mais qui dans la suite devient un blanc de lait ; sa plante est délicate & son verd pâle, il vient large & porte de gros panaches fort détachés ; il a été élevé à Compiegne, & gagné de la graine de l'Orpheline. Il faudra lui laisser sur son maître dard quatre boutons. Il graine, mais il faut preserver ses marcottes de pourriture, parce qu'il y est sujet.

Astre du monde violet, c'est un violet pourpre clair extrêmement rond, qui tourne bien ses feüilles, son blanc est assez fin & son panache regulier, mais il est marqué de quelques moûchetures, qui ne le rendent point pourtant broüillé ; sa plante est robuste & vigoureuse, mais ses marçottes ont peine à prendre racines, sa fleur est assez large ; il ne lui faudra laisser que trois ou quatre boutons : Il s'apelle autrement *Iris pourpré*.

Archiduchesse, violet sur un blanc passable, fort rond, de médiocre largeur, élevé à Lille ; il ne faudra lui laisser que quatre boutons sur son maître dard.

Astropole, est un violet brun admirable, sur un blanc de laict fort détaché, sa fleur assez large, mais sa plante délicate, sujette aux pucerons : Il graine, & ses marcottes n'ont pas de repugnance à prendre racines. Il a été élevé à Lille, & ne doit porter que trois ou quatre boutons tout au plus.

Arche de triomphe, est un pourpre enfoncé sur un blanc passable ; son panache est gros, sa fleur ronde & large ; sa plante délicate, abondante en marcottes, & facile à prendre racine, elle est sujette aux taches blanches, comme à une espece de gale qui s'attache à ses fanes : Cet œillet s'appelle autrement, *Archi-triomphant* : il vient de Lille ; il ne lui faut laisser que quatre boutons.

Artamene, est un violet brun sur un fin blanc, gagné de *l'Orpheline* ; il ne faut lui laisser que trois boutons, parce qu'il vient petit ; autrement sa plante est robuste, & ses marcottes vigoureuses.

Admiral Tromp, est un violet sur un fin blanc, qui vient de Lille ; sa fleur est large.

B.

Bâton Royal, est un pourpre sur un tres-grand blanc, il porte une fleur de médiocre largeur, mais bien remplie de feüilles & fort ronde ; sa plante est délicate, & ses marcottes foibles, & susceptible du jaune & de la gale : il le faut preserver des dernieres pluyes de l'Autonne & du Printems, & ne lui laisser que trois boutons. Il vient de Lille.

Belle Agnés, est un ancien œillet marqué de peu de violet sur un blanc passable, il créve facilement, mais aussi il est facile à gréner ; c'est ce qui doit le faire reserver ; il faudra lui laisser six boutons.

Beau Roulier, est un violet sur un fin blanc, qui vient d'Amiens ; sa fleur est large & ses feüilles bien rangées ; sa plante est fort délicate, mais fort hâtive à porter fleur ; il est sujet au blanc & à la pourriture : Il faudra lui laisser cinq boutons.

C.

La Conquête, est un violet brun admirable, sur un blanc de neige ; sa fleur est tres-large, n'est point sujette à créver, & porte graine volontiers ; sa plante est robuste, mais les marcottes ont peine à prendre racine : Il a été élevé à Lille ; il a un défaut dans sa fleur, c'est que sur sa fin il cossine ses feüilles, c'est-à-dire qu'il les tourne en forme de petits cornets ; il peut souffrir 4. boutons. Quelques-uns ont voulu croire que c'étoit le Primò ; il n'y a point de difference dans la fleur, mais seulement dans le fanage.

Conquête Bacquelan, est un pourpre & blanc, fort détaché & large, sujet au blanc, ses marcottes sont délicates, mais sa fleur est riche, portant des panaches de pieces emportées ; il se trouve à Lille. Il faut lui laisser 4. à 5. boutons.

Conquête du sautoir, c'est un violet pourpre & blanc regulierement panaché, large & rond, garni de feüilles, qui gréne & ne créve point, sa fleur est assez jardine, sa plante est assez vigoureuse. Il a pris sa naissance à Lille chez Mr du Sautoir. Il ne lui faut laisser que 4. boutons sur son montant.

Carme mitigé, c'est un pourpre enfoncé sur un blanc passable, c'est-à-dire, ni blanc de laict, ni blanc carné, ni fin blanc, c'est-à-dire un blanc commun : afin de se faire entendre quand on se servira de ce mot de passable, c'est un ancien œillet qui n'est pourtant point à rejetter, parce que son pourpre est enfoncé, ce qui ne se trouve pas toûjours dans les œillets.

Conquête d'Estrées, est un violet & blanc qui porte une grosse fleur, & qui pourtant ne se fend point, sa plante est délicate : Elle a été élevée à Lille, & peut gréner si on la conserve bien ; il faudra lui laisser quatre boutons.

Comtesse violet blanc, c'est une bonne fleur, le blanc en est fin, la panache reguliere,& sa plante assez forte; elle vient de Lille : il lui faut laisser quatre boutons, pour lui donner lieu de pousser une belle fleur & porter graine.

Comte d'Ether, est un violet & blanc qui est passable : Il se trouve à Lille. Laissez-lui quatre boutons sur son montant.

Conquête Verdiere, violet foncé sur un fin blanc, il porte graine, sa plante est assez délicate, & sa fleur n'est point hâtive, il faut lui laisser quatre boutons.

Cour Royale, est un violet brun & blanc regulierement panaché, sa fleur est grosse & large & sa plante vigoureuse : il se trouve à Lille ; il pourroit bien créver, si vous lui laissiez moins de six boutons.

Charles le Hardy, c'est un tres-bel œillet, il est pourpré sur un blanc tres-fin, sa fleur est fort grosse & détachée, tissuë de gros panaches qui sont pieces emportées : Il se trouve à Lille, il faut lui laisser quatre ou cinq boutons sur le principal montant.

Conquête Constant, c'est ce qu'on appelle, *Medor*, dont on parlera ci-aprés.

Conquête de l'Aube, est un violet brun sur un grand blanc : Il est fort rond & garni de feüilles, aussi sa fleur est large & bien tranchée, mais sa plante, qui est délicate ne produit pas beaucoup de marcottes, & il faut bien souvent la laisser en vieux pied. Il se trouve à Peronne : quatre boutons lui sont suffisans. Il a pris naissance à Lille, chez Monsieur de Laube.

Conquête des Prez, est un violet & blanc, qui porte une grosse fleur avec de gros pannaches. Il a pris naissance à Lille ; il faut lui laisser cinq boutons.

D.

Duc de Longueville, c'est un pourpre tellement enfoncé qu'il paroît noir, son blanc paroît d'abord carné, mais dans la suite de sa fleur, il devient blanc de laict, qui rehausse encore la beauté de ce pourpre. Ses panaches sont gros & sa fleur tres-large, sa plante est délicate & son verd pâle, ses marcottes prennent difficilement racine, aussi elles sont sujettes aux rayes qui viennent sur les fanes, elle est fort hâtive : Comme elle n'est pas sujette à créver, il ne faut laisser que quatre boutons.

Duc de Guise, est un beau pourpre sur un fin blanc : sa fleur est large, ses pannaches détachés,facile à porter graine : quatre boutons ne nuiront pas sur son montant. Il se trouve à Lille.

Disputé

Disputé triomphant, c'est un violet assez fin sur un beau blanc, sa fleur n'est pas large, c'est pourquoi, il ne lui faut laisser que trois boutons.

Dauphin, est un tres-beau pourpre sur un fin blanc; il est fort large & bien garni de feüilles, rond & bien tranché, ses fanes larges & fortes, ses marcottes ne prennent pas bien racine & poussent à dard avant le temps: ses panaches sont de pieces emportées. Il ne faut lui laisser que cinq boutons.

Dorimene, est un pourpre sur un fin blanc, qui fleurit tres-large, ses panaches détachés, mais sa plante délicate & peu vigoureuse, puis qu'on a peine d'en tirer des marcottes. C'est une production de la graine d'Orpheline, venuë à Compiegne. Quatre boutons lui suffisent.

Duchesse de Baviere, est un violet brun sur un beau blanc. Il n'est pas beaucoup détaché, mais il est large, sa fleur est assez hâtive, portant graine. Quatre boutons sont avantageux à sa fleur.

Duc de Milan, est un violet brun ou pourpre clair, sur un beau blanc; sa fleur est large & ronde, garnie de feüilles, ses panaches gros, sa plante médiocrement forte. Il ne créve point, c'est pourquoi on pourra lui laisser 4. boutons, pour tâcher d'en avoir la graine. On le trouve à Lille communément.

Duc de Duras, est un tres-beau violet & blanc, sa fleur est grosse régulierement tracée de gros panaches, qui sont bien détachés: sa plante est assez délicate, mais son verd est beau: Le puceron l'attaque &le blanc facilement. Il le faut preserver des méchantes pluyes, sur tout si on veut qu'il graine. Laissez-lui quatre boutons.

Dauphin triomphant, est un œillet fort nouveau. On dit que le blanc en est tres-beau, & son violet admirable, tres-bien tranché & de gros panaches. On vend sa marcotte à Lille onze florins.

E.

Excellente Bury, c'est un pourpre noir sur un fin blanc, qui n'est point fort détaché: sa plante difficile à élever, étant sujette à la pourriture. Quatre boutons lui suffisent.

Florebertine, est un tres-bel œillet pourpre brun, sur un grand blanc fort rond & large, garni de feüilles, ses panaches ne sont pas bien détachés, mais neanmoins sa fleur a grand éclat par l'arrangement de ses feüilles, & par la beauté de ses couleurs: Il se trouve facilement à Compiegne & à Noyon. Sa plante resistant aux influences de l'air, on ne lui laisse que quatre boutons, & cependant il ne créve pas.

G.

Grand Conquerant, est un violet brun sur un blanc assez fin, sa fleur est fort grosse, & comme elle est garnie de beaucoup de feüilles, elle s'éleve en la façon d'un petit dôme; ses panaches ne sont point fort gros, ni fort détachés, ayans des moûchetures sur les feüilles, mais qui ne ternissent point la beauté de sa fleur. Sa plante est robuste, mais neanmoins susceptible du blanc: Quoi que son bouton soit gros, il ne se fent pas: Il faudra pourtant lui laisser cinq boutons, & voir s'il grénera.

Grand Prieur, est un violet pourpré sur un blanc de laict, sa fleur est fort ronde, large & tracée de gros panaches, il ne créve point: sa plante est forte & son verd admirable, qui donne toûjours esperance d'en voir sortir une belle fleur, pourvû qu'on ne lui laisse que 4. à 5. boutons sur son principal montant.

Grand Preaux, qui s'apelle autrement *Paon Royal*, est un violet & blanc, qui porte une grosse fleur, le panache est fort & détaché, il graine, aussi sa plante est

est robuste, sujette pourtant à la galle, ou aux taches de couleur de gris sale. C'est assez de quatre boutons sur son maître dard.

Grand César, c'est un violet & blanc, large; il est fort bien détaché, & porte une grosse fleur, & il graine.

Grande Beauté, est un violet brun sur un blanc de laict; sa fleur est large, ses panaches gros, & fort détachés, sa plante vigoureuse, sujette neanmoins au blanc. Il faut la preserver des broüillards, elle graine, se trouve à Compiegne. Il ne lui faut laisser que cinq boutons.

Grand Noir, c'est un pourpre fort enfoncé, grand & large; sa plante est pourtant fort délicate, sa fleur n'est pas fort détachée, ayant des mouchetures sur son blanc, qui est fin. Cinq boutons suffisent.

I.

Illustre Pontife, on l'apelle autrement *le beau de Verny*. Il vient d'Amiens, c'est un violet pourpré qui graine; sa fleur n'est pas bien large, mais son panache est détaché. Quatre boutons sont suffisans sur son dard.

Iditiot, c'est ce qu'on appelle autrement *Tertiò violet*, c'est un violet brun fort détaché, sur un blanc de laict, médiocrement large, bien rond, fort hâtif, sa plante assés délicate, sujette à la pourriture, elle graine: C'est une fleur tres-fine; trois ou quatre boutons tout au plus suffisent: Elle se trouve facilement à Amiens.

M.

Medor, c'est un pourpre clair, qui s'appelle autrement la *Conquête Constant*, parce que c'est Monsieur Constant de Compiegne qui l'a élevé de la graine de l'Orpheline: son violet pourpré, quoique clair, paroît beaucoup parce que son blanc est tres-fin; ses panaches sont gros & détachés, & accompagnés quelquefois de certaines mouchetures violettes, qui ne se rendent point pour cela confuses; sa fleur fort ronde, assez large, mais sa plante forte & robuste, rarement sujette au blanc; il ne créve pas. Quatre boutons lui suffisent.

Morillon fivel, est un violet & blanc, sa fleur tracée de gros panaches, & large; il est fort hâtif, il se trouve à Lille, graine difficilement, & 4. boutons lui suffisent.

La Majestueuse, est un pourpre sur un fin blanc, sa fleur est grosse, & sa plante vigoureuse: son verd est bien conditionné. Il ne lui faut laisser que cinq boutons.

Morillon le Févre, c'est un œillet qui se trouve à Lille, qui porte un tres beau violet sur un fin blanc; ses panaches sont fort détachés sur sa fleur, qui est large & ronde, sa plante assez vigoureuse & ses marcottes faciles à prendre racine; laissés sur son dard quatre boutons.

Maître des Postes, c'est un violet & blanc, fort large.

Mustapha violet, c'est un violet clair, sur un beau blanc fort détaché: La fleur n'en est pas beaucoup large, mais elle est fine. Sa plante est délicate & porte graine. Trois ou quatre boutons lui suffisent.

N.

Nompareille de Compiegne, son violet est fort clair, mais son blanc est tres-fin; ce qui lui est de particulier, c'est qu'il porte autant de violet que de blanc; ses panaches sont pieces emportées, s'il en fut jamais, & ses couleurs se succedent les unes aux autres, c'est-à-dire qu'aprés un panache violet, il succede un gros panache blanc; aprés cela un blanc, un violet, ni plus ni moins que les couleurs qui sont sur les jupes rayées des femmes: Sa fleur est assez large, sa plante tantôt vigoureuse, tantôt délicate, sujette bien souvent au blanc; on pourroit lui donner sans injustice le nom du Morillon, puis qu'il en porte les qualités; il est quelquefois sujet à dégenerer à cause de ses gros panaches, si son violet

let étoit pourpre ou plus brun qu'il n'est pas, ce seroit un œillet sans prix, rarement il graine, l'Orpheline est sa mere, le jardin de Monsieur Coustant est le lieu de sa naissance. 4. boutons lui suffisent.

Nompareil Royal, est un violet clair venu de l'Isle, tracé sur un blanc de neige, fort détaché de sa fleur, qui n'est pas bien large, mais fine, sa plante est delicate & ses marcottes prennent volontiers racine, il ne creve pas. 4. boutons lui suffisent.

Nompareille de Rhodes, c'est une fleur de grosseur prodigieuse, le violet en est beau, mais le blanc n'est pas fin, sa plante est forte & ses marcottes vigoureuses, il se trouve à l'Isle. Il faut bien prendre garde que le bouton ne se casse, portant une si grosse fleur, aussi il faut lui en laisser six sur son principal dard.

Nouvelle Enceinte, son nom lui est bien convenable, puisque c'est une grosse fleur panachée d'un beau pourpre sur un fin blanc, elle se trouve à l'Isle, elle porte un beau vert & de bonnes marcottes. Il faut lui laisser 4. boutons.

O.

Oliban, est un violet clair qu'on trouve à l'Isle, il paroît beaucoup sur le blanc de laict qu'il porte, sa fleur n'est pas bien large, ni sa plante fort robuste, il est sujet à la pourriture, il le faut preserver des grandes eaux, en lui donnant un arrosement fort moderé: ses marcottes sont aussi délicates & prennent difficilement racine, 4. boutons accommoderont sa fleur.

Orpheline, c'est la mere des beaux œillets, quoi qu'elle-même n'ait pas de grands traits de beauté, c'est pourtant un violet brun sur un fin blanc, mais la fleur n'en est pas fort large: elle renverse les feuilles de sa fleur, les ayant extremement tendres & delicates; d'où vient que la moindre eau ternit sa fleur en un moment. Sa plante n'est pas bien vigoureuse & ses marcottes ne prennent racines qu'à l'extremité: Il faut lui laisser jusques à 7. & 8. boutons, puis qu'elle graine facilement & qu'elle a donné des rejettons d'une beauté tres-rare.

P.

Primo, c'est le même Oeillet que la Conquête dont il a été parlé ci dessus, les mêmes couleurs, le même blanc, semblable en qualité, ils ne different que dans le feüillage, mais c'est si peu qu'on n'y doit point aporter de difference.

Pastorelle, est un violet brun, tirant sur le pourpre, tracé de gros panaches sur un fin blanc, sa fleur tardive, mais large, sa plante assez robuste, ses marcottes neanmoins ont peine à prendre racine, elle casse dans son bouton, si on ne lui en laisse six, elle graine rarement, pour faire avancer sa fleur, il faut l'exposer quelquefois au Soleil du Midi.

Polimir, c'est un élevé du même temps que le Primo, il est violet brun sur un beau blanc, il ne lui cederoit point en beauté, s'il avoit d'aussi gros panaches, & il seroit même plus beau, parce qu'il est plus large & plus garni de feüilles que le Primo, sa fleur sort en forme de Dome, mais elle prend fort peu de panaches, c'est la fleur la plus ronde qu'il y ait, sa plante est délicate, quoi que son vert soit vigoureux, le puceron l'attaque, & ses marcottes languissent le plus souvent, comme étant sujet à la pourriture, il faut lui laisser 4. à 5. boutons, quoi qu'il ne soit point sujet à casser. Il se trouve à l'Isle.

La Perle Royale, autrement le *Turon*, est un beau violet & blanc: sa fleur mediocrement large, mais sa plante foible & sujette au blanc. Laissez-lui 4. boutons.

Passe-Rose Violet, c'est un beau violet blanc & large, mais plat, son panache est de pieces emportées, ne creve point, il faut lui laisser 5. boutons. Il se trouve à l'Isle.

Patriarche le grand, autrement dit *Grand Patrice*, est un violet brun ou pourpre clair sur un tres-grand blanc, l'œillet est fort large, portant de gros panaches, sa plante est assez délicate & sujette au blanc. 4. boutons lui suffisent. Il a été élevé à l'Isle.

Passe mitigé, c'est un œillet tout semblable au *Carme mitigé*, ce qui le rend plus beau, c'est qu'il est plus large & ses panaches plus gros. Il est à l'Isle.

Le Prince de Chimay, c'est un pourpre clair sur un blanc de laict, sa fleur n'est que mediocrement large, mais bonne & fine, sa plante est délicate, d'un beau vert, tardive à porter fleur, il graine & ne casse point. 4. boutons lui suffisent.

Pourpre surpassant, c'est un tres-beau pourpre sur un blanc de laict, sa fleur tranchée de gros panaches, large, qui ne créve point, pourvu qu'on lui laisse 5. boutons. On la trouve à l'Isle.

Princesse aimable, est violet & blanc, bien tranché, sa fleur large, & sa plante vigoureuse, ne créve pas, en lui laissant 5. boutons, elle est fort estimée à l'Isle.

R.

Reine d'Espagne, est un violet clair sur un beau blanc, la fleur en est mediocrement large, le panache en est gros, mais non pas bien détaché, sa plante est delicate, on la trouve à Amiens, Laissés 4. boutons sur son dard.

S.

Superbe de France, est un violet & blanc, la fleur n'est pas bien large, mais le panache est regulier: sa plante est sujette à prendre le blanc. On le trouve en Flandre; il faut lui laisser 4. à 5. boutons.

Scarbourg, est un beau pourpre enfoncé qui porte une fleur large, tracée de gros panaches sur un fin blanc; sa plante est d'un beau vert. Il ne casse point, & on peut en esperer la graine & lui laisser 4 à 5. boutons.

Superbe Verdier, la fleur en est fort grosse, c'est un violet sur un fin blanc, à panaches détachés, ses marcottes sont fortes, il ne casse point en lui laissant cinq boutons.

Souveraine Royale, est une grosse fleur panachée de violet & blanc; sa plante est si delicate, qu'on ne peut l'élever que difficilement: Elle vient de l'Isle, ne casse point dans ses boutons, pourveu qu'elle n'en porte pas moins de 4. à 5.

T.

Tresorier, est un tres-beau pourpre brun sur un fin blanc, se trouve à Compirgne, sa fleur est fort large, tracée de panaches de pieces emportées. Ne creve pas, en lui laissant 5. à 6. boutons sur son maître dard.

V.

Unique de Flandres, est un pourpre & blanc, large & bien détaché, élevé à l'Isle. Sa plante est assez delicate, difficile à prendre racines, porte graine, ne creve pas, en lui laissant jusqu'à 5. boutons.

Unique Imperial ou *Royal*, c'est un violet & blanc, semblable au *Primo*, large, tranché de gros panaches, sur un fin blanc, il porte graine, & ne se fend pas dans ses boutons, qui ne lui seront pas ôtés jusqu'à 4. à 5.

Unique Triomphant, violet & blanc réguliérement tranché à gros panaches, se trouve à l'Isle, sa plante est robuste, sa fleur hâtive, ne creve pas en lui laissant 5. boutons.

Victoire de Mastrich, c'est un tres-beau pourpre, sur un fin blanc, gagné aprés la conquête de cette ville; ses panaches sont gros, il fleurit tres-bien, ne creve point en lui laissant 5. boutons.

Unique

Unique Dauphin, est un violet brun sur un fin blanc, sa fleur est petite mais délicate, sa plante ne l'est pas moins, étant sujette à la pourriture & aux pucerons. Il ne lui faut laisser que 3. boutons.

Oeillets Rouges.

A.

L'*Auguste*, est un cramoisi & blanc, qui porte une grosse fleur, qui casseroit si l'on lui laissoit moins de 5. a 6. boutons. Sa plante est vigoureuse & se trouve en Flandres.

Aimable Orphée, est aussi un cramoisi & blanc, sa fleur n'est pas bien large, mais bien tranchée, sa plante est d'un beau vert, abondante en marcottes, élevée à l'Isle. Il ne lui faut laisser que 3. ou 4. boutons.

B.

Beau Cramoisi, autrement appellé *Grand Chambellan*, *Balas*, porte sa couleur par son nom, mais ce qui lui est de particulier, c'est son blanc qui pourroit le disputer avec la neige : ses panaches sont emportés, si on en a jamais veu, extremement détachés sans moûchetures, sa fleur tres-large, garnie d'une tres-grande quantité de feüilles, aussi il faut se défier de son bouton & ne lui en laisser que six, pour l'empêcher de crever : Sa plante est vigoureuse & d'un beau vert. Il vient de l'Isle. Son défaut c'est 1. qu'il ne graine point. 2. que sa fleur n'est pas hâtive. 3. son plus grand défaut c'est que comme les feüilles de sa fleur sont fort délicates, elles se renversent, en sorte qu'il faut les soûtenir par de petits cartons, il n'est pourtant pas toûjours necessaire, parce que quelquefois les fleurs se soûtiennent, sur tout lors qu'on a le soin de baisser les extremités de la Cosse.

Baradas, est un rouge brun dont la fleur est fort large, & garnie de quantité de feüilles, qui lui font faire un dome au milieu de sa fleur : ses panaches sont gros, mais non pas fort détachés : son blanc n'est point carné, il n'est pas aussi fin : ce qu'on peut dire, c'est que sa fleur est grosse & d'un beau rouge : sa plante est sujette au blanc : il lui faut laisser 4. ou 5. boutons.

Beauté triomphante, est un rouge de sang, sur un blanc de laict, ses panaches sont petits aussi bien que sa fleur, qui n'est point garnie de beaucoup de feüilles : L'œillet est pourtant fin & sa plante vigoureuse. Il ne lui faut laisser que 3. ou 4. boutons. Se trouve à l'Isle.

Bel inconnu, rouge clair sur un beau blanc, sa plante est délicate, sujette aux taches grisâtres & difficile à prendre racines. Trois boutons suffiront pour son maître dard.

Beau Thresor, c'est un beau rouge sur un grand blanc, sa fleur est ronde & large, ses panaches détachés; Il graine & ne creve pas, & se trouve à l'Isle. Il est hâtif, abondant en marcottes, sujet à dégenerer & au blanc. 4. boutons suffisent.

Belle Escossoise, c'est un même œillet que le *bel inconnu*, sous different nom.

Batavie, est un rouge fort clair, qui prend un peu de couleur de rose. Il est fort large sur un blanc qui n'est point fin. Il casse facilement si on ne lui laisse au moins six boutons. La beauté de sa fleur est sa grosseur. Il a porté 14. pouces de tour. Sa plante est neanmoins foible & sujette au blanc, ne portant pas facilement ni marcottes ni graine. Il vient de Noyon.

C.

Conquête Malin, est un cramoisi hâtif, sur un blanc passable, assez large, sa plante robuste. Il se trouve à l'Isle.

Couronne Royale, c'est un cramoisi sur un fin blanc, ses panaches sont fort détachés, ses fanes bien conditionnées, son bouton gros, qui donne une fleur large, hâtive & qui graine. Cinq boutons lui suffisent.

Cloris, est un cramoisi blanc & passable, sa fleur n'est ni petite ni large, ses panaches assez détachés, mais sa plante foible. Il se trouve à l'Isle. 4 ou 5. boutons suffisent.

Constantin, est un rouge brun sur un blanc de laict, portant de gros panaches de pieces emportées sans moûchetures, il a peine à fleurir, sa fleur étant fort tardive: il rejette ses feüilles, qui sont délicates, & il a besoin du secours du Fleuriste. Il creve si on ne lui laisse 5. ou 6. boutons.

Conquête rouge, c'est une même espece d'œillet, que le bel inconnu & la belle Ecossoise.

Cardinal de Boüillon, est un beau rouge panaché sur un blanc de laict: Sa fleur est large, bien tranchée, il graine, & ne creve point, si on lui laisse 4 à 5. boutons. Il se trouve à l'Isle.

D.

Duc d'Yorc, est un beau rouge sur un fin blanc, bien detaché, ses panaches petits, aussi bien que sa fleur, mais elle est fine & & porte graine. Son feüillage est beau & ne creve point.

Dupe Philippe, cet œillet, pour avoir eu differens noms, comme de *Prince d'Epinay*, qui est son veritable nom, & *de Saint Felix*, n'a point été changé en nourrice, c'est un rouge de sang sur un fin blanc, sa fleur est large, quoi qu'elle ne soit pas chargée de feüilles, ses panaches ne sont pas gros, mais fort distincts & detachés, sa plante qui est vigoureuse a l'ambition de se vouloir élever au dessus de toutes les autres plantes d'œillets, on a peine à lui trouver des baguettes assez hautes. Ses fanes sont d'un beau vert & ne sont pas sujettes aux taches. Tout son defaut c'est d'être plat, car il ne casse point, si vous lui laissés 4. ou 5. boutons.

Duc d'Anjou, est un rouge clair sur un blanc assez fin, sa fleur est mediocrement large, mais fort ronde & bien garnie de feüilles, ses panaches bien tranchés. Il graine, mais sa plante est sujette au blanc & difficile à conserver. Il faut lui laisser 4. boutons.

E.

Eleve Desgranges, c'est un rouge brun tirant sur le pourpre extrêmement enfoncé sur un blanc assez fin: ses panaches sont fort gros & de pieces emportées, mais un peu confus, & accompagné de moûchetures. M. l'Abbé Desgranges l'a elevé dans Paris: son montant s'eleve fort haut, ses fanes sont fort vertes & sa fleur hâtive & mediocrement large. Il est tout semblable à l'œillet qu'on apelle *le Soldat*, tant par sa couleur, que par sa façon de fleurir & par son feüillage. Il ne creve pas en lui laissant 4. à 5. boutons.

Etendart Royal, est un cramoisi blanc bien tranché de gros panaches detachés, sa fleur est hâtive, son feüillage d'un beau vert & sa plante forte: Il se trouve à l'Isle, il ne creve pas lui laissant 5. boutons.

France

F.

France triomphante, c'est un beau cramoisi sur un fin blanc, tres-large & panaché regulierement, sa plante est d'un beau vert. Elle se trouve à l'Isle. 3. ou 4. boutons lui suffisent.

G.

Grand Maréchal, est un rouge brun sur un blanc qui n'est point fin : ses panaches ne sont point entierement detachés, mais c'est une fleur large, ronde & garnie de beaucoup de feüilles qui sortent en dome, & qui graine. Il se trouve à l'Isle, & ne casse pas si on lui laisse 4. à 5. boutons.

Guimberlin, c'est un Morillon fort semblable au Morillon de Gand, ou au Tourisien rouge. Il vient de Normandie, sa fleur est autant large qu'un Morillon le peut être, son blanc est de laict, & son rouge si bien detaché, qu'on le peut admirer comme une rareté surprenante. Son défaut est, I. qu'il est sujet au blanc & à la pourriture. II. que son bouton creve, si on n'a soin de l'en empêcher, il ne faut pourtant pas lui en laisser plus de 5. sur son montant, parce qu'il ne donneroit point une fleur aussi large qu'on le doit souhaiter. C'est une fleur tres-fine, tardif à porter sa fleur.

Grand Argentier, est un rouge brun tout semblable au grand Maréchal.

Grand Cramoisi de l'Isle, son nom porte sa couleur & le lieu de sa naissance : son blanc est admirable tant il est fin, sa fleur large tracée de gros panaches non confus. Il graine, & ne creve pas si vous lui laissés 6. boutons.

Grand Admiral de France, est aussi un cramoisi sur un beau blanc ; se trouve à l'Isle, sa fleur est hâtive, sa plante robuste & abondante en marcottes, ne creve point si on lui laisse 4. à 5. boutons.

Grand Chambellan, c'est le même œillet que le beau Cramoisi.

L.

Loüis Triomphant, cramoisi & blanc, sa fleur n'est pas bien large, mais sa plante porte beaucoup de marcottes ; il est fin, il porte graine, ne creve pas si on lui laisse 5. boutons.

M.

Morillon de la Croix, il a beaucoup de ressemblance *au beau Cramoisi* & *au Grand Chambellan* ; il differe pourtant en quelque chose, mais non pas en beauté, & en couleur, car son cramoisi est tres-vif sur un blanc de neige, ses panaches sont de pieces emportées, detachés autant que l'on peut souhaiter, la fleur fort large & garnie de feüilles, qui sont foibles & delicates au point qu'elles se renversent sur sa cosse ; sa tige est grosse & ses marcottes vigoureuses. Il se trouve à l'Isle. Il faut lui laisser 6. boutons pour éviter qu'il ne creve.

Morillon Bellone, son rouge est tout particulier, parce qu'il n'est point fait en forme de panaches, mais en forme de points : son blanc est de laict, sa fleur n'est pas bien large, mais fort tardive, sujette à crever & au blanc. Se trouve à Amiens. Il faut lui laisser 6. à 7. boutons au moins.

Morillon Magnifique, c'est un rouge de sang sur un blanc de laict, sa fleur n'est pas bien large, ni garnie de feüilles : ses panaches ne sont pas gros, mais il est extrêmement rond & detaché, il est difficile à cultiver. Il se trouve à l'Isle. 4. ou 5. boutons lui suffisent.

Morillon de Gand ou *Tourisien rouge*, ne sont pas beaucoup differens du *Guimberlin*, si ce n'est que le dernier est tant soit peu plus large : le reste de la fleur est semblable.

Morillon d'Espagne, c'est un rouge cramoisi sur un fin blanc, à gros panaches detachés & de pieces emportées, sa fleur est large, & porte graine, ne creve point, si on lui laisse 5. boutons.

Morillon du Mont, Morillon d'Hibernie, sont deux beaux œillets semblables, cramoisi & blanc, ses panaches sont fort gros & detachés sur un grand blanc, larges, portant graines, non sujets à crever avec six boutons sur le maitre dard. Ils se trouvent à l'Isle.

Morillon de la cour, c'est un cramoisi & blanc fort nouveau.

Marquis d'Humieres, est une production du *grand marechal*, & il est rouge brun, tout semblable, sauf qu'il n'est point si large & sa plante n'est point si vigoureuse.

P.

Le Prince d'Epinoy, voyés cy dessus le dupe Philippe.

Procris, est un rouge brun pourpre sur un beau blanc, il n'est point dissemblable de *l'eleve Desgranges & du soldat*, puisque sa couleur & son blanc se ressemblent beaucoup. Sa tige s'éleve de même & son fanage n'est pas fort different.

Saint Paulin, est un œillet moustrueux en grosseur, mais non point chargé de panaches qui sont tres-petits, il est sujet à crever.

R.

Roy d'Alger, est un rouge tirant sur le cramoisi portant de beaux panaches sur un fin blanc & nullement confus. La fleur est large mais tardive, se trouve à l'Isle, & graine. La plante produit beaucoup de marcottes, mais elle est fort sujette au blanc, il ne lui faut laisser que 4. boutons.

Roy d'Angleterre, est un œillet tres rare, d'un tres-beau rouge cramoisi sur un blanc de laict, sa fleur est assés large, mais ronde au dernier degré, sa plante est vigoureuse, qui ne produit pas beaucoup de marcottes. Il faut lui laisser 4. boutons.

Roy de Flandres, c'est un rouge brun, mais d'une grosseur prodigieuse, son blanc n'est pas bien fin, mais sa fleur porte le plus souvent 14. pouces de tour : ses panaches sont gros, sa plante forte, mais qui ne produit pas beaucoup de racines, elle ne creve pas, lui laissant 5. ou 6. boutons.

Oeillets Incarnats.

B.

Beau Daumont n'est autre que *l'incarnat Laubinoy*, c'est un second nom qu'on lui a imposé avec celui de *l'Epicier*, c'est un tres-bel œillet élevé à Paris, sa couleur est de feu assez vif, son blanc n'est pas des plus fins, mais un peu carné, sa fleur est large, quoy qu'elle soit platte, mais ce qui lui est de propre, c'est qu'il graine facilement, a de gros panaches d'une couleur fort recherchée, sa plante est delicate, sujette au blanc & même à la pourriture, il ne creve point d'ordinaire, il faut pourtant lui laisser 5. boutons.

Benjamin, est un incarnat clair sur un fin blanc, sa fleur est large & tissuë de gros panaches, mais elle n'est pas fournie de feuilles, sa plante est delicate, susceptible de pourriture & de blanc, il ne casse pas en lui laissant 4. boutons.

D.

Duc de Florence, est un incarnat clair sur un fin blanc, mais ses panaches sont confus, sa plante est assez robuste, mais tardive à porter fleur, ne casse pas si on lui laisse 4. à 5. boutons.

F.

Feu de Ligni, le feu en est vif sur un tres-grand blanc, il est large, mais sa plante est foible, se trouve à l'Isle, son defaut est qu'il degenere tres-facilement, il graine & ne creve point, si vous ne lui refusés 5. boutons.

Feu

Feu & blanc, est une bell fleur, ses panaches sont gros, son blanc est fin, il est fort large, & même monstrueux.

G.

Grand Incarnat, autrement *Incarnat Royal*, *Incarnat Imperial*, est un incarnat pâle dont les panaches ne sont pas gros, mais elle n'est pas fournie de feüilles, elle est tardive & porte graines, sa plante est si vigoureuse, que les fanes sont presque semblables à celles de pourreau, elles sont quelquefois atteintes de taches roussâtres, il ne casse point en lui laissant 5. ou 6. boutons sur son principal dard, se trouve à l'Isle.

Grand Cyrus, porte une belle fleur tracée d'un gros panache d'Incarnat pâle sur un fin blanc bien détaché, il est sujet au blanc & à la pourriture, il ne creve pas, si on lui laisse 5. boutons.

Grand Albardier, c'est un incarnat vif sur un fin blanc, il approche du Tertio de Paris, sauf que son feu n'est pas si vif, son blanc aussi est plus grand : sa fleur est assés large, mais ses panaches ne sont pas bien gros ni détachés, sa plante est vigoureuse & sa tige s'éleve extrémement haut. Il vient de Flandres, 5. boutons lui suffiront pour l'empêcher de crever & en recüeillir la graine.

Grand Turc, est un incarnat pâle sur un beau blanc, le panache est fort gros, mais confus, la fleur n'en est pas large, il pourroit passer pour un Morillon, sa plante est assez delicate, ne creve pas en lui laissant 4. boutons.

H.

Hipolite est un incarnat clair sujet au changement, parce que son blanc est quelquefois carné & quelquefois blanc de laict, tracé de gros panaches, quelquefois aussi de petits : il casse facilement si on ne lui laisse 6. à 7. boutons.

I.

Incarnat Imperial, voyés le *grand Incarnat*.

Incarnat Caron, son veritable nom est *l'Incarnat Jancille*, autrement le *grand Etendart*, il vient de l'Isle, son blanc est fort fin & ses panaches assés gros, mais il est petit, il est fort rond & sa plante vigoureuse & d'un beau vert, sujette aux poux, vers & pucerons, son fanage vert, 4. boutons lui donneront une belle fleur.

Incarnat Cezille, est un gros œillet d'un Incarnat pâle, garni de feüilles, sujet à crever, son blanc est assez fin & sa plante aussi forte qu'on la puisse desirer & abondante en marcottes, sa fleur est hâtive & 6. boutons lui suffisent.

Incarnat des Fremnes, c'est un incarnat venu de l'Isle chez son parain Monsieur des Fremnes, son panache est assez regulier, mais il est suivi de quelques moûchetures qui en diminuent la beauté, sa plante est mediocrement forte, & porte des marcottes abondamment, il faut lui laisser 4. boutons.

Incarnat Railly, est un gros incarnat sur un fin blanc, originaire de Flandres, large, qui ne creve pas, en lui laissant 5. boutons bons pour la graine, sa fleur est assez bien tranchée, sa plante assez vigoureuse.

Incomparable, est couleur de feu & blanc, mais le blanc n'en est pas bien fin, ni le panache détaché, il a pourtant sa beauté qui consiste dans sa couleur, rondeur & grosseur, sa plante est d'un beau vert, sujette au blanc, au chancre, autrement appellé la pourriture, il graine, il faut lui laisser 4. à 5. boutons

Incarnat Blonte, est un incarnat pâle, mais le blanc en est tres-fin; son particulier, c'est d'être un tres gros œillet, garni de feüilles & d'avoir un panache fort détaché. Il se trouve à l'Isle, il ne creve point en lui laissant 4. à 5. boutons, sa plante n'est pourtant pas robuste, étant sujette à la pourriture.

Incarnat

Incarnat d'Aib, est incarnardin sur un fin blanc, il porte une tres-large fleur fort detachée & tranchée de gros panaches, il se trove à l'Isle, sa plante est vigoureuse, pas sujette aux maladies ; Il faut lui laisser 4. à 5. boutons.

M.

Monstre pâle, est un incarnat pâle d'une grosseur prodigieuse, sujet à crever, il se trouve à l'Isle. Il faut lui laisser 6. boutons.

P.

Polyphile est de couleur de feu sur un grand blanc, ses panaches fort detachés, son particulier est que toutes ses fleurs paroissent en même-tems, & que la derniere est aussi large que la premiere; il faut le laisser fleurir en Soleil. Il graine, mais sa plante est difficile à conserver étant sujette au blanc & à la pourriture.

S.

Le Sauvage a pris sa naissance à Paris, il porte son nom de celui qui l'a élevé, quelques-uns l'ont nommé le *Dromadere*, d'autres l'ont appellé *le Grand Loüis*. C'est un œillet admirable ; son incarnat n'est pourtant pas vif, mais son blanc est extrêmement fin, les feüilles de sa fleur sont larges & épaisses, ses panaches sont fort gros & de pieces emportées, sa rondeur est à estimer, mais sa grosseur quelquefois de 14. pouces de tour, & sa façon de fleurir en forme d'une espece de dome, le rendent sans prix : sa plante est forte & robuste, dont les marcottes prennent facilement racines, son défaut est qu'il casse si on ne lui laisse plusieurs boutons, jusques à 6. ou 7. & on s'en trouvera bien.

T.

Le Tertio de Paris, c'est le frere du Sauvage, ayant été elevé au même lieu, leur couleur est pourtant different, mais non pas leur beauté; celle-ci est d'un incarnat vif brun surpassant, c'est-à-dire de couleur de feu ponceau enfoncé; son blanc n'est pas fin, mais un peu carné, sa fleur n'est pas large comme celle du Sauvage, mais ses panaches ne sont pas moins gros ni detachés, & sont de pieces emportées, les feüilles n'en sont pas si larges ni si épaisses, d'ou vient qu'elles se renversent & qu'on est obligé de se servir de cartons : Il ne casse pas aussi comme le Sauvage, & 4. ou 5. boutons lui suffisent : sa plante est assez robuste, quoi que son vert ne soit pas des plus beaux, ses marcottes prennent racines facilement & ne sont pas sujettes aux maladies, sa fleur n'est pas si hâtive que celle du Sauvage.

V.

Victorieux, est aussi appellé *le Flamboyant*, & par d'autres *l'Incarnat à doubles feüilles*, d'autres l'ont nommé *le petit Sauvage* : c'est un incarnat vif sur un fin blanc tracé de gros panaches de pieces emportées, mais sa fleur est plate n'étant pas garnie de beaucoup de feüilles, elle est pourtant assez large, sa plante est robuste & son feüillage assez particulier, étant fort court & fait en forme de petit cyprés, il ne creve pas, Il ne lui faut que 4. boutons.

Oeillets de couleur de Rose & de Chair.

C.

Oeillets de Couleur de Rose & de Chair

Celimene est un œillet de couleur de Rose fort large, mais confus, sujet à crever, il graine, sa plante est vigoureuse, laissés-lui 8. boutons,

Celadon est de couleur de chair tirant sur celle de celadon, son blanc tres-fin & sa fleur est large, mais comme sa couleur est tres-pâle, elle ne donne pas dans les yeux & on n'en fait pas grand cas.

Comtesse d'Hollande, est de couleur de rose pâle ou de chair vive : elle est fort large

large & son blanc fort fin tracé de panaches detachés, sa plante delicate, mais abondante en marcottes, il faut lui laisser 6. boutons. Il se trouve à l'Isle.

D.

Doralice, est un œillet de couleur de rose vive tirant sur l'Indicrose, son blanc est fin & sa fleur fort large, mais sa plante est delicate & si sujette au blanc & à la pourriture, qu'à peine peut-on la conserver. Il lui faut 4. à 5. boutons.

G.

Grosse Madelon autrement *Tour de Babel*, c'est un œillet d'une grosseur prodigieuse, mais c'est tout, car il creve ; son blanc n'est pas fin, il est broüillé & confus, ne graine pas, mais il porte 14. à 15. pouces de tour : il faut lui laisser 7. ou 8. boutons, sa plante est extrêmement forte.

I.

Indicrose ou rose Indique, c'est un œillet le plus charmant qui se puisse rencontrer dans les couleurs douces, il est fort large, extrêmement rond & garni de feüilles, son blanc de laict, ses panaches gros & fort detachés, qui paroissent d'abord de couleur de cerise, ensuite de couleur de rose, & sur la fin de couleur de chair. Il ne creve pas si on lui laisse 5. ou 6. boutons: sa plante porte un large feüillage, vigoureux, & sujet pourtant aux taches, qui paroissent comme le blanc d'abord, mais qui n'ont rien de méchant. Ses marcottes ont peine à prendre racines & sont sujettes à la pourriture, sa fleur est printaniere, aussi on la doit planter en Automne, & la preserver des trop grandes pluyes, se trouve à l'Isle, Amiens, &c.

Isabelle, est de couleur de rose pâle ou chair, son blanc tres-fin & ses panaches de pieces emportées, sa fleur fort large & garnie de feüilles qu'elle renverse quelquefois, ne casse point avec 5. ou 6. boutons ; produit beaucoup de marcottes, qui sont sujettes aux taches blanches rougeâtres, c'est à dire à la gale & au roux, qui est une espece de gale : sa fleur est le plus souvent hâtive.

M.

Madame d'Humieres, est de couleur de rose claire, sa fleur d'un grand blanc tracé de gros panaches, large, mais tardive, sa plante extrêmement difficile à prendre racines, elle est forte & robuste, & creve si on ne lui laisse 5. boutons : se trouve à l'Isle.

Madame d'Orieux, ne differe en rien de l'œillet précedent, sinon que sa couleur est plus pâle.

R.

Rose d'Istrie, c'est une couleur de rose pâle ou de chair sur un fin blanc. Comme ses panaches sont d'une couleur fort pâle, ils ne paroissent pas beaucoup sur un si grand blanc, sa fleur est large garnie de beaucoup de feüilles : sa plante qui paroît robuste ne l'est pourtant pas, parce que les marcottes qui sont atteintes de gale, ne prennent que difficilement racines : il ne creve point avec 5. boutons.

Rosalinde, a la même ressemblance que *l'Isabelle*, sauf qu'elle ne fleurit pas si large ni si bien.

Rose d'Hollande, c'est la même que *la Rose de Jerico*, sa couleur fort pâle, mais son blanc de laict, il ne creve point avec 5. boutons.

Rose Royale, c'est une tres-grosse fleur, d'un blanc tres-fin & regulierement tranché, sa plante est vigoureuse, fertile en marcottes & d'un beau vert ; il vient de l'Isle. 5. boutons feront éclore de belles fleurs, elle n'est pas hâtive.

Rose permanante, est une fleur fine, pas beaucoup large, mais delicate ; Elle ne casse pas en lui laissant 5. boutons : elle demeure toûjours de couleur de rose, ne ch ngeant pas sa couleur, sa fleur dure long-tems, elle se trouve à l'Isle.

Oeillets blancs.

B.

Oeillets blancs. *Belle Doucé*, est une grosse & large fleur garnie de beaucoup de feüilles, dont la plante est forte & vigoureuse, elle ne creve point avec 5. ou 6. boutons.

Blanc Racine, est un blanc aussi large que le premier. Monsieur Racine a fait la conquête de cet Oeillet.

Blanc de Paris, il est commun à Paris.

Blonde de perle, est un blanc de perle fort large & d'un beau vert, elle se trouve à l'Isle.

Rose blanche, c'est une veritable rose blanche, parce qu'il n'est rien plus large, ni plus feüillu que la Rose blanche, sa plante est foible, mais sa fleur ne casse point lui laissant 5. boutons.

Oeillets piquetés.

Auguste Triomphe, est un des plus beaux piquetés, à cause de sa largeur & de la quantité de ses feüilles, mais il est fort tardif à fleurir à cause de la foiblesse & delicatesse de sa plante. Il faut lui donner du soleil jusqu'à midi & le planter dans une terre legere, & lui laisser 5. ou 6. boutons, autrement il creveroit : il se trouve à l'Isle, à Paris &c.

Astre du mond, est un piqueté extrêmement moucheté sur l'extrêmité de ses feüilles : sa fleur n'est pas fort large, mais fort ronde & bien prise dans ce qu'elle contient, sa plante n'est pas fort robuste ; Elle est susceptible de blanc & de pourriture. Il se trouve à l'Isle, à Amiens &c.

Astre triomphant, il est large & fort piqueté, sa plante mediocrement forte ; il est à l'Isle, il lui faut 4. boutons.

Amarillis, Agreable, Belle Aminte & l'Etoile du jour, sont 4. piquetés à peu prés de même sorte, & ne different que par leur couleur & leur feüillage, mais non pas en largeur, ni en grosseur, il faut leur laisser 4. à 5. boutons, se trouvent à l'Isle.

Apollon, est un piqueté de brun sur un fin blanc : l'œillet est petit & sa plante fort sujette au blanc & à la pourriture. Il est à l'Isle, il ne lui faut laisser que 4. ou 5. boutons.

Beau piqueté, fort semblable à la verdure luisante. Il est piqueté de pourpre clair, fort gros & large, mais sujet à crever, si on ne lui laisse 6. ou 7. boutons. Il pousse aussi quelquefois deux boutons dans sa fleur. Il prend aussi quelquefois panaches.

Eudoxie, est un œillet tres-fin, le blanc en est beau, il fleurit facilement, sa fleur est mediocrement large & sa plante est fort delicate, sujette à la pourriture & porte graine. 4. boutons suffisent.

Eminentissime, c'est un tres bel œillet, il est bien piqueté sur un beau blanc assez large, sa plante vigoureuse, se trouve à l'Isle, 4. ou 5. boutons lui suffisent.

Gros piqueté, c'est un tres-rare œillet par sa grosseur, qui est prodigieuse pour un piqueté, & par son blanc qui est tres-fin. Il est difficile à elever, sa plante étant si foible & sujette à pourriture, qu'à peine peut-on le conserver : il faut lui laisser 4. ou 5. boutons.

Indimon, est un piqueté de brun sur un fin blanc, large & ne cassant point ; sa sa plante est d'un beau vert, qui n'est point sujette aux maladies : il se trouve à l'Isle. 4. boutons lui suffisent.

Jupiter, *Junon*, *Mars*, *Mercure*, *Venus*, sont toutes divinités piquetées de brun sur un fin blanc, mais les fleurs en sont petites : elles se trouvent à l'Isle.

Lys parangoné. Cet œillet est parfait quant à sa fleur; car il est tres-bien piqueté, large & garni de feüilles, son blanc est fin, mais sa plante est delicate, sujette à la pourriture, & ses marcottes ne prennent racines que dans sa couche, si on ne le marcotte dans le commencement de Juillet ; Il creve si on ne lui laisse au moins 6. boutons : il se trouve à l'Isle.

Piqueté Tournay, il est d'un beau vert, facile à prendre racine, sa fleur mediocrement large, son blanc est fin, il se trouve communement dans la Picardie, 4. boutons lui suffisent.

Piqueté du change, sa fleur est fort moûchettée, large, mais tardive, il ne creve point avec 6. boutons.

Pulcheria, est un œillet fort piqueté, mediocrement large, la plante peu feconde en marcottes, sa fleur est tardive, & 5. boutons lui suffisent.

Piqueté belmans, est gros & large, sa plante est fort delicate & ses marcottes difficiles à venir.

Piqueté Pourpre, est fort bien piqueté d'un beau pourpre mediocrement large, sa fleur fort ronde, sa plante foible mais d'un beau vert, se trouve à l'Isle.

Triomphe de l'Isle, est un piqueté fin sur un beau blanc, sa fleur large, sa plante vigoureuse : il veut 4. boutons.

Verdure Luisante, voyés le beau piqueté.

Oeillets Tricolor, Quadricolor, Quincolor.

Tricolor de Compiegne, il est pourpre, de couleur de rose pâle & blanc, le pourpre est enfoncé & le blanc tres-fin, mais ce qui est de surpassant pour un tricolor, c'est qu'il est gros & large, sa fleur fort ronde, fournie de beaucoup de feüilles tracées de gros panaches de pieces emportées, qui se succedent les unes aux autres, c'est à dire qu'un panache de pourpre suit celui de rose pâle sur un fin blãc, qui doit passer plûtôt pour un panache que pour le champon : le fond de l'œillet ne creve point avec 5. boutons : ses marcottes ne sont pas fortes, la pourriture attaque le *tricolor*, c'est pourquoi il faut le preserver des méchantes pluyes.

Tricolor Porcet, ne differe du premier qu'en grosseur, n'étant pas si large ni son blanc si fin, ni ses couleurs si bien détachées.

Quadricolor & Quincolor d'Amiens, ils seroient beaux, s'ils étoient détachés & gros, mais ils sont confus & peu larges & sujets à degenerer, ne se maintenant plus de deux ans dans la même fleur.

La diversité des trois couleurs, cet œillet est fort bizarre, mais qui porte une grosse fleur, qui a sept couleurs fort distinctes & separées, son blanc est fin sur lequel paroît un brun noir & un beau rouge : sa plante est mediocrement forte : il se trouve à l'Isle : il ne creve point avec 5. boutons qui graineront.

La Joliete ou Jolivété des 4. couleurs, est un œillet panaché d'un beau pourpre fort brun, d'un beau rouge & de couleur de rose, sur un fin blanc, mais toutes ses couleurs sont tres bien & également distinctes & detachées ; il se trouve à l'Isle facilement.

La Chinoise, est un tricolor rare, son blanc est de laict tranché de gros panaches bruns, comme s'ils étoient noirs & de couleur de rose, sa fleur large se trouvera à l'Isle.

l'Isle. 5. boutons suffisent.

Le Zelandois, c'est un quincolor degeneré : on en fait cas à cause de sa couleur qui est fort bizarre.

La Conquête de Los, est de couleur d'Ardoise, & se trouve à l'Isle.

CHAPITRE I.

De l'Oreille d'Ours.

Oreille d'Ours.

L'Oreille d'Ours est Françoise : Il s'en trouve dans les prés de plusieurs Provinces de France, mais avec cette difference de celles des jardins, que *les premieres* sont toutes de méchantes couleurs & tres-petites cloches, & *les autres* triées parmi de bonnes semences, ont ces qualités desirables dans les fleurs qui font plaisir à voir.

Quoi qu'elle soit Françoise, les François ne sont pas les premiers qui en ont reconnu les beautés ; les Flamans y sont plus attachés qu'eux, ce sont eux qui ont elevé à l'Isle en Flandres les premieres panachées. Ils les appellent *Auricules*.

CHAPITRE II.

Qualités que doivent avoir les belles Oreilles d'Ours.

PUis que la fanne basse & point embarrassante rend une fleur recommandable, *l'Oreille d'Ours* l'emporte sur plusieurs.

La fanne qui s'étend est un peu plus agreable que celle qui est si droite.

C'est un grand defaut à la tige de la fleur quand elle est si deliée qu'il faut la soûtenir ; aussi bien que quand elle est si courte, qu'on ne voit quasi point le bouquet : une juste proportion est à desirer en toutes choses, & principalement en celles qui sont destinées au plaisir de la vûë.

Plus les cloches sont grandes & ouvertes, plus l'oreille d'ours est estimable.

Il y en a beaucoup qui se gaudronnent, c'est un defaut.

Il faut que la queuë de la cloche réponde à la largeur de la fleur. Une tres-grande fleur qui auroit la queuë de sa cloche tres-courte, déplairoit plus que si elle étoit proportionnée.

On leur souhaite l'œil grand & bien arrêté, point baveux ni imbibé.

L'œil est ce petit rond du milieu de la fleur qui est presque toûjours ou jaune ou citron.

On ne fait cas que des panachées. Si l'on estime quelques pieces, ce sera à cause d'une largeur extrême, ou d'une couleur si bizarre, qu'on espere qu'à force d'en semer la graine, il pourroit en venir quelque panachée qui en tiendroit.

Entre toutes *les lustrées*, *les satinées*, *les brillantes & les bizarres* sont toûjours les plus belles.

Plus cette fleur a également de panache & de couleur, plus elle est belle.

Il faut s'attacher à trouver des couleurs differentes en oreilles d'ours, car plusieurs se ressemblent aussi bien que les œillets, il y en a beaucoup plus de fleur à fleur, que de visage à visage, mais il faut avoir des varietés promptement sensibles à tout le monde.

La nature ne s'épuisera jamais, elle nous montre toûjours quelque chose de nouveau

nouveau dans ses productions. Il y a à present plusieurs oreilles d'Ours doubles & panachées. Il y en a même qui font quelquefois jusqu'à trois cloches les unes dans les autres, elles sont rares & cheres. A force de semer ce progrés pourra aller plus loin.

Plus l'oreille d'Ours a de clochettes sur la même tige & plus elle est belle. Quand elle fait un gros bouquet de cloches tout autour de sa tige, on l'appelle *Polyanthée*.

CHAPITRE II.

De la terre propre aux Oreilles d'Ours, de leur gouvernement en pot & en fleur, & de la maniere de les œilletonner.

CEtte plante est gourmande & aime la fraîcheur, il lui faut un peu plus de terre franche qu'à l'œillet.

Terre propre aux Oreilles d'Ours.

Sur quatre panerées de terre franche, il en faut trois de terrot de fumier de cheval & deux de terrot de fumier de vache.

Aprés avoir dit que l'oreille d'ours aime la fraîcheur, on devroit peu parler de son gouvernement. On peut bien juger qu'il ne la faut pas laisser exposée au Soleil ardent : Cependant pour instruire davantage il vaut mieux être un peu plus prolixe.

Dés le commencement du Printems avant la fleur, mettés vos pots d'oreilles d'Ours au Soleil levant ou couchant, sur des aix elevés sur des tretaux ou du moins sur des carraux, de peur qu'étant posés à platte terre, le ver n'entre par le trou du pot, qu'il ne mouline & ne renverse incessamment la terre. Essayés de les placer de sorte que le Soleil ne les voye que 3. ou 4. heures du jour, elles s'en conservent beaucoup mieux, & le coloris de la fleur en est plus velouté & plus foncé.

Ne leur donnés de l'eau que quand elles en ont besoin; trop les pourriroit, trop peu aussi les feroit languir. Pour éviter un danger, ne tombés pas dans l'autre.

Lors qu'elles sont en fleur, il faut avoir soin d'ôter de vos pots les oreilles d'ours dont tous les œilletons poussent entierement purs, & à moins que ce ne soit une espece tres rare, il ne faut pas planter le pied à part en pleine terre pour attendre qu'il repousse quelque œilleton panaché.

S'il n'y a qu'un œilleton pur & un autre panaché, il faut détruire le pur & conserver l'autre : Le même qui est devenu une fois pur ne devient jamais panaché. Pour détruire un œilleton pur ne déplantés pas vôtre plante, mais arrachés la feüille à feüille & quand il n'a plus que le tres petit cœur, & que vous ne pouvés plus tirer de feüilles, coupés adroitement ce petit cœur sans endommager le collet ou haut de la plante, car c'est ce que les nouveaux œilletons repoussent & c'est ce qu'il faut conserver.

Si le pied qui est dans vôtre pot est garni de plusieurs œilletons & que vous ayés envie de multiplier l'espece, attendés que la fleur soit passée, posés vôtre pied d'oreille d'ours quand sa terre ne sera point moüillée, secoüés-la si bien que toutes ses racines en soient nettes, partagés vôtre pied en autant de parties qu'il aura de forts œilletons, & faites de chaque œilleton une pottée differente, laquelle reproduira de même de nouveaux œilletons, & ainsi avec un peu de soin vous ne sçauriés manquer de plantes.

Pourveu que chaque œilleton que vous replanterés ait seulement un filet de racines, il suffira pour le faire reprendre. S'il en a davantage ce sera tant mieux. Il est aisé de donner ordre que chaque œilleton ait beaucoup de racines, parce que s'il ne se separe pas aisément de lui-même, il faut fendre le navet de la plante tout au milieu, cela ne l'endommage point: ainsi si sur un même pied vous aviés 4. œilletons qui ne se partageassent point, coupés librement vôtre navet en quatre, vous êtes le maître par là de laisser autant de racines que vous voudrés à chaque œilleton.

Aprés avoir coupé le navet, plantés vôtre œilleton jusques tout au haut du collet, qu'il ne sorte seulement que les feüilles, arrosés-le fortement & laissés vôtre pot à l'ombre au moins un mois, il faut pendant ce tems-là donner de l'eau un peu souvent pour faire facilement reprendre, mais il n'en faut pas donner chaque fois abondamment.

Lors que vos pots qui ont bien fleuri ont fait leur devoir sur vôtre theatre, remettés-les au même lieu où ils ont fleuri, conservés leurs graines, & pour avoir des nouveautés, semés abondamment. En cette plante-là & en toute autre, c'est par là qu'on s'enrichit le plus.

Il faut dans les grandes chaleurs de l'Eté ôter vos pots du lieu où ils étoient & les mettre tous à l'ombre: Cette precaution est de consequence. Le grand Soleil & le grand chaud font fondre les Oreilles d'Ours & les tuent entierement.

En Automne remettés-les en leur place ordinaire, & en Hyver exposés-les au Soleil du midi, elles en ont besoin alors. Quelque soin que vous prenés de bien situer vos Oreilles d'Ours, il s'en pourrit sans cesse beaucoup de feüilles, épluchés-les en toutes saisons, & comme on ébranle souvent le pied en arrachant les feüilles, raffermissés-le en appuyant le doigt autour, & quand ou par les arrosemens ou autrement la terre s'abaisse & que le collet se découvre, remettés de la terre sur vôtre pot pour les regarnir.

La terre dans laquelle on plante les Oreilles d'Ours est un peu forte, & si on ne la couvroit pas sur son pot, elle se fendroit, ou elle se décoleroit, ou se durciroit: Pour empêcher ces inconveniens, il faut mettre sur le pot un bon doigt de sable noir; le sable blanc ou jaune feroit le même effet à l'égard de la plante, mais il en feroit un mauvais à la fleurison. Le rapport de sa couleur à la pluspart des fleurs des Oreilles d'Ours diminueroit le Coloris. Il semble que cette remarque soit petite, mais dans la pratique elle est fort grande.

Ce sable qu'on met sur la terre du pot de l'Oreille d'Ours entretient sa fraîcheur, aide à faire entrer aisément les arrosemens, & empêche plûtôt le pied & les feüilles de pourrir, que si on se servoit de quelque terrot que ce fût: Plus on craint la pourriture, plus on doit éloigner le fumier.

Parce que vos pots sont souvent à l'ombre, le dessus se moisit & produit une verdeur desagreable à voir, ratisses-la & remettés de nouveau sable: la beauté ne va jamais sans la propreté.

L'Oreille d'Ours ne craint point ordinairement la gelée, cependant si vous avés de la place de reste dans vos serres, crainte de la pourriture ou de quelque nouvel accident, serrés vos belles, ce soin leur vaut beaucoup.

CHAP.

CHAPITRE. IV.

De la graine d'Oreille d'Ours, la maniere de la semer & d'en elever le Plan.

IL faut particulierement s'attacher à recüeillir la graine de vos plus belles plantes, de vos plus grandes cloches, de vos plus veloutées, & sur tout des doubles & des triples: negligés donc la graine des plantes ordinaires, semés plûtôt moins, & semés bon.

Cette graine veut être semée au commencement de Septembre.

La maniere de la semer est vétillarde, mais faute d'en faire toutes les petites façons, de grands Curieux en ont semé plusieurs années de suite, sans qu'il leur en soit levé une seule. Elle craint tout à fait d'être couverte de terre, elle aime beaucoup la fraîcheur, & demande à cause de sa petitesse plus de precaution que toute autre.

Emplissés de tres-bonne terre legere & finement passée des terrines ou des caisses plattes, appuyés la main sur la terre pour la presser, afin qu'elle ne fonde pas lors de l'arrosement, & pour toute preparation, à la reception de vos graines, quand vôtre terre est bien unimment pressée, faites de legeres fentes avec le tranchant d'un couteau, que ces fentes soient tres pressées & peu profondes, semés ensuite vôtre graine un peu claire, & repassés tres-legerement la main sur vos fentes pour les unir: Ou la graine est tombée dans vos petites fentes, ou elle se trouve envelopée de la terre que ces fentes avoient elevée, & cela suffit pour la faire germer. Arroses aussi-tot vos terrines ou caisses avec un petit arrosoir de fer blanc à pompe dont les trous soient tres-petits, afin que l'eau tombe deliée & qu'elle ne batte point la terre, mettés vos graines semées à l'ombre, qu'elles n'en sortent point que quand vous les voudrés replanter en planches, ayés soin qu'elles soient toûjours humides.

Elevés sans y manquer vos terrines ou vos caisses dans lesquelles vos graines sont semées, à moins qu'elles n'ayent des pieds tres hauts, car les vers entrent ou par les trous des terrines ou par les fentes des caisses, & remuant la terre quand la graine germe, ils la deracinent, la renversent & la font perir absolument.

Quelquefois la graine leve dés la même année que vous l'avés semée: ordinairement elle leve à la fin du Printems de l'année suivante, mais on en a veu qui n'a levé que la seconde année.

Quand elle est forte & en état d'être replantée, il faut la mettre en planche en quelque endroit frais du jardin, & à la premiere fleur la traiter selon son merite & la planter dans des pots, si elle est panachée.

De l'Orchis de Serap.

Il est le plus estimé de tous les Orchis, il produit autour de sa tige un bouquet de fleurs blanchâtres, qui ont cela de propre, que le jour elles ne sentent rien, mais la nuit elles repandent une tres-agreable odeur. Orchis de Serap.

Il aime l'ombre & l'humidité, il lui faut une forte terre, cinq doigts de profondeur & autant de distance. On le leve tres-rarement.

De L'Ornithogalon.

Ornithogalon. Il y a plusieurs sortes d'Ornithogalon, mais l'*Arabesque* que l'on appelle autrement *lys d'Alexandrie* & *l'Etranger*, que l'on appelle aussi *Ornithogale d'Inde*, sont les plus estimés.

Le premier produit à l'extrémité de sa tige comme une grosse grappe de fleurs, qui s'ouvrant chacune avec 6. petites feüilles blanches, entourent un bouton vert brun, que plusieurs appellent, *les larmes de Nôtre Dame*: Elles commencent à fleurir par le bas, & à mesure que les unes fleurissent, les autres se passent.

L'Etranger, que l'on appelle *d'Inde*, est encore plus beau & plus estimé que le precedent. A l'extrémité de sa tige il fait monter un épi pointu & long d'un demi pied, autour duquel viennent petit à petit plusieurs fleurs blanches, qui decouvrent un bouton vert qui est au milieu.

L'Ornithogalon demande du soleil, un terroir à potagers, quatre doigts de profondeur, & un empan de distance; on le leve tous les ans, parce qu'il multiplie beaucoup.

L'Etranger d'Inde, veut aussi du soleil, mais il le faut mettre dans des pots pour le serrer l'hiver, parce qu'il craint beaucoup le froid: Il lui faut une bonne terre, deux doigts de profondeur seulement & un empan de distance: mais il vaut encore mieux le mettre seul dans un pot; On le leve rarement, mais quand la graine en est meure, on la seme: On la replante aussi tôt, parce qu'alors il reprend bien plus facilement racines.

Du Panache de Perse.

On l'appelle aussi Lys de Suze, il jette autour de sa tige grande abondance de petites fleurs pendantes en petits frisons, qui forment une longue pyramide; cette fleur ne paroît jamais si belle que lors que sa tige se ploye, & qu'elle retombe en bas, car pour lors il se forme tant de petits bouquets, & il s'eleve du fond tant de petites pointes dorées, qu'il semble que la Deesse des fleurs, ait pris plaisir à y répandre tous ses trésors.

Cette fleur ne veut avoir que mediocrement de Soleil, une terre de potagers, la profondeur de 4. ou 5. doigts & la distance d'un empan. Et comme son oignon n'a point de robe non plus que celui de la Couronne Imperiale, quoi qu'il soit un peu plus long & plus elevé, on le tire de terre tres-rarement, & cela se fait au mois de Septembre, & il faut le replanter aussi tôt.

De la Paralyse.

De la Paralyse. Il y a de deux sortes de Paralyse, *la simple & la double*: *La simple* eleve sa tige à la cime de laquelle elle produit un petit bouquet de fleurettes d'un blanc pâle, qui se renversent par le bord des feüilles.

La double est differente de la simple dans la couleur aussi bien que dans la figure: Car outre qu'elle tire au Citron, elle produit des fleurs les unes dans les autres, c'est pourquoi on lui a donné le nom de *l'un dans l'autre*.

Elle veulent toutes deux être mises en bonne terre, fort au Soleil, & être gouver-

gouvernées comme les *marguerites*.

De la fleur de la Passion.

Cette fleur que les Indiens apellent *Marocato*, & que nos Jardiniers modernes nomment *Grenadille*, est considerée comme un miracle sur lequel Dieu a distinctement figuré les principaux mysteres de la Mort & Passion de Nôtre Seigneur : Car si nous regardons les feüilles qui environnent cette fleur, elles nous representent l'habit dont les Juifs le revêtirent par dérision : Ces pointes aiguës qui paroissent à leurs extremités, ne sont-elles pas la figure des piquantes épines dont ils couronnerent sa tête ? & ces petits filets tachés de couleur de sang qui s'épandent tout autour, nous representent les foüets avec lesquels il fut cruellement flagellé. Cette petite colomne qui s'éleve au milieu de la fleur, nous montre celle à laquelle il fut impitoyablement lié chez Pilate. Le chapeau qui est au-dessus, marque l'éponge trempée dans le fiel & le vinaigre, qui lui fut presentée. Ces trois ou quatre petits piquets qui s'élevent au-dessus de la colomne, forment les clous pointus dont on lui perça inhumainement les pieds & les mains. Les feüilles pointuës par le haut, & qui par le bas tiennent à la tige, sont l'image de la lance qui lui ouvrit le côté. Il n'y a que la croix qui ne se montre pas exprimée sur cette fleur, comme tous les autres instrumens de la Passion. De la Fleur de la Passion.

Cette fleur veut être au grand Soleil, dans une terre grasse & bien détrempée : Pour bien planter la racine, il la faut courber de la profondeur de trois doigts, puis la couvrir avec de la même terre : Elle vient bien dans des pots & dans des planches, mais il les faut soigneusement border avec des tuiles, d'autant que cette plante étant fugitive, cherche toûjours la liberté, dés qu'elle commence à pousser, il faut mettre une petite perche, à laquelle on la lie avec du filet.

Du Piment Royal.

Le Piment Royal que l'on apelle *Rhus*, a plusieurs petites branches, ausquelles sont attachées des feüilles deux à deux & semblables à celles du Cornier. Il fleurit au mois de May : au bout de chaque branche, il vient une grappe qui est verte au commencement, & croissant peu à peu prend une couleur vermeille, & à la fin cette fleur qui est semblable à l'Amaranthe, est d'un pourpre éclatant & velouté, mêlée de quelques petits grains de jaune doré, qui la rendent encore plus belle. Du Piment Royal.

De la Plumelle ou Cornette.

Il y a la simple & la double ; parmi la simple celle qui est violette est la plus belle, & parmi la double, l'incarnate est la plus estimée. Elle differe de la Girofflée en ce qu'elle a les feüilles plus étroites & plus tranchées : Elle veut pourtant avoir en tout la même culture.

Des Renuncules de Tripoly.

La Plante que Charles de l'Ecluse nomme dans ses Livres, *Ranunculus Asiaticus grumosa radice*, est ce qu'on apelle en François, *Renuncule de Tripoly*. Il y en a de diverses especes, les uns portent des fleurs simples, les autres de doubles. Renuncule de Tripoly.

Pour bien entendre la description qu'on en va faire, il faut savoir qu'il y en a qui ne portent qu'une seule couleur : les autres en portent plusieurs, le dehors des feüilles de la fleur se trouve quelquefois d'une couleur, mais le dedans de l'autre. Parlant de ces derniers, on commencera à nommer la couleur du dehors la premiere, parce que c'est celle-là qui s'aperçoit la premiere, lors même que la plante n'est encore qu'en bouton, puis la couleur qui est par le dedans : Le bouton noir en forme de Turban qui est au milieu de chaque fleur des simples où se forme la semence, ne varie point de couleur ; c'est pourquoi on n'en parlera pas en décrivant leurs fleurs cy-aprés.

On commencera par ceux qui ne portent qu'une couleur & sont simples.

Les Ranoncules simples de Tripoly de simple couleur, sont de cinq especes, savoir;

Le blanc, *le jaune doré*, *le jaune pâle*, *le couleur de citron*, *le rouge brun*, qui est odoriferant.

Les Ranoncules simples de double couleur, sont,

L'Africain, qui est jaune doré, marqueté de nacarat, sur un fond jaune.

L'Aurore est jaune panaché de nacarat par le dehors de la fleur, sur un fond jaune d'aurore.

Le Besançon, est d'un jaune pâle, marqueté de rouge, sur un fond jaune.

Le Calabrois, est chamois bordé de rouge, sur un fond chamois.

Le drap d'or, est jaune doré mêlé de rouge par le dehors de sa fleur, de sorte qu'il ressemble à du drap d'or, ce qui est cause qu'on le nomme ainsi.

Le Melidor, est rouge cramoisy, bordé d'Isabelle par le dehors de la fleur seulement, le fond est Isabelle.

Le Parmesan, est jaune doré, bordé de rouge, sur un fond jaune.

Le Passe-rose, est de couleur de rose vermeille, nué de blanc sur un fond blanc.

Le Romain, est chamois, marqueté de rouge par le dehors de la fleur, le fond est chamois.

Le Rosé frisé, est blanc & couleur de rose par le dehors seulement, sur un fond blanc.

Le Satiné, est blanc, marqueté de rouge par le dehors, sur un fond blanc.

Le Sydonien, est chamois, marqueté de rouge, sur un fond chamois.

Les Ranoncules doubles de simple couleur, sont,

Le Rouge cramoisi, ou sang de bœuf.

Le Géant ou *Péone de Rome*, est tout rouge, fait grosses fleurs, mais les feüilles n'en sont pas bien unies.

Le Géant de Constantinople, qui porte ses fleurs plus grandes que le précedent, aussi ses feüilles sont mieux rangées.

Le jaune à feüilles de ruë, celui-ci porte ses fleurs plus petites que les précedentes.

Le jaune d'Italie, à feüille d'ache, ses fleurs ressemblent à celles des grands bassinets doubles.

Les Ranoncules doubles à double couleur, sont,

Le Bosuel, celui-ci, provient du petit rat orangé vulgaire, lequel est rayé de jaune.

Le Géant ou Jaune de Rome, rayé de jaune, il est sujet à varier, portant quelquefois plus de rouge que de jaune, & quelquefois plus de jaune que de rouge.

Des

Des Roses & Rosiers.

Des Roses & Rosiers.

Il y a plusieurs sortes de Roses ; *La Rose odorante* & *la Rose sans odeur. La Rose d'Hollande* à cent feüilles, *les Roses blanches de Leill, la blanche rousse*, que plusieurs appellent *Rose de Virginie. La blanche tachée, les Rouges pâles, les Roses de couleur de chair, les Rouges couvertes* appellées *de Provins. Les Roses panachées, les Roses simples de couleur de Velours rouge*, le dessous des feüilles de couleur de jaune sale, & des *Roses de tous les mois*, qui est une espece de muscades rouges, portant ses fleurs par bouquets. *La Rose jaune*, qu'on apelle *la grande. Les Roses de Damas ou muscades.*

Toutes les roses veulent beaucoup de Soleil, une bonne terre forte ; on les plante au mois de Novembre & de Février de la profondeur d'un empan, & à trois pieds de distance les unes des autres : on les taille au mois de Mars ; on les arrose dans l'Eté & dans l'Automne, on ôte la vieille terre pour en mettre de nouvelle.

A toute sorte de Rosiers, il n'y a point d'autre façon que de leur donner quelquefois un leger labeur, les nettoyer & décharger du trop de bois & de celui qui est mort.

La Rose de tous les mois veut être exposée en bel air, en plein Soleil, dans une terre douce & sablonneuse pour porter tous les mois, & quand ses premieres fleurs sont passées, on les taille au nœud, au-dessous où étoient lesdites fleurs, & ainsi faisant aprés chaque portée de fleurs, vous en aurez huit mois durant, sçavoir depuis les premieres, jusques environ la Nôtre-Dame de Decembre.

Si ces *Roses* ou *Rosiers* ne sont pas en terre propre, exposés & taillés comme on a dit, ils ne portent qu'une fois non plus que les autres.

Ou bien on les taille proche de terre au mois de Novembre, & les branches qui renaissent & qui se renouvellent, aporteront des fleurs avec plus de force.

On les retaille encore de nouveau trois jours avant la pleine Lune de Mars, laissant seulement un œil ou deux à chaque branche, aprés on déchausse le Rosier tout autour, & on ôte la vieille terre pour en mettre de nouvelle, & on l'arrose quand il en a besoin. Quand elle commence à fleurir, il en faut cueillir tous les boutons avant qu'ils s'ouvrent, & cela leur fait produire tout l'Eté plus grande quantité de fleurs.

Si vous n'avez pas naturellement de la terre de la qualité ci-dessus marquée, pour les susdits Rosiers, vous pouvés leur faire un fond artificiel en les plantant dans du sable amandé & en quantité suffisante.

La Rose d'Hollande à cent feüilles, celle qui sent, ou celle qui n'a point d'odeur, demandent une même culture, elles veulent un lieu frais, peu de Soleil & une terre forte. On les taille au mois de Mars, & on ne coupe que les extremités qui sont séches. Elles peuvent porter en Automne, quand on les taille au Printems à un pied, ou un pied & demi prés de terre.

Les Rosiers d'Hollande, se plantent si l'on veut aux pieds des arbres de haute tige, & on les fait monter sur ces arbres, où ils étalent leur belle & délicate marchandise en la saison, ce qui est bien agréable.

La Rose jaune double, ne veut du Soleil que médiocrement, elle aime le froid

 & veut

& veut être en liberté, c'est pourquoi il ne la faut ni lier, ni serrer. Quand on la taille, on n'en coupe que l'extremité des branches qui sont seches; elle veut être garantie des grandes pluyes, autrement les fleurs pourrissent & n'épanoüissent pas bien, c'est pourquoi on leur fait un abri, quand les années sont trop pluvieuses : Pour la faire mieux fleurir & empêcher que les boutons n'avortent, il est bon d'en ôter une bonne partie, avant que de les laisser ouvrir.

Pour les faire porter tous les ans, il faut aprés que les fleurs seront passées les tailler assez court, & s'ils poussent beaucoup de bois en Autonne, vous les taillerez encore en Février ou en Mars suivant.

Les Rosiers panachés sont des especes de Nains : (comme les Batavis,) on peut les mettre dans des pots, si l'on veut, où ils font bien de même qu'en pleine terre.

On peut greffer un Ecusson de ces Rosiers, & d'autres sur des Rosiers communs, & ces Ecussons ne manquent jamais de porter l'année suivante, s'ils sont dormans; les poussans portent en l'Autonne de leur même année.

Ce qui est plus avantageux que de les avoir de plan, où ils sont deux ou trois ans sans porter.

Les Rosiers Muscats blancs, veulent être taillés tous les ans en l'Autonne ou au Printemps à un demi pied prés de terre, il faut les couvrir de long fumier pendant l'Hyver de crainte qu'ils ne gêlent, & au Printems vous leur donnez un leger labour, lors que vous leur ôtés ledit fumier.

Et quand les fleurs commencent à paroître, s'il y a des jets qui n'en ayent point, il faut les tailler à un pied & demi de bas, & à chaque œil il poussera un jet, qui donnera aussi beaucoup de fleurs vers l'Autonne.

De la Rose de la Chine.

De la Rose de la Chine. *La Rose de la Chine*, qui d'abord a eu le nom de *Barbare de Fuyo*, est appellée aujourd'hui par quelques-uns, *Mauve d'Inde* & *Mauve du Jappon*, mais elle est plus connuë par le nom de *Rose de Sienne.* Elle s'éleve avec le temps à la hauteur d'un arbre, dont l'écorce du tronc est pâle & de la couleur du figuier & les feüilles toutes semblables. Elle jette plusieurs branches, qui se chargent par le bout de plusieurs boutons ronds de la grosseur d'une noix, qui s'ouvrent & s'étendent à la largeur d'une rose à cent feüilles, & elle est assez fournie de feüilles crêpuës & frisées.

Elle fleurit dans l'Autonne, & sa fleur ne dure que deux ou trois jours, mais elle a des couleurs si belles & si variées, qu'on ne la peut voir sans l'admirer. Au commencement elle est blanche, puis elle rougit, & enfin elle se charge & devient d'un beau couleur de pourpre.

Pour en perpetuer la race, il en faut semer la graine ou en planter les branches.

On en seme la graine au mois de Mars à la fin de la Lune : On la met loin à loin en bonne terre legere, qu'il faut avoir passée dans un crible fin, & l'ayant préparée dans des pots, on y met la graine que l'on recouvre d'un doigt de la même terre : On l'arrose à petites gouttes & on lui donne peu à peu du Soleil, au bout de trente jours elle commence à lever, & quand ces petites plantes sont devenuës plus grandelettes, on leur met un peu de terre au pied de même qualité que la premiere, afin que les racines se fortifient & soient plus profondes.

Finalement

Finalement pour les défendre de la rigueur de l'Hyver, on les serre dans un lieu chaud & aëré.

Au bout de l'an on les tire du pot & on les met en pleine terre fort au Soleil, dans laquelle, pourvû qu'elle soit bonne, elle apportera des fleurs au bout de deux ou trois ans.

La bouture s'en plante au mois de May : Et pour cela il faut prendre de jeune bois qui soit sur du vieux, qu'il faut replanter incontinent aprés l'avoir coupé dans un lieu fort au Soleil & en bonne terre, de la profondeur d'un demi pied ou plus, selon la grosseur du brin duquel il faut couper l'extremité avec tous les yeux, & il faut couvrir les playes avec de la cire d'Espagne pour les défendre du chaud, du froid & des pluyes qui lui pourroient nuire. Ainsi en six mois il prend racine, & au bout de l'an il produit des fleurs admirables.

De la Rose de Gueldres ou Sureau Rosal.

Cette plante s'étend de toutes parts avec ses branches d'une maniere qu'il est tres-aisé de la reduire à la grandeur d'un arbre : il produit des fleurs qui ont chacune cinq petites fleurs blanches, & quelquefois, soit par nature ou par hazard, il s'en trouve d'une couleur vineuse. Ces petites parcelles de fleurs s'amassent toutes ensemble, font comme de grosses balles rondes, qui sont sur l'arbre, comme autant de globes soûtenus par un Atlas.

Il veut peu de Soleil, un terroir humide & fort : On le taille au mois de Mars & on n'en coupe que ce qui est sec.

Du Saffran.

Le Saffran fleurit au Printems & en Autonne, il est aussi changeant dans sa fleur que dans ses couleurs ; car quelquefois il devient simple, & d'autres fois il est rempli de feüilles. Du Saffran.

La Scabieuse, que plusieurs appellent *la Fleur de Veuve*, est de deux sortes : Car il y en a de commune, & c'est celle-ci, que par excellence on nomme *la belle Scabieuse*. Elles n'ont rien de different dans leurs fleurs, sinon que celle-ci est bien plus couverte, & qu'elle est comme d'un violet cramoisy marqueté. Elle a une certaine odeur comme de Musc, qui est agréable de loin, mais que tout le monde n'aime pas de prés.

Elle veut beaucoup de Soleil, une terre à potagers. On l'arrose quand elle en a besoin : Cette fleur dure trois ans, c'est pourquoi pour en avoir, il la faut semer.

De la Sgarza odorata.

Elle éleve quelquefois sa tige à la hauteur de plus de deux pieds : Au bout elle pousse quelques boutons longuets, qui renversent des feüilles jaunes qui forment comme des lys : Du fond il sort comme de petits brins de la même couleur. Quand cette fleur n'auroit rien de recommandable que son odeur, c'est assez pour la faire estimer. Elle se cultive comme la scabieuse dont on a parlé ci-dessus.

De la Speronelle ou Esperon de Chevalier.

La Speronelle, que les Allemans appellent *Ritter Sporn*, c'est-à-dire *Esperon de*

Chevalier, est encore apellée *Consoulde Royale*, la fleur en est double; Il y en a de *Blanche*, de *Turquoise*, *d'Incarnate* & d'autres couleurs. Elle a les brins déliés, revêtus de petites feüilles longues & étroites, têtuës & jointes ensemble.

Pour en avoir de la race, il en faut semer la graine: Elle veut un grand air, une terre à potagers, & quand le besoin le demande, elle veut être abondamment arrosée.

Du Soleil nommé Tournesol & la grande Plante.

Du Soleil nommé Tournesol.

Cette grande plante a plusieurs noms, Matthiole l'apelle, *Couronne Royale* & *Coupe de Jupiter*: Les autres *Soleil d'Inde*, *Belide de Pline*, *Cloche d'Amour* & *Rose de Jerico*. Il éleve sa grosse tige boutonneuse quelquefois jusques à la hauteur de six ou sept pieds, à l'extremité de laquelle il produit une grande fleur, qui répand par le dehors tout à l'entour un cercle de feüilles d'un beau jaune doré, dont tout le dedans est rempli d'une certaine graine brune obscure. Et parce que comme *l'Heliotrope* se tourne toûjours aux rayons du Soleil, quelques-uns l'ont apellé pour cette raison *Tournesol*. Quelquefois la tige se separe en plusieurs branches, qui portent chacune une fleur.

Cette grande plante veut un grand Soleil & une terre bien grasse; & comme elle vient de graine, aprés qu'elle est levée & qu'elle est grandelette, on la transplante dans un lieu où domine le Soleil, & on l'arrose dans les temps.

Du Treffle des Marêts.

Cette plante, qui sur chacune de ses queuës produit trois petites feüilles rondes en ovale, éleve sa tige à la hauteur d'un pied & demi, du milieu de laquelle elle se charge jusques à la cime de certaines petites fleurs blanches, qui ressemblent aux Jacinthes avec certains petits filets comme les capriers, qui sont fort agréables à voir & sentent admirablement bon.

Elle se plaît plus à l'ombre & à l'humidité qu'au grand Soleil.

De la Tubereuse.

De la Tubereuse.

Cette fleur s'appelle aussi *Jacinthe d'Inde*, parce qu'elle en est la seconde espece. Elle éleve au-dessus de sa tige un bouquet de plusieurs fleurs, qui ne s'ouvrent pas toutes à la fois. Mais comme les choses les plus belles & les plus estimées veulent être vûës long-temps, elle n'ouvre que quatre ou cinq de ses feüilles à la fois, qui ont la figure & la blancheur des *Jacinthes blanches orientales*, mais elles ont les bords moins renversés & sont une fois aussi grandes: Et bien que les premieres fleurs se passent, cela n'empêche pas que les dernieres ne soient d'une beauté incomparable, & d'une si longue durée, qu'encore qu'elles fleurissent tout l'Eté, on en voit encore durant toute l'Automne. On dit qu'il y a des Tubereuses rouges.

La Tubereuse veut être dans un endroit fort découvert dans une terre grasse & bien détrempée; elle se conserve mieux dans des pots qu'en pleine terre. Il ne lui faut pas plus de trois ou quatre doigts de profondeur, il la faut mettre seule, ou si on la met avec d'autres, il lui faut donner un empan de distance des autres oignons.

Pen-

Pendant l'Eté il la faut arroser continuellement & abondamment tous les soirs, (même à midi.) Durant l'Hyver, pour ne la pas exposer aux injures du vent, du froid & des pluyes, il la faut serrer dans un lieu à couvert, qui ait neanmoins bien du Soleil, & qui soit bien aëré.

Afin que son bouquet ait plus de fleurs, les Peres Chartreux mettent au fond du pot le tiers de terrot de fient humain consumé de plusieurs années.

Au mois de Mars à la fin de la Lune, il faut les lever & en ôter les cayeux pour planter dans d'autres pots à part, & ayant choisi les meilleurs oignons, on leur ébarre les longues racines & puis on les replante, mettant premierement un peu de terre sur laquelle on repose l'oignon, afin que les cheveux & la racine y entrent, & s'y étendent plus aisément & qu'elles en reçoivent plus de nourriture.

Maniere de planter & de conserver la Tubereuse.

Après que la fleur des Tubereuses est passée, il faut renverser le pot & le mettre dans un lieu sec, puis en tirer l'oignon sur la fin du mois d'Octobre, & le garder pendant l'Hyver jusqu'au mois d'Avril : Et avant que de le mettre dans un pot, il faut durant quatre jours le faire tremper dans du vin, & ensuite le planter. Tubereuse.

Il faut aussi prendre garde que l'oignon ne gêle pendant l'Hyver.

CHAPITRE I.

De la difference des Tulipes & de leurs especes.

MOnsieur *Ménage* dit que les Tulipes sont originaires de Turquie ; On les appelle Tulipes, parce qu'elles ont quelque rapport avec la figure d'un Turban, qui en Italien est appellé *Tulipano*. Tulipes.

Encore que toutes les Tulipes soient d'une seule espece, (c'est-à-dire Tulipes) neanmoins il est certain qu'il y en a de plusieurs sortes ; des *Blanches*, des *Jaunes* ; les *Rouges* communes sont Tulipes, mais de trois sortes, qui ne changent jamais, & sont les plus communes, aussi sont-elles estimées les moindres.

Il s'en voit d'autres de divers rouges, les unes plus enfoncées, les autres moins, les unes plus éclatantes & les autres plus foibles ; & quand de ces sortes il s'en trouve dont le fond est selon que la connoissent les Curieux, alors ils les laissent grener, & ce sont de ces graines que viennent les meilleures couleurs.

On remarque de deux natures de Tulipes, les unes *Printanieres*, & les autres *Tardives* ; nous en voyons encore d'une autre sorte, qu'on peut dire, *Méridionales*, dautant qu'elles fleurissent entre les *printanieres* & les *tardives*, & de toutes les trois nous en voyons de diversement colorées.

Des Printanieres, il s'en voit de plusieurs couleurs, & de parfaitement belles, dont les unes sont merveilleusement bien panachées, & les autres simplement bordées : La fleur s'avance d'environ trois semaines ou un mois avant les autres, & pour cela se nomment *Printanieres*. Pour *les Bordées*, les plus belles sont celles qui ont la couleur fort éclatante, le bord grand & coupé nettement.

Des

Des Tardives, aussi bien que des *Meridionales*, il y en a de plusieurs sortes de couleurs, dont les premieres sont simplement bordées, elles sont un peu plus en estime que les *blanches, jaunes & rouges*: Les unes sont *rouges bordées de rouge*, & ce qui les fait un peu considerer, c'est que la couronne qui est dans la fleur est parfaitement ronde.

La seconde sorte, sont couleurs qui nous viennent par le moyen des graines, & de celle-ci il s'en trouve de si diversement colorées, qu'il est impossible aux Peintres & aux Teinturiers d'en imiter les couleurs: Et ce sont de ces couleurs, que viennent les plus belles par l'industrie des curieux qui sçavent aider à la nature, par un artifice que l'industrie & le temps leur a apprise: Et quoi que ces couleurs, comme couleurs, soient des moindres en beauté, neanmoins ce sont les plus belles, comme seules capables de se changer en mieux, meilleures pour cueillir les graines. Il s'en rencontre aussi de *glacées* entre ces couleurs, qui est comme une espece d'ombre, de moindre couleur que celles du corps.

La troisiéme sorte, sont celles qu'on nomme *Panachées*, entre lesquelles il y en a encore de plusieurs sortes, dont les premieres & les moindres sont les *Paltots* de couleur rouge & jaune, & de couleur blanche & rouge, & dont il y en a de deux sortes, ou de deux classes.

La premiere se nomme *Paltody*, il a les mêmes couleurs que le *Paltot*, mais il est bien plus fin & bien plus nettement panaché; il faut que celui-ci ait les paillettes noires ou brunes, si ce n'est lors qu'ils ont un fond noir, il faut que les paillettes soient jaunes.

La deuxiéme sorte de Panachées se nomme *Morillon*, il n'a que deux couleurs en sa fleur. Il y en a encore de deux classes, dont la seconde s'apelle *Morillony*, il est beaucoup plus fin que le Morillon, & ses panaches sont plus nettement coupées.

La troisiéme sorte de Panachées se nomme *Agate*: Il en est encore de deux sortes, dont la premiere n'a que deux couleurs, & la deuxiéme, qui se nomme *Agatine*, en a trois & quelquefois plus. *L'Agatine* est sans comparaison la plus belle Agate, & ses couleurs sont plus distinctes & parfaitement détachées les unes des autres.

La quatriéme sorte est la plus belle de toutes, & se nomme *Marquetine* ou *Marquetrine*: C'est cette sorte de Tulipe qui emporte le prix sur les autres: Il s'en voit de quatre ou cinq couleurs, & quelquefois davantage. *La Marquetrine* est la plus belle, ses panaches sont détachées les unes des autres sans aucune diminution, sont nettes en leurs couleurs & arrêtées par un petit bord, comme un filet de soye bien délié: Et c'est à quoi on connoît les plus belles.

Il s'est trouvé encore une sorte de Tulipe d'une forme extraordinaire, elle est bizarre en ses couleurs & affreuse à voir, & pour cela s'est fait donner le nom de *Monstre*: On en voit de diverses couleurs.

Il en est d'autres qu'on nomme *Jaspées*, lesquelles ont bien plusieurs & diverses couleurs, qui ne sont pas separées les unes des autres, mais se mélangent ensemble comme dans le jaspe.

Il s'en voit encore que l'on peut dire *doubles*, puis qu'elles portent jusques à plus de vingt feüilles.

Il s'en est vû & on en voit encore, qui ont les feüilles de la fleur *vertes de deux couleurs*, on les nomme *feüilles rayées*, mais il s'en trouve peu de belles.

CHAP.

CHAPITRE II.

Qualités que doivent avoir les belles Tulipes.

IL est à souhaiter que la forme & le vert des Tulipes, ne soit ni trop long ni trop court, ni trop large, mais un peu frisé, & qu'il se couche sur terre; s'il est rayé il en est plus beau. Qualités que doivent avoir les belles Tulipes.

La Tige est mieux quand elle n'est ni trop haute ni trop basse.

La portée ordinaire du plus grand nombre des belles Tulipes doit regler cela; on ne peut en prescrire une mesure juste, parce que la terre des Jardins étant differente, ou bonne ou mauvaise, elle fait des tiges ou plus hautes ou plus basses. Il faut aussi dans sa hauteur, qu'elle soit assez forte pour soutenir la fleur: Elle seroit un peu difforme si elle étoit trop grosse.

La forme de la fleur, est tout-à-fait à rebuter quand elle est pointuë: La connoissance de la curiosité, la doit rendre suportable dans une couleur quand elle est camuse, parce que la feüille s'alongeant un peu en se panachant, cet effet corrige ce petit défaut. Il ne faut point du tout que la forme soit échancrée par le bas de la fleur, mais il faut que les feüilles soient larges à proportion de leur longueur. Les plus grandes fleurs bien proportionnées sont les plus belles.

Les Tulipes doivent avoir six feüilles, trois dedans & trois dehors. Si elles en ont reglement ou plus ou moins, c'est un défaut; celles de dedans doivent être plus larges que celles de dehors: Si elles étoient toutes six égales, elles en feroient mieux, mais ce seroit un défaut, si celles du dedans étoient plus petites.

Il ne faut point estimer celles dont la forme est belle en entrant en fleur, mais qui deux ou trois jours aprés s'alonge & se gâte.

Non plus que celles qui étant fleuries, renversent leurs feüilles par dedans ou par dehors, ou qui se godronnent ou cosinent.

Il est de consequence que la feüille de la fleur soit épaisse & étoffée, pour durer long-tems en fleur; une Tulipe qui y dure peu n'est point considerée, quelque beauté qu'elle ait, & les Tulipes dont les feüilles de la fleur sont minces, sont quelquefois grillées par l'ardeur du Soleil avant que d'être fleuries.

Toutes les Tulipes ont du dos, celles qui en ont le moins sont les plus belles.

Les couleurs bizares sont certainement les plus belles. Les plus nuancées font les plus beaux panaches. Plus leurs couleurs s'éloignent du rouge, plus elles sont à priser, parce que les fleurs font de plus beaux effets, avec cet exception neanmoins que les rouges à fond blanc ne sont point à rejetter. Parmi les rouges les couleur de feu & de grenades sont les plus belles. Les fortes bizares à fond tout blanc & les grises à fond tout jaune sont rares, & fort recherchées.

Plus le coloris est lustré & satiné, plus il est estimé, s'il est terne c'est un tres-grand défaut.

Les Tulipes qui étant fleuries ne conservent point leurs belles couleurs pendant onze ou douze jours, ne doivent gueres être prisées, celles qui les gardent jusqu'à la fin de la fleur, sont les plus belles.

Les plus petits fonds sont les meilleurs pour faire des beaux panaches.

Les fonds qui panachent le mieux sont d'une même couleur, tant dedans que dehors. Il faut bien comprendre cette regle, c'est tout le fin de la connoissance, pour le jugement le moins incertain, de ce que doivent faire les couleurs. *Le dehors du fond*, sont les plaques cerclées ou étoilées qui sont au bas des feuilles dans le vase, & *le dedans du fond*, c'est l'épaisseur même du bas des feüilles qui est couverte par la plaque ; de sorte que si les plaques sont blanches, & qu'en les levant avec l'ongle, ce dedans qu'elle couvre soit jaune, ce jaune en montant dans le panache s'éteindra en passant par le blanc de la plaque, si bien que pour n'avoir point de pareil accident à craindre, il faut que le dehors & le dedans du fond soit de même couleur.

Les plaques qui couvrent le dedans du fond de la fleur ne montent jamais dans le panache, mais seulement le blanc ou le jaune qu'elles couvrent, & les autres couleurs qui y sont contenuës par une vertu secrete, de laquelle on ne s'aperçoit point, comme en *la solitaire* qui panache de pieces emportées & separées par de grands traits noirs & dont le dehors & le dedans du fond sont blancs.

Quand les plaques ou dehors du fond demeurent toûjours bien distinctes d'avec la couleur & le panache, c'est une esperance tres-forte que la Tulipe se parangonnera, c'est-à-dire qu'elle reviendra tous les ans nettement panachée ; mais quand le panache & la couleur s'imbibent avec les plaques, il faut craindre qu'il n'y ait moins de netteté au panache en de certaines années qu'en d'autres.

Les paillettes ou Etamines, doivent être brunes, & non pas jaunes, mais il n'importe pas de quel couleur sont les pivots.

Il y a des couleurs de Tulipes qui aprochent si fort les unes des autres, quoi que de differente espece, que vous ne sçauriés les distinguer que par ces paillettes ou ces pivots. Or la distinction des especes est tres-necessaire à sçavoir ; car quand une espece panache à merveille & que vous voulés conserver plusieurs oignons de sa couleur, si elle ne differe d'avec 10. ou 12. autres especes que par les paillettes & par les pivots, comment feriés-vous pour la démêler, si vous ne sçaviés pas les examiner. Prenez donc garde que les pivots de l'une seront plus gros & plus longs que de l'autre, qu'ils seront plus jaunes, ou plus clairs, qu'ils seront entierement d'une couleur ou brunis à demi, ou brunis par en haut ou par en bas, ou enfin par d'autres distinctions qui se rencontreront. Examinés de même les paillettes par leur couleur, la largeur & la longueur & les fonds à plusieurs differences qui les distinguent, & soyés certain que jamais les fonds, les pivots & les paillettes ne sont tout-à-fait conformes aux especes differentes, quoi que les fleurs se ressemblent tout-à-fait.

Quelques Curieux qui ne sçavoient pas le secours des differences des pivots & des paillettes pour démêler leurs especes, vouloient les reconnoître par la difference de l'odeur, mais c'est une connoissance foible & incertaine, & y en ayant d'assurées, il faut y recourir.

Les Tulipes panachées doivent avoir les mêmes qualités que les simples couleurs, quant au vert, à la tige, à la forme & au fond.

Le premier Panache est celui qui vient par grands traits, de differentes figures, bien coupés & separés de leurs couleurs, & qui ne prend point de fond.

Le second est le panache qu'on nomme *à yeux* ou *à Isle*, qui est par grandes pieces emportées nettement & qui ne vient point du fond.

Le trois-

Le troisiéme est celui qui vient en grande broderie bien detachée de ses couleurs, & qui ne prend point du fond. Il est parfaitement beau quand il vient sur des bizares bien nuancées.

Le quatriéme est celui de petite broderie, quand il est net & qu'il perce bien ses couleurs, il est agréable, mais il ne l'est que sur les bizares qui ont plusieurs nuances; quand il vient sur d'autres couleurs, il ressemble trop au drap d'or, ou au drap d'argent.

Les autres panachées dont le panache prend du fond, ne laissent pas d'être quelquefois assez belles, quand elles sont bien nettes & partagées de leurs couleurs.

Toutes les panachées qui sont également partagées & entrecoupées de panaches & de couleurs, sont les plus agréables chacune en son espece.

Quand il se trouve beaucoup plus de panaches que de couleur dans une Tulipe, cela gâte la fleur & la perd d'ordinaire, sans qu'elle puisse jamais se rétablir, elle degenere en blanc & en jaune; c'est pourquoi il vaut mieux que la couleur soit dominante, parce qu'on en peut esperer une belle Tulipe, lors qu'elle prendra plus de panache, ce qui arrive souvent.

Les panachées dont le panache s'imbibe & se perd dans la couleur ne valent rien, on peut neanmoins garder les couleurs, si elles sont belles à cause des graines & point autrement.

Il faut toûjours preferer les Tulipes qui panachent de riches couleurs, quand elles ne seroient pas si bien panachées, pourveu qu'elles soient de belle forme & bien taillées, parce qu'elles peuvent en faire de plus rares & de plus belles.

Les panachées bizares qui ont les couleurs les plus distinctes & les plus éloignées les unes des autres, sont les plus belles.

Les brunes violettes panachées de jaune ou de blanc, sont plus belles que celles qui sont moins brunes, quand elles sont d'ailleurs également conditionnées.

Tout panache broüillé ne vaut rien.

Ce n'est pas qu'il faille jetter la tulipe, dont le panache n'est pas net la premiere année, il y a des panaches qui se nettoyent, c'est ce qu'on appelle se rectifier. Il faut mettre les hazards un peu broüillés pour les examiner l'année en suite, & s'ils ne se rectifient point, il les faut ôter. Par ce mot de *hazard*, on entend une Tulipe qu'on trouve panachée, qui ne l'étoit pas l'année precedente.

CHAPITRE III.

De la Terre propre aux Tulipes.

LEs Tulipes viennent par tout, neanmoins les terres sablonneuses & legeres les conservent mieux que les terres fortes: Mais ces terres un peu fortes étant bien soulagées par les terrots de fumier de cheval consommés de deux ans, mêlés ensemble & passés à la claye, les conservera comme les autres terres. Terre propre aux Tulipes.

Il faut fumer vos planches en Juin, sitôt que vous aurés déplanté vos tulipes, & les labourer cinq ou six fois avant que de remettre vos oignons dedans, afin que le terrot soit extrêmement mêlé & consumé, crainte que s'il ne l'étoit pas, sa graisse n'engendrât la pourriture & des vers qui s'attachent plûtôt aux belles Tulipes qu'aux moindres.

Si vous pouviés un an auparavant fumer vos terres à part pour les raporter dans vos planches, quand vous auriés déplanté vos tulipes, aprés en avoir ôté la terre qui auroit servi, cela en iroit mieux; ou si vos sentiers étant aussi larges que vos planches, & qu'ils eussent été fumés un an devant, vous en jettiés un pied du dessus dans les planches, d'où vous auriés ôté la vieille terre, qu'on remettroit sur le sentier à la place fumée & reposée, & continuer ce déplacement de terre fumée d'année en année, cela seroit bon.

Choisissés la matiere qui vous conviendra le mieux, mais souvenés-vous que la Tulipe aime une terre legere & fumée de fumier leger consommé de longtems.

Il y a une observation generale à faire à l'égard des terres pour toutes sortes de plantes: c'est que les terres qui n'ont point servi auparavant aux plantes où vous les destinés, y sont beaucoup plus utiles que d'autres; la raison est qu'il y a un sel propre dans toute terre pour toute plante, & que si vous semés dans une terre où il y ait eu des choux, le choux n'y ayant usé que le sel propre aux choux, les Tulipes y feront mieux que s'il y avoit toûjours eu des Tulipes, qui auroient consumé le sel propre aux Tulipes, & si dans les terres où on met toûjours des Tulipes les frequens engraissemens des terrots n'en remplaçoient les sels, les Tulipes periroient à la fin.

De quelque maniere que vous accommodiés vos terres, ne manqués pas dés le tems que vous les accommoderés, à en écrire toutes les circonstances, de ce tems & de cet accommodement, afin que si vos plantes reussissent, vous puissiés continuer, & aussi afin que si vous avés fait quelque faute en fumant trop ou trop peu, ou mêlant certaine terre ou terrot, avec d'autres qui ne s'accorderont pas, vous puissiés recourir à vôtre memoire & vous corriger.

CHAPITRE. IV.

Du tems & de la maniere de planter les Tulipes.

Tems & maniere de planter les Tulipes.

IL fait bon planter les Tulipes depuis la my-Octobre, jusqu'à la fin de Novembre, quoi qu'il y en ait qui veulent qu'on laisse le commencement de Novembre pour les paresseux & sa fin pour les nonchalans.

Si on ne peut avoir de la terre preparée comme on a dit au chapitre precedent, il faut immediatement aprés qu'on aura levé les Tulipes, bien foüir & vaveter les terres du moins à trois tours, les bien éplucher de pierres, de racines & d'herbes, & ce qui seroit à souhaiter les cribler même, de crainte qu'un oignon ne se blesse contre une pierre en grossissant.

Vos planches étant labourées & dressées au rateau, il faut tirer dessus au cordeau des traits en long, de cinq pouces en cinq pouces, & refendre ces traits par d'autres en travers aussi de cinq pouces en cinq pouces, afin que de tout sens vos oignons étant placés aux endroits où les traits auront croisé, ils soient dans une distance égale.

Si vous n'êtes pas contraint de faire vos planches plûtôt d'une largeur que d'une autre, faites-les de deux pieds & demi de large & de long, tant qu'il vous plaira, vous mettrés cinq oignons de front sur cette largeur, & vous avés ainsi le moyen de décrire plus facilement dans l'ordre, vos panachées ou

vos

vos couleurs, ce qui est extrémement utile.

Vos oignons se doivent mettre tous sur vos planches, avant que d'en enfoncer aucun en terre, de crainte que si vous enfonciés d'abord vos premieres plantes, les oignons qui resteroient pour les dernieres, se trouvant trop foibles ou de quelque triage que vous auriés oublié, vous ne voulussiés changer vôtre plantage, à quoi il n'y auroit plus de remede ; mais quand on voit tous ses oignons sur terre, on change, on mêle, & enfin on accommode mieux le tout à sa volonté.

Il ne faut gueres enfoncer les Tulipes plus de trois bons doigts en terre. Il y a des paresseux qui enfoncent leur oignon sans plantoir, en le poussant & lui faisant faire son trou par luy-même ; cette maniere est blâmable, un oignon peut rencontrer du verre ou des pierres, & se briser : Il luy faut faire son trou avant que de le mettre en terre avec le plantoir, & qu'il soit à peu prés de la profondeur de cinq pouces, pour qu'il en reste trois lors que l'oignon sera au fond, & faut toujours bien placer sa Tulipe en l'enfonçant sur l'endroit où les traits marqués se croisent.

Au lieu que les piquets ou plantoirs ordinaires des Jardins sont pointus par le bout, il faut que celui des Tulipes soit rond, afin que le trou étant fait & l'oignon mis dans icelui, il s'ajuste bien au fond, & qu'il ne reste point de vuide au dessus ni aux côtés, en sorte que le trou étant rempli de terre déliée, l'oignon soit tellement couvert, qu'elle le touche tant par dessous que par dessus.

Si vous étiés assez exact pour ne pas souffrir à la fleurison des places vuides dans vos planches, principalement dans celles des belles panachées, il faudroit prevoir en plantant vos planches, de planter aussi des oignons dans des pots pour mettre au lieu de celles qui seroient pourries, mais il faut que ce soit dans des pots nommés bonnets, plus hauts pourtant d'un tiers qu'à l'ordinaire, & que le dessous du pot soit presque tout à jour, c'est-à-dire qu'il n'y ait au cul qu'une bande large d'un doigt pour soûtenir la terre du pot, quand on le levera ; la raison de ce pot plus haut d'un tiers qu'à l'ordinaire, est qu'un oignon de Tulipe produit également sa fleur quand il a de quoi enfoncer sa racine, au lieu de l'éclaircir, sinon il ne fait qu'une petite fleur. Et la raison du cul à jour, est que le soufle ou esprit vivifiant qui sort de la terre, attiré par le Soleil pour la nourriture des plantes, trouvant passage à travers de ce cul à jour, nourrit cet oignon pendant qu'il travaille à sa fleur, & au contraire si ce cul étoit tout fermé la fleur seroit maigre. Qu'on ne croye pas cet avis inutile, sur ce qu'on voit des Anemones & des Ranoncules aussi grosses dans un pot ordinaire qu'en pleine terre. Il n'en est pas de même de la Tulipe, elle a plus de besoin qu'une autre plante pour son accroissement de ce soufle ou esprit vivifiant de la terre. Quand vous aurés planté vos oignons de reserve dans autant de pots que vous aurés souhaité, un oignon seul dans chaque pot, il faudra enterrer tous ces pots en planches, pour les gouverner comme les autres oignons jusqu'à la fleur.

Vos belles Tulipes panachées doivent être toutes décrites. Pour les mettre en ordre par terre, si vos planches ont cinq rangs de front, il faut avoir de grands tiroirs plats séparés par cinq rangs de petits quarrés de la longueur qu'il sera necessaire. Si vôtre planche a cinquante rangées de longueur, & que vos tiroirs n'en puissent tenir que dix de longueur, il faut cinq tiroirs pour mettre toute vôtre planche en son ordre. Vous devés en mettant vos oignons dans les quarrés de vos tiroirs pour les arranger, les assortir par la difference & par le mélange des couleurs, ce qui est tres-agréable quand les fleurs sont venuës.

CHAPITRE V.

Gouvernement des Tulipes depuis qu'elles sont en terre jusqu'à la fleur.

Gouvernement des Tulipes.

LES Tulipes sont robustes, mais elles s'en trouvent considerablement mieux quand on les choye, & qui en aura de tres-belles fera fort bien de les conserver. Il faut les couvrir à plat pendant les gelées avec du fumier éteint, particulierement les panachées & les oignons de reserve dans des pots.

Quand les boutons veulent sortir de terre au Printems, il faut commencer à arroser fortement vos Tulipes, à moins qu'il ne pleuve, premierement parce que le bouton sortant de terre ne doit pas trouver sec le dessus de la terre, il le dessecheroit. D'ailleurs cet arrosement battant la terre allegée par les gelées garnit la plante: outre qu'il l'humecte dans le tems qu'il fait sa fleur & lui donne le moyen de faire un bouton plus nourri. De plus le commencement du Printems étant sujet d'ordinaire au grand hâle du Soleil qui attire doucement la vapeur de la terre moüillée, il nourrit de cette vapeur le bouton tendre, au lieu que son ardeur peut le faire avorter sans ce secours.

Arrosés d'abord dans le déclin de la Lune, ou dans un tems doux, le jugement vous doit regler. Si vous arrosiés à contretems, il pourroit arriver des gelées qui incommoderoient vos Tulipes, que vous ne couvrés plus quand elles sont en fannes.

Arrosés toûjours ensuite quand vous croirés que vos fleurs en auront besoin. L'Oignon d'une Tulipe s'altére par la soif comme une autre plante, & vos fleurs durent beaucoup plus quand l'oignon est humecté, que lors qu'il souffre par la chaleur.

Avant que d'arroser vos Tulipes la premiere fois, regarnissés vos places où il y aura des oignons pourris, & en faisant vos trous pour y mettre les pots de reserve, prenés garde d'éventer ou d'endommager les racines des Tulipes voisines.

CHAPITRE VI.

Des remarques necessaires pour éstiter les Tulipes quand elles sont en fleur. Du choix de celles qui sont propres pour graine, & des theatres de fleurs.

LA fleur étant venuë, si vous avés mis dans vôtre Jardin des Tulipes de nouvelle acquisition ou de present, ou de vos graines, il faut soigneusement arracher les oignons, dont les fleurs n'auront pas les qualités ci devant décrites pour la beauté.

Il faut remarquer separément les couleurs, & les panachées printanieres, les hazards parfaits pour premiere planche, ceux d'aprés pour les secondes planches, les couleurs triées dont on fera toûjours des planches à part, & les Tulipes dont vous voulés reserver les graines.

Voila de six sortes de Tulipes qu'on peut marquer avec trois couleurs de laine, ne. On a son memoire sur lequel on écrit. Les Tulipes liées de laine blanche, sont les couleurs printanieres, celles qui sont liées de laine noire, sont les panachées printanieres, celles qui sont liées de laine rouge sont les hazards parfaits, celles qui sont liées de laine blanche & de laine noire, sont les hazards pour la seconde planche, celles qui sont liées de laine blanche,& de laine blanche & rouge, sont les couleurs triées, & celles qui sont liées de laine rouge & de laine noire, sont les Tulipes pour graine.

Il faut donner des noms à vos plus belles Tulipes, vous pouvés attendre si vous voulés que vos hazards ayent panaché nettement deux années de suite, afin de ne les point nommer inutilement; mais il faut décrire vos principaux hazards parfaits pour voir l'année, ensuite leur constance, leur progrés & leur diminution. Auquel cas au lieu de leurs laines, il faudra y lier au pied de petits morceaux de cartes sur chacun desquels il y aura un chifre relatif à vôtre memoire, sur lequel vous ferés leurs portraits.

Ainsi par exemple, il faudra écrire numero 1. couleur bizare nuancée de tané brun & clair, panachée de tres-beau jaune d'or par grandes pieces emportées, moyen vase ou grand vase, belle forme, haute tige, ou moyens, fond vert cerclé ou autrement, estamine de bleu enfoncé, pivots jaunes clairs, brunis par en haut hazard de 1694. & de méme des autres numero. Il ne faut pas manquer de faire des planches de couleurs arrangées. Mettés donc par rang cinq oignons d'une même espece de vos couleurs, ou davantage selon la largeur de vos planches, & décrivés sur vôtre memoire toutes les particularités de l'espece, accommodées en 10. ou 12. especes par année, afin de ne vous point trop embarasser à la fois, & quand un ou deux de vos oignons panacheront, vous verrés si le panache pourra ou sera devenu parfait, pour conserver tous les oignons que vous aurés de cette espece, il vous sera alors aisé de les reconnoître, en cüeillant une fleur de vos 5. oignons, qui n'auront pas panaché, & en l'aportant pour la confronter à toutes les couleurs de vôtre jardin; & si vous trouvés que le panache broüille ou s'imbibe, ou que la forme se gâte en panachant, ou enfin qu'il y ait d'autres défauts essentiels, ôtés de vôtre jardin tous les oignons que vous y aurés de cette méchante espece. Ne vous faites point de peu du soin & de l'équipage necessaire en déplantant ces couleurs arrangées pour les conserver en leur ordre: On met les 5. oignons de chaque espece dans un même cornet de papier, sur lequel on décrit, *premier rang des couleurs arrangées*, & ainsi de suite. Et par la relation de cet ordre avec vôtre memoire, vous connoissés vos plantes, si vous n'avés pas cinq oignons de la même espece, décrivés toûjours ce que vous avés, & multipliés par les cayeux, le tems amene tout.

Le choix des Tulipes que vous reserverés pour graine, demande un peu d'usage & de bon goût: l'instruction qu'on peut en donner est, qu'il faut en marquer de plusieurs especes des plus belles formes, des plus nuancées, des plus satinées & sur tout des plus bizares; les clairs y sont aussi necessaires comme les brunes, & la huissée, est une bizare nuancée qui n'est pas brune.

Vos Tulipes pour graine étant marquées, rompés les têtes de toutes les autres, afin de les empêcher de travailler inutilement, en produisant beaucoup de graine qu'on jetteroit, l'oignon s'employe à sa conservation & à la nourriture qui luy auroit fallu pour ces graines.

Cela fait il faut laisser meurir les oignons, en leur laissant prendre leur saoul de terre: Et cette maturité se remarque, lors que la tige ne recevant plus de nourri-

nourriture de l'oignon, il a comme reservé sa vertu en lui & la laisse secher.

Monsieur de Valnay a inventé une maniere de théatre tout à fait jolie, pour faire voir ensemble & commodement un amas de panachées mêlées suivant leurs couleurs differentes & arrangées les unes prés des autres, de maniere qu'assis à l'ombre & d'un seul coup d'œil vous vous divertissés la veuë de tout ce qu'un tres-grand jardin peut produire de raretés.

Au milieu d'une sale sur une tres grande table, il fait un theatre de 5. ou 6. gradins de 4. à 5. pouces & elevés les uns des autres de même hauteur, il les couvre d'un tapis vert, & il cüeille ses panachées parfaites, qu'il met chacune dans une petite phiole avec de l'eau aprés les avoir entierement épanoüies: Il arrange ensuite toutes ces phioles sur des gradins; il cüeille pour cela ses Tulipes quand elles ont été quelque tems en fleur, s'il les coupoit trop tôt, elles ne se tiendroient pas épanoüies dans l'eau, elles se resserreroient incessamment. Pour empêcher encore qu'elles ne se referment, il les met si tôt qu'elles sont cüeillies dans un pot plein d'eau, de sorte que toute la queuë y trempe jusqu'à la fleur, il les y laisse un jour entier. Par ce moyen la fleur se soule d'eau, se gouverne plus aisément & demeure tenduë & ouverte. Ces theatres bien servis de la main, à proportion que quelque fleur se dérange, font un effet extraordinairement agréable.

On peut faire de pareils theatres d'Anemones, & si l'on ne se soucie point des graines, on en peut faire aussi d'œillets & d'oreilles d'Ours, qui auroient beaucoup plus de propreté, que ceux où l'on met les pots.

CHAPITRE VII.

Du Tems auquel se déplantent les oignons, leur ordre & leur conservation. Des graines & de leur conservation. Du tems de les semer & de leur culture.

Tems auquel se déplantent les oignons.

LE tems de déplanter vos Tulipes est quand la tige de la fanne se seche. Choisissés de beaux jours, afin qu'on serre vos oignons secs, ne les laissés au Soleil en les déplantant que le moins que vous pourrés, parce que le Soleil les tuë, pour peu que ses rayons donnent dessus à nud. C'est pourquoi si le tems est trop ardent, il faut differer & en attendre un plus moderé: si mieux on n'aime prendre le matin & travailler jusqu'à 7. ou 8. heures, & recommencer aprés midi, environ sur les cinq heures.

Vos oignons levés, mettés-les sur le plancher d'une chambre & les étalés, si vous les laissiés en tas, le feu s'y mettroit & ils pertroient, laissés-les à découvert, afin qu'ils se dessechent de l'humidité superfluë qu'ils pourroient avoir retenuë de la terre, & par ce moyen ils se conserveront fort bien. Il faut pourtant de tems en tems les visiter & tourner doucement, afin que s'il s'en trouvoit quelqu'un de blessé ou de malade, on tâchât d'y remedier, en lui ôtant l'écorce ou plûtôt la blessure, ou bien en le mettant en terre, où sans doute il reprendra sa vigueur.

Conservés toûjours les ordres de vos marques: separés les oignons de chaque sorte, & mettés une carte écrite sur chaque sorte, pour les distinguer.

Un mois

Un mois ou deux aprés quand ils seront bien secs, il faut les éplucher & prendre garde de leur ôter la derniere peau, sur tout celle qui tient au cul de l'oignon dont le dépoüillement est mortel pour cette plante. Quand les oignons sont épluchés, mettés les dans des paniers, plûtôt que dans des boëtes, parce que les oignons y ont plus d'air; laissés-les en repos jusques au tems de les planter.

En déplantant vos belles panachées, il faut suivre le même ordre que vous avés tenu en les plantant, & remettre dans chaque quarré de vos tiroirs l'oignon de son rang.

Il ne faut pas lever les oignons reservés pour graine, que le châton qui la contient ne vous montre en s'ouvrant, qu'elle est meure & seche: l'ayant cueïllie, laissés-la une couple de mois dans son châton, cassés-le ensuite pour l'en tirer toute & la nettoyer.

Vous semerés vôtre graine de Tulipe au mois de Septembre, il n'importe en quel tems de la Lune. Preparés bien une planche de terre, répandés vôtre graine dessus la moins épaisse que vous le pourrés, parce que vos graines pour grossir doivent être au moins deux ans en terre sans les lever. Couvrés vôtre graine semée d'un petit doigt de la même terre que celle de dessous.

Ces graines ainsi semées, leveront au mois de Mars suivant, & sitôt que leur fanne (qui ne paroîtra pas plus que la petite feüille de porreau) sera seche, mettés un bon doigt de terre sur la planche & les laissés-là. Aprés leur seconde feüille, si vous voyés que les oignons aient suffisamment grossi, pour ne vous point trop donner de peine par leur petitesse à les tirer de terre, & à les replanter, tirés-les de leur pepiniére & les replantés par planches, pour les déplanter toutes les années comme les autres, ils rapporteront fleur plus viste que si vous les laissiés toûjours dans la pepiniere.

Ayés soin d'arroser vos graines dans les tems chauds, lors qu'elles en auront besoin, tenés-les toujours nettes de mauvaises herbes, & les couvrés à plat dans les fortes gelées.

CHAPITRE VIII.

De la Culture des Cayeux, & comme ils conservent constamment les couleurs de leur mere.

LEs Cayeux sont un autre moyen que la graine, dont la Nature se sert pour la conservation & l'augmentation des Tulipes, mais differens de graine, en ce que la graine ne produit pas toûjours une Tulipe semblable à celle qui l'a enfantée, mais bien souvent different, tant de couleur que de forme, au lieu que les cayeux tiennent toûjours de la nature de la Tulipe qui les a engendrés sans se changer, ni diversifier aucunement. En sorte que pour conserver toûjours les especes des Tulipes qu'on veut garder & dont on se veut rendre fort, il les faut planter curieusement; cette voye est la plus assurée pour les augmenter, comme les graines sont aussi la voye la plus assurée pour en avoir de nouvelles. De la culture des Cayeux.

De tous les *Cayeux* qui sortiront des Tulipes, on en peut faire une ou deux planches selon la quantité, & on les peut planter assés proche les uns des autres, ce qui sera comme une pepiniere, dont on levera tous les ans quantité de Tulipes portantes, & comme les Cayeux n'ont ni la force ni la vigueur des gros oignons & même qu'il s'en rencontre de si petits & de si foibles, qu'ils periroient s'ils étoient long-tems hors de terre, il les faut replanter dés la fin d'Aoust, ou même 15. jours aprés les avoir tirés hors de terre, par ce moyen ils se conserveront & porteront beaucoup plûtôt, que si on attendoit à les replanter au tems des Tulipes portantes, auquel tems il s'en trouveroit beaucoup de fletris & même plusieurs de morts. On les peut laisser deux ans en terre sans les lever, mais il faut bien cercler & tenir vos plantes nettes.

Il est certain que les Cayeux conserveront la même nature de l'oignon qui les a engendré sans degenerer.

CHAPITRE IX.

Qu'il est necessaire de lever tous les ans les Tulipes.

CE'st une necessité absoluë de lever tous les ans les Tulipes, ce qui se fait environ à la fin de Juin ou au commencement de Juillet, lors qu'aprés avoir porté leurs fleurs, elles ont laissé secher leurs tiges, non seulement pour plusieurs inconveniens qui pourroient arriver à l'oignon, tant par pourriture que par d'autres accidens, mais encore à cause que naturellement l'oignon de plusieurs Tulipes s'enfonce & coule dans la terre, en sorte que qui les laisseroit plusieurs années sans les lever, il en perdroit beaucoup sans doute, & puis comme l'oignon s'en porte beaucoup mieux, c'est une chose necessaire. Joignés à cela, que toutes les plantes, & particulierement les Tulipes, se perdent ou degenerent par la négligence de ceux qui les cultivent, étant certain que si cette fleur n'est transplantée tous les ans avec grand soin & dans la saison, ses perfections diminuent & la fleur perd beaucoup de son lustre & de sa beauté, au lieu qu'en les replantant tous les ans, trouvant une terre nouvellement labourée & bien varotée à 3. ou 4. tours, cela aide beaucoup à leur embellissement.

CHAPITRE. X.

Des maladies des Tulipes & de leur remede.

Maladies des Tulipes.

COmmençant par les Tulipes qu'on éleve de grain, les oignons étant encore petits & foibles, n'ont ni la force ni la vigueur pour resister aux accidens qui leur peuvent arriver, soit par la rigueur du froid ou par l'excés de chaleur, qui sans doute en font perir plusieurs, par l'alteration qu'ils leur causent : c'est pourquoi ayant à remedier à ce defaut, il faut avoir soin de les conserver durant l'hiver avec des aix ou des nattes, pour les preserver des plus fortes gelées, des neiges & des verglas, & même du soleil de l'hiver qui tuë autant que les plus rigoureuses froidures.

Le gouvernement des petits Cayeux se doit faire de même, car en ayant une planche ou deux, qui sont comme une pepiniere, il faut les couvrir avec le même soin, pour les preserver de semblables accidens.

On

On remarque qu'au commencement de l'hiver il leur survient une maladie qui est contagieuse, & leur arrive lors que l'oignon poussant ses feüilles hors de terre, il entre des eaux froides qui coulent entre leurs peaux, & descendant jusques au cœur, les font pourrir, ce qui se voit par une couleur rougeâtre, mais blafarde qui paroît au bout des feüilles, en sorte qu'en les tirant elles quittent l'oignon, & font paroître la pourriture qu'il a jusques au cœur; & cette maladie est si maligne, qu'elle infecte toutes les autres. Pour remedier à cela il sera bon de lever l'oignon avec un déplantoir, tel que celui des melons, afin qu'en les tirant avec sa terre cette peste ne passe pas plus avant & n'infecte pas le reste: ou bien faire une tranchée autour de la largeur de demi pied & de 10. à 12 pouces de profondeur, afin que celle qui est déja gâtée ne gâte pas celles qui sont saines.

Le mal que la rigueur du froid ou l'excés des chaleurs a aporté à nos Tulipes, paroît aussi dans le tems qu'on les leve de terre, car alors on trouve les petits Cayeux depoüillés de leur peau, ce qui est une marque d'alteration & de foiblesse, qui leur cause un détachement qui les fait périr.

Pour remedier à ce mal, il faut si-tôt qu'on les aura levées, prendre les Cayeux, ou même les meres s'il s'en rencontre, & les mettre incontinent dans le sable, ou en terre en quelque lieu à l'ombre, afin de les conserver par une agréable fraîcheur; & si l'excés des chaleurs étoit si violent qu'elles dessechassent par trop, pour lors il les faudroit arroser legérement, & continuer ce gouvernement avec jugement & avec prudence jusques au mois de Septembre qu'on les plantera ailleurs.

Le dépoüillement de la peau qui survient aux Tulipes, procede de ce qu'on ne les plante pas assés avant en terre; & n'ayant pas toûjours la force de s'enfoncer eux-mêmes, il arrive qu'ils grossissent beaucoup & crevent leur peau qui est assés tendre, & de là procedent les chancres, où s'engendre ensuite une gangréne qui les fait enfin mourir; mais si tôt qu'on s'aperçoit que ce chancre commence, il faut couper jusques au vif, & pourveu que le bas de l'oignon demeure encore entier, le remettant en terre, il se peut garantir.

Si l'on ne tenoit pas les Tulipes couvertes durant les mois de Fevrier & de Mars, il leur pourroit encore survenir plusieurs accidens par la rigueur des grêles, qui leur donneroit un mal qu'on apelle *tache de Mars*, qui est une pourriture qui attaque leurs premieres feüilles à fleur de terre, ce qui leur est causé par des coups de grêle & par des froidures qui tombent sur elles; ce qu'apercevant, il faut exactement ôter la pourriture, & pour cela degrader & ôter de la terre jusques où on jugera necessaire, pour pouvoir couper & racler jusques au vif le chancre que ce mal y pourroit causer: car si on laissoit quelque tems le chancre croupir sur la Tulipe, il s'écouleroit jusques au cœur de l'oignon & le feroit mourir.

La principale marque de santé aux Tulipes, est lors que les tirant de terre, on trouve les oignons durs & leur peau d'une couleur rougeâtre tirant sur celle de châtaigne, car cette couleur est celle que doivent avoir les oignons de Tulipes saines: que s'ils sont molasses & leur peau blâfarde ou noirâtre, sans doute il y aura de l'alteration.

Les plus celebres Curieux ont trouvé un moyen de conserver leurs Tulipes blessées & les oignons offensés immédiatement aprés qu'elles sont levées, ils les arrangent sur terre à l'ombre, comme s'ils les vouloient replanter, & laissent seulement un travers de doigt de distance entr'elles: Alors ils reprennent leurs forces & leur point de perfection.

Mais parce que quelques animaux, comme Mulots, Limaçons ou autres, les pourroient endommager, ils ont une équarrie de bois de la grandeur du lieu où sont les Tulipes malades & de hauteur d'environ 4. pouces, où l'on fait au dessus un treillis de fil de fer dont les trous sont étroits, afin qu'étant enfermés dans cette machine, tels animaux n'y puissent passer pour les endommager.

CHAPITRE XI.

Liste de plusieurs noms de Tulipes, avec la quantité & distinction de leurs couleurs.

A.

Liste de plusieurs noms de Tulipes.

L'*Agathe d'Ast*, rouge, pourpre, rose séche, & blanc.

L'*Agathe Amirale*, gris de lin, fiamette, rouge vif & blanc.

L'*Agathe Armand*, gris de lin sale, colombin & blanc.

Agathe d'Arquelaine, colombin obscur, colombin clair & blanc.

L'*Agathe Royale*, n'a que trois couleurs mais parfaitement distinctes & separées les unes des autres, elle a *un pourpre clair avec du rouge, qui s'étendent en panaches dans beaucoup de blanc*. C'est une des plus belles Tulipes du tems.

L'*Agathe Brosset*, rouge fort enfoncé, colombin clair, & blanc d'entrée.

Agathe Brillet, colombin, & blanc, *printaniere*.

L'*Agathe Brabansonne*, rouge obscur, colombin, clair & blanc obscur.

L'*Agathe brune*, rouge sur brun & colombin clair.

L'*Agathe Chapelle*, rouge, colombin & blanc.

L'*Agathe Coste*, gris de lin chergé, rouge vif & blanc de satin.

L'*Agathe de Cointe*, colombin obscur, colombin clair & blanc terni.

L'*Agathe Chon*, colombin, minime & couleur de citron terni.

L'*Agathe Castelain*, colombin, rouge pâle & blanc.

L'*Agathe dentelée*, a du colombin chargé de rouge avec du blanc.

L'*Agathe du Dru*, couleur de rose mêlé d'incarnat, colombin, couleur de citron & blanc terni.

L'*Agathe Datte*, gris lavandé & pourpre cramoisi.

Agathe d'Epine, blanc de laict & tacheté de rouge cramoisi clair.

L'*Agathe Ferrans*, pourpre enfoncé, couleur du Vice-Roy & peu de blanc.

L'*Agathe Friou*, gris de lin enfumé, tristamin & couleur de citron broüillé.

L'*Agathe Guerin*, feüille morte & blanc

L'*Agathe Gobolet*, rouge cramoisi, colombin, blanc & jaune.

L'*Agathe Goblin* est ornée de 5. couleurs, sçavoir d'*incarnat, rouge, jaune & lacque, chargé de chamois*.

L'*Agathe Gorle*, rouge sang de bœuf & blanc.

L'*Agathe Govion*, rouge obscur, colombin & citron.

L'*Agathe la deserte*, colombin & peu de blanc, *printaniere*.

L'*Agathe liante*, amarante & blanc, non d'entrée.

L'*Agathe Lionnoise*, couleur de brique, colombin & blanc, le tout broüillé.

L'*Agathe Lorney*, colombin & blanc, *non d'entrée*.

L'*Agathe Minime*, a quatre couleurs assés distinctes, qui sont, *gris de lin, jaune, amarante, & du rouge*.

L'*Agathe Monsieur de Chartres*, colombin obscur, gris lavandé & blanc.

L'*Agathe Magnin* colombin obscur, mêlé d'un colombin clair & blanc.

L'*Agathe de Mare*, gris cendré, gris violet & peu de blanc.

L'*Agathe Mole*, colombin obscur, colombin clair & blanc.

L'*Agathe Morin*, a du pourpre & gris sale dans beaucoup de blanc.

L'*Agathe Molard*, colombin obscur, gris lavandé & blanc.

L'*Agathe*

L'Agathe Ochée, tristamin, rouge & chamois.

L'Agathe la Piemande, gris de lin, colombin, rouge & blanc.

L'Agathe Proserpine, minime brûlé, jaune & citron terni.

L'Agathe Patin, couleur de rose, colombin & blanc, *non d'entrée.*

L'Agathe Picot, colombin obscur, colombin clair & blanc terni.

L'Agathe de Quibly, gris de lin, colombin obscur, colombin clair & blanc d'entrée.

L'Agathe Roussy, rouge brun, colombin & blanc d'entrée.

L'Agathe Riviere, rouge brûlé, colombin obscur & peu de blanc terni.

L'Agathe Robain, a du pourpre, rouge & blanc, mais quoi qu'elle ait les couleurs de l'*Agathe Royale*, neanmoins elle est beaucoup differente, d'autant que l'Agathe Royale a bien plus de blanc & les panaches ne sont pas semblables.

L'Agathe Romaine, est colombine avec un peu de la copie & du blanc.

L'Agathe S. Marc, est gris de lin, incarnat & blanc.

L'Agathe sans pareille, rouge cramoisi, colombin & blanc d'entrée.

L'Agathe Saunier, gris de lin clair, colombin & blanc d'entrée.

L'Agathe Sauvage, violet, pourpre enfoncé & blanc.

L'Agathe du Vasseur, est d'un gris violet avec du blanc & un peu d'incarnat.

Adimion, est amarante, avec un peu de rouge & du blanc de laict.

Albertine, a de petits traits pourpres par menus panaches, avec gris de lin, clair & blanc.

Alidore, est de couleur de feu avec un gris de lin enfoncé, sur chamois blanchissant.

Alquite, est panachée de jaune & rouge.

Amarantine, est panachée de pourpre sur du blanc.

Amarante, a un fond blanc sur lequel s'étendent des panaches amarante.

Amarilis, rose seche, pourpre enfoncé & blanc.

Ambrise, est colombin, rouge & blanc.

Amiable, bl. de laict, rouge brun velouté.

Amiral d'Angleterre, rouge brun, colombin vif & blanc.

Amiral Castellin, est colombin, rouge pâle & blanc.

Amiral Chrétien, colombin pâle, mêlé d'un colombin obscur & blanc d'entrée, *printaniere.*

Amiral de Boissiere, rouge brun, colombin & blanc d'entrée.

Amiral de Delf, rose rouge & blanc.

Amiral Fray, gris lavandé, minime brûlé & blanc.

Amiral de France, pourpre obscur, colombin clair & blanc, *non d'entrée.*

Amiral Fournier, tristamin rouge & jaune blanchissant.

Amiral d'Heverte, pourpre obscur, violet clair & blanc d'entrée, *printaniere.*

Amiral de Hollande, rouge & blanc.

Amiral de Mars, rouge de sang & blãc.

Amiral Poncet, fleur de lin, colombin & blanc d'entrée.

Amiral Triverman, couleur de rose, colombin & blanc, *non d'entrée.*

Amiral Vallier, orange, couleur de rose, citron & blanc sale.

Amiral Villiers, pourpre, colombin & blanc d'entrée.

Amiral de Vesnes, rouge triste, rose & chamois blanchissant.

Angloise, est d'un beau colombin, rouge & blanc.

Argentier, pourpre, colombin & blanc. *Printaniere.*

Argus, couleur de feu, gris de lin & blanc de laict.

Auguste le grand, couleur de rose éclatante & blanc, *non d'entrée.*

Auguste, colombin, blanc & rouge.

B.

Baloise est de trois couleurs, *rouge, colombin & blanc.*

Barre, tient sur le rouge, colombin clair

clair & blanc.

Beau Courray, pourpre obscur violet clair & blanc terni.

Beaupré est rouge & blanc.

Belin ordinaire, rouge, colombin & blãc.

Belin Trelon, violet, peu de rouge & blãc.

Bellissime, couleur de pécher, fleur de lin & blanc d'entrée.

Belle d'Anvers, gris de lin, pourpre & blãc.

Belle Helene, rouge enfoncé ou sang de bœuf & blanc d'entrée.

Belle Marine, rouge cramoisi & beaucoup de blanc d'entrée,

Belle la Barre, a des couleurs de la Brabansonne, qui sont *pourpre*, *rouge & blanc*, mais il y a de la difficulté aux panaches.

Belle Perlée, incarnadin éclatant, & beaucoup de blanc d'entrée,

Bellincourt, est de couleur de feu & blanc de laict.

Bizarre du Cader, feüille morte, rouge brûlé & jaune enfumé.

Bolhuert, incarnat & blanc.

Boulannoise, rouge, pâle & blanc.

Bourbourg, gris lavandé, colombin obscur, colombin clair & blanc.

Bourgeoise, rouge vif tirant sur l'orangé & blanc.

Bosuel, est rouge de sang & jaune,

Brabansonne, est blanc de laict, pourpre & un peu de rouge.

Brandebourg, rouge pâle tirant sur le colombin & blanc terni.

Brantion, nacarat & blanc.

Brantion Morin, rouge, colombin & blanc. *Primaniere.*

Bruxelles, rouge obscur, colombin clair & blanc,

Il y a encore *la beauté de hartres*, Belle mignonne, belle Callite, belle Tragene, belle marniere, blanche primaniere, blanche tardive, bordée & rebordée, Brantion de Bolt, Brandon de l'Aublepine.

C.

Cadette, pourpre & beaucoup de blanc.

Cesar, lacque chargé & beaucoup de blanc d'entrée.

Calilarat, colombin chamois, incarnat & jaune doré.

Caliste, pourpre & blanc.

Camusette, incarnat rougissant & blanc de laict,

Candée, gris, incarnat & jaune.

Canette, beau violet & blanc.

Canite, gris lavandé, incarnat & blanc.

Carlée, gris rougeâtre & chamois.

Carmelite, est jaune paille & incarnat fort éclatant.

Cartie c'est *la carlée*,

Cadmulle, a un nom fort convenable à sa beauté, puis qu'elle ne cede à nulle autre, en la forme de fleur, soit en l'agreable disposition & assortiment de ses couleurs, qui sont *un pourpre violet*, *avec peu de rouge*, *& beaucoup de blanc*.

Celeste, gris lavandé, un peu de rouge & blanc de laict.

Cermoise, incarnat tirant au colombin, avec du blanc de laict.

Chancetiere, violet & blanc.

Chamois, bordée d'écarlate.

Chartreuse gris de lin, peu de pourpre & blanc de laict d'entrée.

Chameau, rouge, gris de lin & blanc.

Chinoise, colombin grisâtre, rouge & chamois.

Citadelle, pourpre, gris de lin & blanc.

Colõbin & blãc à grãd bord. Primaniere.

Colombin & blanc à grãd bord. Tardive.

Columelle, rose rouge blanche.

Concubine, colombin & blanc.

Couronne ardente, blanche & par les milieux de couleur d'agriote. *Primaniere.*

Corinthie, jaune doré, blanc & rouge.

Cupidon, violet d'Evêque, pourpre clair & blanc.

Curé primaniere, gris de lin fort pâle & blanc.

Curé Tardive, gris de lin fort pâle & blãc

Confidente, *Couronne Royale*. *Cardinale*.

D.

Dalepon, couleur de brique, le fõd noir.

De Lounay, pourpre, gris de lin & blanc.

Dentlée, rouge pâle & blanc sale.

Devisée, blanc & rouge.
Diligente, rouge, colombin & blanc de laict. *Printaniere.*
Doblen, flamettre & blanc, *Printaniere.*
Dom-Châtean, violet cramoisi, pourpre & blanc.
Dolincourt, pourpre, rouge & blanc.
Dorade, rouge & chamois blanchissant.
Doramis, pourpre, gorge de pigeon, & jaune blanchissant.
Dorilée, violet & blanc de laict.
Dorimène, lacque, violet & blanc.
Dorinde, colombin, rouge & jaune blanchissant.
Doris, est un blanc de laict, comme à piece emportée avec du rouge tres-vif.
Drap d'or, d'argent, panaché. Printaniere.
Drap d'argent de Valentienne. Drap d'argent du Pasteur.
Drap d'argent du Berger.
Dromide, rouge terni, colombin obscur, & blanc.
Ducale, est d'un beau rouge & blanc.
Du Chêne, pourpre, rouge & blanc.
Dulcinée, est d'un blanc de laict & couleur de lacque.
Du Léon, lacque, blanc tres-net & rouge
Du Pont, colombin, rouge chargé avec du jaune blanchissant.
Du Peussim. Duc à grãd bord. Printaniere. Duc à grand bord, tardive. Duc à petit bord, tardive. Dom-Federic. Dom-Jérôme. Dom-François. Dom-Pierre. De Clermont. De Malines. Drolesse.

E.

Elisée, a du pourpre violet & blanc dés son entrée.
Erimante rouge feüille morte & jaune.
Eriste, est pourpre & blanc.
Esperance, tristamin rouge & jaune.
Estampe, colombin blanc & incarnat.
Estoilée, a presque les couleurs de la *Dorilée*, qui sont un beau violet & blanc.
Eufrasque, rouge & blanc de satin.
Eugène, rouge brun & blanc.
Euristée, colombin mélé de blanc & de fin panache.
Eusébe, colombin, rouge & chamois.

F.

Faustine, est d'un colombin rougeâtre & blanc satiné sur un fond bleu & est fort bien panachée.
Felicité, rouge mort, & jaune bordé d'un filet rouge.
Fenix, se panache d'un beau rouge brun sur un blanc de satin.
Feuille d'Esdine, est d'un beau nacarat & rouge brun.
Filandre a ses panaches tres fins, d'un beau pourpre sur du blanc.
Flamboyante, colombin & blanc.
Flamboyante Hancke, est panachée d'un beau rouge brun sur du blanc.
Flamboyante colombine, est d'un beau colombin & blanc.
Flamboyante Maximis, minime brûlé, feüille morte & citron, le tout broüillé.
Flamboyante du Santier, rouge & jaune fort vif.
Flamboyante de Tuder, rouge & jaune reguliere.
Flamboyante de Tunis, rouge brûlé & jaune broüillé, tirant sur la couleur de citron.
Fleurdelisée, couleur de rose, tirant sur le colombin & blanc.
Fleurissant, a ses panaches d'un beau pourpre sur un blanc de laict.
Fleurimont, est d'un haut pourpre & blãc
Fleurisete, gris, incarnat & chamois.
Florentine, colombin clair & beaucoup de blanc.
Forte à connoître, rouge & blanc.
Frangée, chamois blanchissant & rouge brun.
Frere André, rouge obscur mêlé de blanc. *Printaniere.*
Frere Claude, couleur de rose, rouge & bleuë, le tout broüillé.
Frere Jean, couleur de lacque vif & blãc
Frigienne, est panachée d'un beau rouge d'ecarlate sur un blanc de laict.
Fronteval, est rouge, couleur de rose & blanc.

G.

Galatée, est panachée d'une Isabelle, blan-

blanchissant, avec du jaune doré.

Geande, colombin, rouge & blanc, & n'est gueres fautive.

Geant, couleur d'agriote, tirant sur le colombin & blanc terni.

General Gouda, est un incarnat fort éclatant & blanc.

General Picot, est d'un blanc de laict, panaché d'un beau pourpre.

Genevoise, colombin obscur, colombin clair & blanc.

Genoise, tristamin rougeâtre & jaune.

Gentille, colõbin changeant & chamois.

Gentilly, est rouge, flamette & blanc.

Glorieuse, est une belle Tulipe & a pour couleur une Isabelle qui tire un peu sur le jaune & un rouge doré.

Grande Brabansonne, rouge cramoisi, colombin & blanc non d'entrée.

Grand Cornard, rouge tirant sur le colombin & jaune citron.

Grand étendart, tane, rose & jaune blanchissant.

Grinsec, incarnat & blanc. *Printaniere*.

Grise Orientale ou *Agathe Orientale*, est d'un beau gris de lin & lacque obscure.

Grise Orientale second, gris de lin & lacque obscur & blanc.

H.

Hazard Dru incarnadin, couleur de rose nacarat, colombin & blanc d'entrée.

Hazard Robin 1. rouge, cramoisi & blanc

Hazard Robin 2. col. gris de lin & bl.

Helene, est de couleur fort aprochante de la *Geande*, savoir, rouge, colombin & blanc.

Heliodore, est de quatre couleurs assés distinctes, savoir orangé, jaune, gris de lin & rouge.

Hercan, est panaché d'un rouge brun avec chamois, qui blanchit en deux ou trois jours.

Herculée, est panachée d'un rouge de sang & de blanc de laict.

I.

Jacobée, est rouge, brun & chamois blanchissant.

Jaspée Angloise, est tristamin & rouge & jaune blanchissant.

Jaspée Harlan, est tristamin couvert, semé de larmes rouges.

Jaspée Marceau, gris lavandé, colombin & blanc.

Jaspée premiere, est rouge mort & cham.

Jaspée Ravascot, rouge pâle, gris de lin & blanc.

Jaspée S. Jean, colomb. minime & blanc.

Jaspée Truder, est tristamin, rouge mort & jaune blanchissant.

Jean le Fèvre, rouge & jaune.

Jean Gueret, est d'un beau violet & blãc.

Ignace, rouge mort sur fond chamois, est tres fin panaché.

Imperiale, est d'un pourpre brun, un peu de rouge & blanc de laict.

Infante, Isabelle foüettée de blanc.

Joliceurt, couleur de tuile & jaune.

Josephe, Isabelle, rougeâtre, panachée de jaune, avec un peu de rouge.

Iris est tristamin, rouge & jaune.

Juliane, colombin, blanc & gris.

Justine, est panachée de deux rouges sur le fond de satin.

L.

Lactance, est de couleur flamet, blanc & rouge.

La Blin, est d'un beau violet separé d'un blanc naissant par un peu de rouge.

La Duchesse, a les couleurs de la *Brabansonne*, mais elles sont differemment assorties & sont blanc, pourpre & rouge.

L'Amie ou *Agathe Perruchot*, est gris de lin & blanc par mêmes panaches.

Lapponie, colombin blanc & rouge.

Larmoye, gris de lin & blãc de larmes.

Leandre, colombin, rouge & chamois.

Lindor, rouge, brun & blanc.

Lionne, incarnat, rouge & blanc.

Lisa, rouge, orangé & jaune par mêmes panaches.

Livie ou *Livia*, a de fort jolis panaches violets sur du blanc.

L'œuf de Pâques, rouge enfoncé & blanc d'entrée.

Lucque est panaché de gris de lin sur un beau blanc.

Lyante, amarante tirant sur le violet & blanc.

Lypy, rouge brûlé & jaune terni.

Mar

M.

Marbrée de Bôtte, est un gris de lin mouvant, un beau rouge & relevé d'un incarnadin fort éclatant.

Marbrée Grenier, rouge, colombin & blanc.

Marbrée saint Germain, gris mourant, incarnat & rouge.

Manissiere, a un rouge ferme, un peu de rouge couvert, & un tres-beau blanc & bien net.

Marquise, rouge, rose seche, & jaune blanchissant.

Mayenne, entre en fleur incarnate & chamois, puis elle fait paroitre du colombin & du rouge.

Meridionelle, pourpre couleur d'Evêque & blanc non d'entrée, *printaniere*.

Melidor, est panachée d'incarnat sur du blanc.

Melanie, a pour couleur un beau pourpre rouge tres-vif & un beau blanc de laict.

Melissée, couleur de rose, incarnat & blanc.

Mercure, rouge incarnat & chamois.

Merveille d'Amsterdam, gris de lin, couleur forte & vive & blanc.

Merveille de Camp, colombin, couleur d'agriote & blanc. *Printaniere*.

Merveille de Harlem, colombin obscur & colombin clair tems.

Mestre de Camp, colombin, couleur d'agriote & blanc. *Printaniere*.

Morillon d'Anapes, est un chamois blanchissant, sur lequel est un incarnat bien mélangé.

Morillon d'Aquin, couleur d'agriote clair & blanc.

Morillon Brun, est d'un beau rouge brun & blanc.

Morillon brun Robin, rouge d'agriote & blanc.

Morillon des champs, couleur de grenade & blanc.

Morillon chirat, incarnat tirant sur la couleur de rose & blanc.

Morillon Cloutier, est panaché d'un beau nacarat & incarnadin sur du blanc.

Morillon Dru, couleur de grenade, jaune, citron & blanc.

Morillon Dry, incarnadin tirant sur la couleur de rose, & blanc non d'entrée.

Morillon de Fleurs, incarnat & beaucoup de blanc.

Morillon de Flien, gris lavandé, colombin obscur, colombin clair & blanc.

Morillon Jacquet, couleur de rose & blãc

Morillon Madame, rouge & blanc non d'entrée.

Morillon Medional, rouge cramoisi, colombin & blanc.

Morillon Nacarat, est nacarat & blanc.

Morillon parfait, rouge cramoisi & blanc

Morillon Paschal, colombin obscur tirant sur le rouge & blanc.

Morillon Picard, rouge tirant sur l'incarnat & beaucoup de blanc.

Morillon Rosan, couleur d'agriote claire, tirant sur l'orangé & blanc.

Morillon sang de bœuf, rouge cramoisi obscur & blanc non d'entrée.

Morillon Studer, couleur rose obscure & beaucoup de blanc.

Morillon sur brun, rouge cramoisi, sang de bœuf & blanc fort vif.

Morillon superlatif, dit *le petit Auguste*, incarnadin & beaucoup de blanc non d'entrée.

Morillon Tournay, violet obscur, colombin obscur & peu de blanc.

Morillon Zuret, rouge, couleur de rose & citron terni.

Morine, a un incarnat chargé assés beau & bien panaché sur un beau blanc d'entrée.

Morinette, incarnat vif & blanc.

Montfort, a ses panaches d'un gris de lin chargé & mélé de rouge sur un beau blanc.

Monsteruille, est panaché d'un cramoisi vif sur beaucoup de blanc.

Monstre simple, est ainsi nommée pour la grandeur de sa fleur, elle est rouge & jaune, comme d'un drap d'or.

Monstre double, est une Tulipe qui satisfait peu, d'autant que sa fleur vient rarement en perfection; elle est fort double & a plus de cent ou cent & vingt feüilles, & a pour couleur, rouge, orangé & jaune.

Moulette, orangé tirant sur la brique & blanc, est *printaniere.*

N.

Nantoise, est d'un gris de lin chargé & mêlé de rouge qui se panache assés bien sur du blanc.

Nevers, a les mêmes couleurs que la *Nantoise*, mais elle a ses figures & panaches differentes, ses couleurs sont gris de lin, rouge & blanc.

Nicée, rouge sur fond blanc satiné.

Noiron, a un rouge sang de bœuf & colombin chargé sur du chamois.

Noirlis, est rouge, gris de lin & blanc.

Nouvelle de Hollande, blanche & picotée de pourpre clair.

O.

Oculus, a un beau rouge brun sur du blanc de laict.

Olinde, a de menus panaches de rouge & incarnadin sur le bord des feüilles qui sont blanches.

Olympe, est mêlée de chamois avec une couleur de gorge de pigeon sur du blanc.

Ondée, cette Tulipe est admirable principalement à cause de ses feüilles qui sont d'une belle largeur, du même vert des feüilles d'œillets, toutes bien godronnées & environnées d'une bande aussi blanche que des lys, sa fleur est toute blanche.

Opale, est de 4. couleurs, colombin chargé, jaune doré, rouge & blanc.

Orientale Morin, est de trois couleurs distinctes, gris de lin, blanc & pourpre.

Ourlée, est d'un beau rouge sur du blanc

Ourlée rectifiée, rouge brun tirant sur le cramoisi, & beaucoup de blanc d'entrée.

P.

Palamede, colombin, rouge & blanc, sa fleur est ample & s'eleve assés haut de terre.

Palas, pourpre & blanc.

Paltot Cadons, rouge obscur & jaune. *Printaniere.*

Paltot de trois couleurs, colombin pâle, couleur de soufre & rouge.

Paltot enfumé, minime, feüille-morte, le tout broüillé.

Paltot Laydane, rouge brûlé, citron, couleur de suif, le tout broüillé.

Paltot Ledanus, rouge tres-vif & jaune clair. *Printaniere.*

Paltot Pluton, rouge brûlé & jaune.

Paltot Quetor, minime brûlé, feüille morte claire, le tout broüillé.

Paltot Robin, fautif.

Paltot S. Ioseph, rouge & jaune. *Printan.*

Paltot S. Paul, rouge tirant sur l'incarnat & jaune de soufre.

Paltot S. Philibert, couleur de rose obscure, rouge & citron broüillé.

Paltot S. Pierre, rouge enfumé, colombin & jaune, citron broüillé.

Paltot Tenebreux, rouge brûlé & jaune tirant sur le chamois.

Panachée d'Arras, pourpre clair, violet & blanc. *Printaniere.*

Panachée de l'Aube, rose, rouge & blanc non d'entrée.

Panachée de Caën, rouge éclatant & blanc à grandes panaches.

Panachée de Lisf, rouge brun tirant sur le colombin & blanc.

Panachée de Paris, est d'un rouge fort éclatant, avec un beau blanc d'entrée.

Panachée Robert, incarnat & blanc non d'entrée.

Pamfile porte un beau gris de lin bordé de pourpre, panaché de blanc de laict à grandes pieces, comme apliquées.

Papillone, a ses panaches tres-fins & a les mêmes couleurs que la *Galatée*, qui sont Isabelle jaunissant, & rouge doré, mais les figures sont differentes.

Parangon d'Acoste, pourpre, rouge cramoisi, gris & blanc.

Parangon S. Maudé, incarnat & blanc.

Parangon Viltans, rouge tirant sur le colombin & blanc vif.

Passe Citadelle, est d'un beau gris de lin, pourpre & blanc, & les couleurs sont beaucoup plus vives que *la Citadelle.*

Passe Rose, rouge & blanche.

Passe Tuilleries, colombin clair, colombin obscur & blanc sale.

Passe Zabulon, est d'un beau pourpre violet & blanc.

Paysane, rouge sang de bœuf, colombin & blanc.

Peintre,

Peintre, colombin vif & blanc, *Priman.*

Pensée ou *belle pensée*, est de couleur de pensée avec du blanc de laict.

Periandre, tres beau paltot, est panaché rouge brun avec du jaune doré.

Petit Alexandre, colombin clair & blanc d'entrée.

Petit Auguste, fiamette, incarnadin vif & blanc d'entrée, *fort tardif.*

Petit Suisse, rouge, brun & jaune.

Picarde, est panachée de rouge & un peu de gris de lin sur du blanc.

Plumerolle, est rouge mort & chamois.

Pommée, incarnat & blanc.

Prevostale d'Abbeville, est colombin, incarnat chargé & sale.

Presidente, couleur de rose tirant sur l'incarnat & blanc d'entrée.

Pretendue, est bien panachée d'un beau laque sur du blanc.

Princesse, incarnadin, feüille morte, couleur de citron & blanc non d'entrée.

Proserpine, est rouge, chamois & jaune doré.

Pucelle nichon, rouge d'écarlate, colombin & blanc non d'entrée.

Q.

Quirinus, rouge velouté, colombin & blanc de laict.

Quatricolor, a quatre couleurs, qui sont *couleur de feu, colombin chargé, chamois & blanc sale* ou *jaunissant.*

R.

Ramoneuse, colombin obscur, colombin clair & peu de blanc.

Raphaële, rouge, orangé & jaune.

Ravenoise num. 1. ou *Chapelle*, rouge, colombin & blanc.

Raymonde, est blanche & rouge.

Recrocedée, est panachée de colombin sur du blanc.

Regulière, colombin clair, rouge & beaucoup de blanc.

Reine, amarante, pourpre & blanc d'entrée, tirant sur la *Robinette.*

Richemont, a de belles panaches de gris de lin & rouge sur du blanc.

Richevel, est tres richement panaché de violet lané sur du blanc.

Robine, amarante & peu de blanc.

Robinette, amarante, rouge, pourpre & blanche non d'entrée.

Rochefort, rouge, isabelle & gris.

Rosée, est couleur de rose, incarnat & blanc sale.

S.

Sabine, est panachée d'un beau gris sur du blanc.

Satinée, est d'un tres-beau blanc de satin sur lequel elle se panache de rouge.

Savoyarde, est d'un isabelle couvert, rouge mort & jaune.

Scipion, rouge vif & jaune blanchissant.

Seigneur, rouge clair & chamois blanchissant.

Sergent, jaune & rouge, *fort tardif.*

Solimene, est de petite stature & ses couleurs sont un beau pourpre & blanc.

Specieuse, est d'un beau pourpre violet avec des panaches blanches, & les étamines d'un bleu si brun & si enfoncé, qu'elles paroissent noires.

Specieuse d'Huart, pourpre, rouge clair, colombin & blanc. *Primaniere.*

Suisse du Château, rouge, brũ & jaune pâle

Suisse de Portugal, rouge, brun, peu de colombin & blanc terni.

Sultane, rouge brûlé, gris lavante obscur & blanc.

T.

Tamise, est panachée de pourpre, violet & blanc.

Tautre, rose seche, couleur de rose & bl.

Tarante, est blanche panachée de rouge.

Tenebreuse, est une espece de paltot panachée de rouge & de jaune.

Toûjours belle, est contente à ne point changer, & ses couleurs de blanc naissant & rouge pâle, ne diminuent jamais depuis sa naissance jusqu'à sa mort.

Travesti, gris lavandé pâle, rouge obscur & blanc, le tout broüillé.

Tuilleise, colombin, rouge & blanc.

Tulipe de Candie, colombin clair, fait sa fleur en forme de Colchique Troyenne.

V.

Valée, est d'un beau pourpre sur du bl.

Veuve commune, rose seche & blanche.

Veuve des vignes, est pourpre brun, rose seche & blanc.

Venitienne, rouge en ses panaches, sur un beau chamois blanchissant.

Venus ou Ciprine, couleur de soufre, colombin vif & rouge.

Vernoie, colombin clair, couleur de rose & blanc terni.

Viceroi, pourpre violet & beaucoup de blanc.

Virginie, est panachée d'incarnadin sur du blanc, avec des pieces detachées qui semblent des gouttes de sang.

Ville-neufve, rouge terni, colombin & blanc.

Villemarest, violet clair, peu de pourpre & blanc tres-vif.

Vigni, colombin clair, rouge & jaune.

Unique d'Albin, est panachée d'un beau pourpre violet, d'un rouge éclatant sur du beau blanc.

Unique de Caën, est panachée à grands panaches d'un rouge éclatant sur de beau blanc.

Unique de Delphe, est d'un beau violet & blanc, partagé par un peu de rouge.

Z.

Zamet, colombin tirant sur la couleur de rose, chamois & rouge clair.

Zaiblon commun, violet commun, peu de rouge & de blanc.

Zaiblon rectifié, violet, pourpre & blanc de laict.

Zeilant, a de grandes panaches violet d'Evêque bordées de couleur de feu sur un beau blanc.

Zurandale commune, a ses panaches rouges distinctement separées d'avec du blanc sur lequel elles s'étendent.

Zurandale rectifiée, rouge clair & beaucoup de blanc non d'entrée.

Zurandale de Goa, colombin & blanc.

De la Violette double.

La Violette double qu'on cultive dans les jardins est semblable à celle qui vient d'elle même dans les champs, sinon que celle-cy est simple & que celle-là est double & tantôt blanche, tantôt rouge & tantôt violette, & de plusieurs autres couleurs : Elle court en terre & talle l'une comme l'autre.

Elle veut du Soleil médiocrement, la terre bonne & forte : on l'arrose dans les tems, elle se conserve mieux dans les pots qu'en pleine terre, parce que l'hyver on la peut serrer. Comme elle ne graine point, on la détale & on en replante separément les talles.

De la Violette en pyramide.

Elle s'apelle aussi *Violette Arborée*, elle eleve une ou plusieurs tiges, qui depuis le pied jusques à la cime se chargent d'une quantité de petits boutons en forme d'une longue pyramyde. Ses boutons qui sont longuets & canelés, s'élargissant sont comme autant de petites étoiles bleuës, du milieu desquelles il s'éleve un petit filet blanchâtre; Ces fleurs sentent comme le storax; cette plante doit être considerée, parce que par fois plus de six mois durant elle est en fleur.

Elle veut avoir du Soleil mediocrement, une bonne terre forte, il faut l'arroser abondamment : Elle ne graine point, mais on la multiplie par le moyen des racines qui sont pleines de laict, on les rompt en morceaux, elles reprennent, s'élevent & portent les fleurs.

FIN.

Le bijou maternel.

Rapport chronologique.

5871 de la Création du monde.
4216 du Déluge.
6584 de la Période Julienne.
2647 des Olympiades, ou la 3e année de la 662e Olympiade, commence en Juillet 1871, en fixant l'ère des Olympiades 775 ½ ans avant J.-C., ou vers le 1er Juillet de l'an 3938 de la Période Julienne.
2624 de la Fondation de Rome, selon Varron.
2618 depuis l'ère de Nabonassar, fixée au mercredi 26 Février de l'an 3967 de la période Julienne, ou 747 ans avant J.-C. selon les chronologistes, et 746 suivant les astronomes.
1871 depuis la naissance de Notre-Seigneur Jésus-Christ, d'après le calendrier Grégorien établi en octobre 1582, depuis 288 ans, elle commence le 1er Janvier. L'année 1871 du calendrier Julien commence 12 jours plus tard, le 13 janvier.
1287 des Turcs ou de l'Hégire, a commencé le 3 Avril 1870 et l'année 1288 commence le 23 Mars 1871, selon l'usage de Constantinople, d'après *l'art de vérifier les dates.*

Découvertes importantes.

Ont été inventés	l'an
Le moulin à scie en	350
L'imprimerie par Guttenberg de Mayence en	1441
La poudre par Berthold Schwartz en	1354
Le moulin à farine mû par l'eau en	787
Le cadran solaire en	896
Le papier de chiffons en	1050
Le moulin à vent en	1100
La peinture à l'huile en	1100
La boussole en	1259
Les lunettes en	1270
L'eau-de-vie en	1305
Les orgues en	1312
Les cartes à jouer en	1362
Les carrosses en	1457
Découverte du Nouveau-Monde en	1492
La montre de poche en	1500
Le chocolat en	1520
Le tabac en	1560
Le thermomètre	1600
Le baromètre	1643
Le paratonnerre en	1779
Les ballons en	1782
Le télégraphe en	1793
Le métier à la Jacquart en	1800
Le télégraphe électrique en	1840

TABLEAU
des plus grandes marées de l'année 1871.

Le soleil et la lune, par leur attraction sur la mer, déterminent des marées qui se combinent ensemble et qui produisent les marées que nous observons. La marée est très-grande vers les Syzygies, ou les nouvelles et pleines lunes.

Mois	Jours et heures de la Syzygie.	hauteur de la marée.
Janvier	Pleine Lune le 6, à 9 h. 38 m. soir	0,79
	N. L. . . le 21, à 0, 41 mat.	0,94
Février	P. L. . . le 5, à 2, 11 soir	0,89
	N. L. . . le 19, à 1, 55 soir	0,95
Mars	P. L. . . le 7, à 8, 18 mat.	1,02
	N. L. . . le 21, à 4, 19 mat.	0,91
Avril	P. L. . . le 5, à 9, 22 soir	1,10
	N. L. . . le 19, à 7, 13 soir	0,87
Mai	P. L. . . le 4, à 11, 9 soir	1,08
	N. L. . . le 19, à 10, 51 mat.	0,78
Juin	P. L. . . le 3, à 6, 26 mat.	1,01
	N. L. . . le 18, à 2, 58 mat.	0,73
Juillet	Pleine Lune le 2, à 11 h. 45 m. mat.	0,95
	N. L. . . le 17, à 5, 36 soir	0,78
	P. L. . . le 31, à 9, 20 soir	0,95
Août	N. L. . . le 16, à 7, 11 mat.	0,95
	P. L. . . le 30, à 6, 30 mat.	0,98
Septembre	N. L. . . le 14, à 7, 19 soir	0,98
	P. L. . . le 28, à 5, 54 soir	0,97
Octobre	N. L. . . le 14, à 8, 29 mat.	1,08
	P. L. . . le 28, à 8, 22 mat.	0,89
Novembre	N. L. . . le 12, à 5, 18 soir	1,05
	P. L. . . le 27, à 2, 2 mat.	0,79
Décembre	N. L. . . le 12, à 4, 11 mat.	1,00
	P. L. . . le 26, à 9, 41 soir	0,73

Les plus grandes marées dans nos ports suivent d'un jour et demi la nouvelle et la pleine lune. Ainsi, on aura l'époque où elles arrivent en ajoutant un jour et demi à la date des syzygies. Pendant l'année 1871, les marées des 8 mars, 7 avril, 6 mai, 4 juin, 15 octobre, 14 novembre et 13 décembre, sont les plus fortes; celles des 7 avril, 6 mai et 15 octobre pourront occasionner des désastres si elles sont favorisées par le vent.

Pour avoir la hauteur d'une grande marée dans un port, il faut multiplier l'unité de hauteur qui convient à ce port par la hauteur de la marée indiquée au tableau ci-dessus. Ainsi, à Brest, l'unité de hauteur de la marée dans ce port est de 3 m. 21. Si on multiplie cette hauteur par 1 m. 10, hauteur de la marée du 7 avril, on aura 3 m. 53 au-dessus du niveau moyen si l'attraction du soleil et de la lune venait à cesser.

www.ingramcontent.com/pod-product-compliance
Lightning Source LLC
LaVergne TN
LVHW020316230826
846091LV00003B/693

* 9 7 8 2 3 2 9 2 3 0 5 4 2 *